陈朗 著

于黑暗中
投下的石子

葛兰西
文学思想
研究

上海人民出版社

序

朱志荣

　　陈朗是我指导的博士生,2012 年获得博士学位。她的博士论文研究的是葛兰西文艺思想,现在要正式出版,她嘱我写一篇序,我就谈谈对葛兰西文艺思想和对陈朗这本著作的一些感想。

　　安东尼奥·葛兰西(1891—1937)是意大利共产党的创始人之一和领导人,国会议员,曾经发动工人举行武装起义,在反法西斯斗争中不幸被捕,在监狱里度过了 11 年时光,后因脑溢血病死在狱中,年仅 46 岁。葛兰西是一位才华卓越的理论家,他在狱中勤奋思考,留下了 32 本笔记,被后人整理成《狱中札记》出版。另有 900 多封书信,其中的 456 封被整理成《狱中书简》出版。它们在二战以后获得了广泛的传播,其中包含着许多对于文学艺术的精辟见解,为马克思主义的文艺思想做出了重要贡献。

　　葛兰西作为一位革命家,提出了实践哲学和文化领导权思想。他的实践哲学受到克罗齐的影响,发展了马克思主义理论,以实践一元论统合主客体的关系,是一种历史主义和人

1

道主义思想,体现了深刻的辩证法。而他更受关注的是其文化领导权思想,这不但是葛兰西政治社会思想的核心和立足点,而且是他文学思想的前提和基础。他主张在工人阶级内部培养出有机知识分子,只有在他们的领导下,无产阶级才能推翻资产阶级的统治。他宣扬无产阶级的思想意识,力图把文学领域建设成无产阶级革命的牢固阵地。他的思想产生了广泛的影响。如英国文化研究思想家尚特·墨菲、艾瑞克·霍布斯鲍姆和斯图亚特·霍尔等人。墨菲编过一本《葛兰西与马克思主义理论》论文集,并与拉克劳合著了一本书《霸权与社会主义策略》。霍布斯鲍姆和霍尔都有专文研究过葛兰西。

作为一名马克思主义革命家,葛兰西出身贫寒,所以更能理解普通人的生活及其意义,所以他提出"民族的一人民的"文学观,主张文学应当扎根于意大利人民之中,与人民的感情融为一体,受到人民的广泛欢迎。在黑格尔市民社会理论的影响下,他重视民间文艺,重视大众文化,重视大众媒介的价值和意义。在此基础上,他对通俗文学研究也有自己的独到见解。他提出要建立无产阶级自己的高水平的通俗文学作家队伍,突破了传统文学观中通俗文学作品不登大雅之堂的陈腐观念。当然,他对通俗文学也提出了创新的要求,而不能局限于模仿。而开创大众文化研究范式的伯明翰学派,则在葛兰西去世 20 年后才诞生,可见葛兰西思想的超前性。

葛兰西的文艺思想是奠定在对具体文艺实践分析的基础上的,他对经典作家和当时的文艺现象作了具体而深入的分析。他对但丁和马基雅维利等意大利经典作家有着具体深入的研究,并对同时代的意大利著名作家皮兰德娄的作品作了具体的阐释,写出一系列评论。在研究通俗文学时,他着重研究了当时流行的两位科幻作家儒勒·凡尔纳和 H.G.威尔斯及其作品,客观上成了科幻研究的先行者。而今科幻文学和理论的发达,以及科幻电影在好莱坞的大放异彩,大概都是他当年研究凡尔纳和威尔斯的时候所始料未及的。

此前国内外的葛兰西研究大都侧重于文化霸权、实践哲学、意识形态、市民社会、知识分子理论等问题,而陈朗这本书则从文艺学专业出发,专门研究葛兰西的文学思想。由于葛兰西本人并未留下专门的文学研究论著,其文学思想呈现为大量散落在相关著述中的吉光片羽,加上葛兰西狱中书写的条件限制、隐晦曲折的笔法、札记片段的形式,对其文学思想进行全面细致的耙梳、系统深入的阐发将遇到资料和学理等方面的困难。陈朗则根据葛兰西零散的文学思想,运用互证研究的方法,对葛兰西论著进行互文解读,构筑出葛兰西文学思想的完整体系,凸显了其中潜在的理论张力。

同时,陈朗并未孤立地去研究葛兰西的文学思想,而是将其置于葛兰西整个思想体系之中,尤其是从意大利的思想家和优秀作家的背景出发,深入阐发葛兰西文学思想的现实基础、具体内容和历史价值。更为难能可贵的是,陈朗并没有对研究对象采取随意拔高的仰视姿态,而是秉持一种更为可取的辩证分析和平等对话的态度,实事求是地指出其利弊得失。例如在论述葛兰西的科幻文学批评时,作者不忘指出"由于葛兰西对凡尔纳和威尔斯的批评是从其政治哲学的角度进行的,因而这种批评在某种程度具有先入为主的缺陷"等,秉持了客观的立场。

  总之,这本专门研究葛兰西文学思想的专著,结合葛兰西的社会背景和思想背景,系统阐述了葛兰西的文学主张及其影响,值得读者阅读参考,特向读者推荐。

目 录

绪　论

　　安东尼奥·葛兰西（Antonio Gramsci，1891—1937）是意大利著名的政治活动家、革命家，同时又是马克思主义理论家和文化学者。他的思想对政治、哲学、历史、文化、文学、语言、教育等领域都产生了重大而深刻的影响。葛兰西从小生活在意大利南方贫困的撒丁岛，个人艰苦的生活经历和周围人民的困苦生活迫使他对现实进行深入的思考，在理论研究和实践战斗中不断地探寻能够改变现实的良方，将无产阶级的解放作为自己为之奋斗的终身事业。1921年1月21日，意大利共产党成立，葛兰西是主要创始人之一。1922年5月，葛兰西当选共产国际执委会书记处书记。1922年10月，葛兰西受共产国际委派回国领导意共开展反对以墨索里尼为首的法西斯政府的斗争；1926年11月8日，葛兰西不幸被捕，开始了长达十一年的铁窗生涯。在监狱中，葛兰西虽遭到严刑逼供，但仍以顽强的意志研究意大利乃至全世界的无产阶级革命问题。

法西斯的残酷迫害和恶劣的环境毁坏了葛兰西的身体,但他从未放弃自己的抗争和信念,用坚强的意志战胜了难以想象的折磨和困难,完成了 33 本共 2 848 页的札记,后被整理成《狱中札记》。葛兰西入狱后,写给妻姐、妻子、儿子、母亲、姐妹、兄弟、朋友等人的书信被整理成《狱中书简》。身为意大利共产党的创始人与领导者,葛兰西为意大利的革命事业作出了非凡的贡献。《狱中札记》和《狱中书简》是葛兰西在狱中的主要著作,葛兰西的哲学思想、政治思想、文化观、革命思想等著述大多收入这两部著作,同时也包含葛兰西的文学思想。它们是研究葛兰西文学思想的主要蓝本。

第一节　研　究　现　状

葛兰西的思想真正在全世界范围得到传播并且广为人知,是在 20 世纪 60 年代末期,此时,西方国家掀起葛兰西研究的热潮。葛兰西的著作被译成多国文字出版并被予以研究。在此过程中,葛兰西的政治思想、实践哲学和文化领导权理论等都获得世界性影响,得到广大研究者的关注和深入研究,尤其是他的文化领导权理论成为中外学者研究的热点问题。葛兰西被誉为继列宁逝世后最富独创性的马克思主义理论家之一。有学者统计,"自四五十年代葛兰西的著作出版以来,根据约翰·卡梅特和玛丽亚·里吉禾(John M. Cammett & Maria Luisa Righi)的统计,在 1922—1993 年间,共有 33 种语言出版了 10 350 本(篇)出版物。"①如此众多的研究著作扩大

---

① http://www.soc.qc.edu/gramsci/appen/appen1/title2.html.

了葛兰西思想在世界的影响力。

其中,葛兰西的文化领导权思想成为学者关注的主要问题,并影响了此后波及全世界的文化研究。20 世纪 60 年代以来,文化研究逐渐成为显学,以雷蒙·威廉斯为代表的学者开启了文化研究的"转向葛兰西",葛兰西与文化研究的相关著作日益增多,如托尼·本内特的《大众文化与"转向葛兰西"》①、格雷姆·特纳(Graeme Turner)的《英国文化研究导论》②、约翰·斯托里(John Storey)的《文化理论与通俗文化导论》③等论著,都专门讨论了葛兰西与文化研究之间的关系。葛兰西的研究著作纷纭众多,这里列举的只是其中有代表性的一部分。

但是,在这些讨论文化研究的作品中,作者对葛兰西的文化研究基本上是概括性的,他们更倾向于将葛兰西的理论视为文化研究的一种视角和方法,因而专门系统、较为细致地论述葛兰西的文学思想且有重大影响的专著仍然欠缺。由于葛兰西首先是政治家、革命家,思想涉及政治、宗教、伦理、哲学、历史等领域,研究者关注的更多地聚焦于政治和哲学领域,葛兰西著作所具有的重要的文化价值、文学价值、美学价值等在研究中往往并不受青睐。

---

① in Tony Bennett et al. (eds) Popular Culture and Social Relation, Milton Keynes: Open University Press, 1976,中文译文见陆扬、王毅编:《大众文化研究》,上海三联书店 2001 年版。

② Graeme Turner British Cultural Studies: An Introduction, New York: Routledge, 2003 年。

③ 约翰·斯托里:《文化理论与通俗文化导论》,杨竹山等译,南京大学出版社 2001 年。

　　我国学界对葛兰西作品的翻译和出版，起步相对较晚。《狱中札记》主要有两个版本，一个是人民出版社 1983 年出版的由葆煦从俄文翻译过来的版本，另一个是 2000 年中国社会科学出版社出版的曹雷雨等根据 1971 年英文版所翻译的版本。《狱中札记》作为葛兰西研究的主要蓝本，其中的内容被研究者从不同的角度予以选编和翻译。1992 年，人民出版社出版由中共中央马恩列斯著作编译局、国际共运史研究所编译的《葛兰西文选（1916—1935）》[①]，2008 年，人民出版社再一次出版由李鹏程编的《葛兰西文选》[②]，给葛兰西研究提供了资料，其中大部分内容选自《狱中札记》。陈越翻译的《现代君主论》[③]，其内容也多来自《狱中札记》中关于君主问题的篇章。徐崇温翻译的《实践哲学》[④]更多地是从哲学研究的角度翻译和介绍葛兰西《狱中札记》中关于实践哲学的内容。2007 年，人民出版社出版由田时纲翻译的《狱中书简》，与《狱中札记》互为补充。中国政法大学出版社于 2003 年出版《葛兰西狱前著作选》[⑤]的影印版，葛兰西入狱前的一部分作品在国内得以问世。1983 年，吕同六编译的《论文学》[⑥]是较少但较为集中地介绍葛兰西文学思想的作品。

　　国内研究葛兰西的专著主要有毛韵泽的《葛兰西——政

　　① 葛兰西：《葛兰西文选 1916—1935》，中共中央马恩列斯著作编译局、国际共运史研究所编译，人民出版社 1992 年版。
　　② 李鹏程：《葛兰西文选》，人民出版社 2008 年版。
　　③ 葛兰西：《现代君主论》，陈越译，上海人民出版社 2005 年版。
　　④ 葛兰西：《实践哲学》，徐崇温译，重庆出版社 1990 年版。
　　⑤ 葛兰西：《葛兰西狱前著作选》（*Pre-Prison Writings*），edited by Richard Bellamy，translated by Virginia Cox，中国政法大学出版社 2003 年版。
　　⑥ 葛兰西：《论文学》，吕同六编译，人民文学出版社 1983 年版。

治家囚徒和理论家》①，着重介绍葛兰西的人生历程及其政治思想。仰海峰的《实践哲学与霸权——当代语境中的葛兰西》②，将其多年来对葛兰西的研究成果整理出版，从实践哲学、意识形态和市民社会等几个角度深入地论述了葛兰西的思想。和磊根据其博士论文出版的《葛兰西与文化研究》③，将葛兰西的思想理论作为文化研究的切口，藉以梳理文化研究的重要流派之间的相互关系、相互影响。部分博士论文也以葛兰西作为研究对象，如黄伊梅的《葛兰西的文化领导权理论及其当代意义》、孙晶的《文化霸权理论研究》、孙宜晓的《葛兰西历史主义思想研究》、梁涛的《葛兰西文化领导权思想》等，也从不同侧面、不同角度丰富了学界对葛兰西的研究。

　　总体上看，国内学界对葛兰西的研究具有以下特点：一方面，这些研究成果多集中在哲学、历史、政治等领域，研究内容也大多集中在文化霸权、实践哲学、意识形态、市民社会、知识分子理论等方面。这些专著和论文对于我们全面地理解葛兰西的思想具有重要的参考价值。如何在此基础上研究葛兰西思想的多样性和复杂性，将是今后葛兰西研究的重要任务。另一方面，国内的葛兰西研究主要侧重于政治、哲学或历史的研究，就葛兰西文学思想的研究现状而言，国内的研究则相当欠缺，尤其是专门、系统、细致地论述葛兰西文学思想的论著更为少见。葛兰西在文学理论和文学批评方面的建树，是他

---

　　① 毛韵泽：《葛兰西：政治家、囚徒和理论家》，求实出版社1987年版。
　　② 仰海峰：《实践哲学与霸权——当代语境中的葛兰西》，北京大学出版社2009年版。
　　③ 和磊：《葛兰西与文化研究》，中国社会科学出版社2011年版。

整个学说的重要组成部分之一。葛兰西的文学理论,远不止局限于文艺学、美学领域,而是与社会学、政治学、伦理学、历史学和教育学以及现实紧密相连的理论。他的文学批评实践,不仅可以使我们窥见葛兰西思想的全貌,更为我们打开了一扇通往葛兰西广阔视野的思想图景的窗户。与国外学者一样,中国学界对葛兰西文学思想和美学思想(尤其是前者)的研究是极为匮乏的。

当然,对于葛兰西的文学思想,以往学者也进行过研究,但为数不多,不够系统;其中论述较多的是葛兰西的"民族的—人民的"文学观及其政治文化内涵。马驰的《论葛兰西的实践理论及其文艺观》①、李军的《葛兰西"民族——人民文学"理论评析》②、陈长利的《论葛兰西的文学形式思想》③等论文,也对葛兰西的文学思想及其与葛兰西的哲学思想、政治思想之间的关系进行过初步论述。周兴杰的博士论文《文化霸权理论与大众文化研究的话语重构》将"文化霸权"理论与大众文化研究结合起来,用"文化霸权"理论为大众文化研究提供新的谱系,其中也涉及葛兰西文学思想,如葛兰西的"民族的—人民的"文学观,葛兰西对侦探小说、通俗文学、先锋艺术的论述等,该论文经过作者一番修订后出版④。这些论著为我们进一步研究葛兰西的文学思想奠定了初步的基础。

---

① 马驰:《论葛兰西的实践理论及其文艺观》,《学术月刊》1998 年第 6 期。
② 李军:《葛兰西"民族——人民文学"理论评析》,《河北广播电视大学学报》2005 年第 5 期。
③ 陈长利:《论葛兰西的文学形式思想》,《柳州师专学报》2008 年第 5 期。
④ 周兴杰:《批判的位移:葛兰西与文化研究转向》,中国社会科学出版社2011 年版。

　　这些研究者关于葛兰西文化观、文学思想的介绍,大多将其作为葛兰西文化领导权理论的一部分,作为一个零件予以讨论,以便更充分准确地阐述葛兰西的文化领导权理论。这是符合葛兰西文学思想的实际情况的。葛兰西的文学思想与他关于文化的观念是紧密相连的,他更关注的是文学作品所体现出的文化意义,倾向于从文化的角度去理解文学艺术,把文学作为文化的一部分予以研究,同时又将文化置于更广泛的历史、现实和社会背景中,并对它们的相互关系和影响予以讨论。因此,研究者也倾向于从文化的角度来解析葛兰西的文学思想。讨论文化霸权的专著和论文都不可避免地谈到葛兰西的文化观。西方从文化研究的角度阐述葛兰西的政治思想、哲学理论的研究众多。国内相关研究,也受到葛兰西的影响,部分关于大众文化研究的论文将葛兰西的理论作为文化研究的方法。"即文化研究不再是单纯地从作品之中分析某一个阶级的本质属性,摆脱了过于狭隘的阶级视角,从而进入了更为广阔的大众文化领域。"①这种研究思路有其合理性,但也在某种程度上弱化或消解了葛兰西文学思想的学理价值和实践价值。

　　总之,中外学界对葛兰西文学思想的研究尚显零星,不够系统,需要进一步深入;而且,"民族的—人民的"文学观是葛兰西文学思想的基石,以此为主题的论文基本上都是从总体上予以概括,葛兰西关于一些具体的文学体裁,如通俗文学、科幻文学、民间文学和侦探小说的阐述和评价,对具体的作家

---

　　① 　和磊:《葛兰西与文化研究》,中国社会科学出版社 2011 年版,第 9 页。

作品的阐述与理解,很少有人涉及。因此,直接将葛兰西的文学思想作为研究对象,系统阐述葛兰西文学思想的专著在国内也仍然欠缺,这给本书留下广阔的空间。

第二节　研　究　目　的

本书力求在前人研究的基础上,从整体性角度,将葛兰西的文学思想和文学批评实践以及他对文学的社会功用的讨论等内容看作一个统一整体进行系统总结,讨论其文学思想与政治哲学思想之间的内在联系,对其所取得的成就、理论的独特性及其所存在问题进行剖析,进而将葛兰西研究向前推进一步,使学界能够更全面地认识葛兰西的思想体系,力求为当代中国马克思主义文学思想的发展提供新的思想资源。鉴于此,拟对以下问题进行突破性研究:

首先,在全面考察葛兰西思想体系构成的基础上,揭示葛兰西文学思想所具有的复杂的、多样的思想基础和根本的思维逻辑。葛兰西将他的文学思想称为"实践哲学的文艺批评",因此,研究葛兰西的文学思想首先要考察葛兰西的以实践哲学为核心的思想体系和观点。葛兰西的实践哲学观中包含他对政治、文艺、历史、伦理、知识分子和市民社会建设等诸多问题的看法,文学思想是其重要组成部分。葛兰西对实践哲学的任务、对人的运动的历史本质、对哲学—政治同一性关系以及知识分子等问题的论述是其文学理论和批评实践的思想基础。其中,实践哲学是贯穿葛兰西思想体系的核心思想,它影响甚至决定了葛兰西文学观的本质。同他的实践哲学思想一样,葛兰西的文学思想同样具备广阔的包容性和丰富的精神资源。当然,葛兰西实践哲学的思想渊源是复杂而多样的,例如,除了马克思、列宁、克罗齐等思想的影响外,葛兰西在建立起实践哲学的过程中,还曾对当时各种自由主义思想对实践哲学的渗透性改造进行过批判等。其中,葛兰西对人学问题的新看法也对其文学思想有着重要影响。葛兰西在吸收马克思等人关于人的思想的基础上,将他对人的理解与他的实践观相结合,突出了人的主观能动、历史性和社会责任感,从而将政治与哲学融而为一,突出了人的主观能动性在自我生命历程和社会历史发展中所具有的重要作用。这使葛兰西的文学思想既充满了哲学批判性精神,也包孕着丰厚的人文关怀精神。

其次,以葛兰西"民族的一人民的"文学观为核心,探讨葛兰西文学思想的本质内涵、基本内容和价值取向,探讨葛兰西文学观在其思想体系中的思想价值和实际可行性,为深入认识葛兰西文学思想奠定本体论基础。在葛兰西的文学思想中,影响最大的是他提出的"民族的一人民的"文学观。葛兰西在对当时意大利的社会文化背景和文学创作实践进行细致分析的基础上,一方面从理论上对"民族的一人民的"文学进行学理阐述,对其形成的现实基础进行梳理和总结,提出一部作品成为"民族的一人民的"文学的各种构成要素;另一方面,与其理论建构和政治思想相关的是,葛兰西通过对通俗文学、科幻文学、侦探文学和民间文学的论述丰富了"民族的一人民的"文学观的理论内容,实现了理论建构与文学批评的统一,为市民社会文化领导权的建立提供了思想理论基础。葛兰西高度重视作家的态度在作品中的表现问题,分析了作家的态度与时代精神状态之间的内在关联,及其对作品内容的决定性意义,并将其作为一部作品是否能成为"民族的—人民的"文学的根本标准。他对作品的"有趣的因素"的分析颇为独到,很有启发性。葛兰西的这一文学观与其政治思想紧密结合在一起,具有显著的现实针对性,其精神实质是文艺为人民服务,文学须是人民的文学,作家应想人民之所想,喜人民之所喜,体验人民真实的趣味、情感和思想,培育人民的思想感情,创作老百姓喜闻乐见的文学形式和作品,肩负起"民族教育者"的使命。葛兰西"民族的—人民的"文学思想超出了纯粹文学的范围,体现出强大的社会功能和政治意义。总体上看,葛兰西的"民族的—人民的"文学观具有较为广阔的理论视野、深厚的现实基础和理论基础,同时也使其理论超出文学的界限,将文学作为社会文化的重要组成部分,实现了文学研究和文化研究的统一。

第三,从葛兰西对各类文学作品的片言只语的评析中,概括葛兰西"实践哲学的文艺批评观"的主要构成和批评实践,指出其所取得的独创性成就和所具有的局限性。葛兰西的批评实践主要由两部分内容组成,一是对但丁、马基雅维利、皮兰德娄和克罗齐等进行的专门批评,二是在批评过程中对一些作家作品没有深入展开评论而寥寥数语提及。葛兰西借20世纪20年代意大利文艺界对德·桑克蒂斯学说的讨论提出了他的"实践哲学的文艺批评观"以及文学批评的"距离说"等独创性思想。在上述思想的指导下,葛兰西对但丁、马基雅维利、皮兰德娄、克罗齐四位伟大的文学家、哲学家和政治家的相关文学思想等内容进行了批评,这些内容构成葛兰西文学批评实践的主要内容。葛兰西跳出了纯文学的圈子,从历史、文化、道德的角度评析上述作家作品的思想内涵、艺术特性和文化价值,为文学批评建立了新的解读范式。但是,由于葛兰西是从政治哲学思想出发进行批评的,这就使其批评实践具有颇为明显的先入为主的问题,他对上述诸家的批评存在着某些曲解和甚至过于武断的评论,这一点深刻地影响了葛兰西文学批评实践的文艺美学价值。总体上看,葛兰西的批评实践始终与其政治思想联系在一起,这也给其批评实践带来了一些局限。在论述文学批评的基本原则时,葛兰西虽力求摒弃用政治术语进行政治批评,反对教条主义的艺术批评,主张将艺术批评与政治批评作辩证的统一,将艺术批评与建立新的文化结合起来,但在实际操作中,葛兰西在这方面仍然存在不少问题。比如,针对凡尔纳的许多小说所体现出的一种强烈的民族主义情绪,葛兰西曾从历史的角度对其渊源进行分析。葛兰西不无贬义地说,凡尔纳在更大程度上属于通俗作家,而对于一名通俗作家,我们不能用精英文学的标准去要求他,葛兰西对凡尔纳的评价在某种程度上具有先见之嫌。在对威尔斯的批评方面,葛兰西的批评同样存在先入为主、以偏概全的问题。当葛兰西将威尔斯批判现实主义精神与道德说教联系在一起进行批评的时候,有人反而将威尔斯的小说称作“反乌托邦”小说,并将其中所蕴含的批判精神升华到哲学反思的高度。这是符合威尔斯的创作实际的,但这一点却被葛兰西所忽视。在葛兰西的批评视野中,威尔斯对一系列社会问题的深刻思考没有受到应有的重视,进而也影响了其批评的理论价值和可信度,而威尔斯作品中所蕴含的对现实世界和未来世界的深刻思考,已深深影响到政治、哲学和宗教等领域。这是葛兰西所没有料到的。在对皮兰德娄、克罗齐等进行批评的过程中,这种主题先行式的主观批评也不同程度地存在着。

　　总之,在葛兰西的文学思想中,他提出的"民族的—人民的"文学观具有较为广阔的理论视野、深厚的现实基础和理论基础,同时也使其理论超出文学的界限,将文学作为社会文化的重要组成部分,并指出了文学在塑造民族性格和民族精神以及政治革命中的重要作用;他在文学批评实践中也提出了各种不同于前人的新思想,他提出的实践哲学的文艺批评思想、他对克罗齐世界性文化价值的讨论等都是很有创建的,他将文学与文化结合起来,从宏大的社会历史背景与文学作品的互动关系出发,实现了文学研究和文化研究的统一,具有重要的理论价值和现实针对性。

第三节　研　究　方　法

　　如前所述,葛兰西的文学思想是依附于他的政治哲学思想的,他对文学问题的论述是为其文化领导权思想等内容服务的;而且,葛兰西对于文学问题的论述散见于他的书信中,而不是集中论述的,这些特点决定了本书所能采用的研究方法。本书分四章,分别从思想基础、文学观、批评实践、文学的社会功用四个方面论述葛兰西的文学思想,提出以下研究方法:

首先,将葛兰西作为马克思主义理论家来研究其文学思想在其思想体系中的位置和历史价值。这是研究得以顺利展开的首要问题。改革开放以后,葛兰西与西方马克思主义逐渐进入国内研究者的视域,其中一个研究焦点是是否将葛兰西作为西方马克思主义者。这是葛兰西研究的基点之一。中国学者最初对于葛兰西的介绍,是将其作为西方马克思主义的代表之一予以研究的,如徐崇温的《西方马克思主义》①、俞吾金和陈学明的《国外马克思主义哲学流派新编——西方马克思主义卷》②等都专门论述过葛兰西的政治哲学思想,葛兰西由此逐渐引起学界的注意。不少研究者都将其作为西方马克思主义的代表之一,但也有研究者认为,葛兰西与西方马克思主义代表人物的理论存在着本质性的区别,不可以被视为西方马克思主义者。田时纲教授用《论葛兰西对马克思主义的理解》③《葛兰西和唯物主义》④《葛兰西是"西方马克思主义者"吗?》⑤等一系列文章,论证葛兰西是一位富有独创性的马克思主义理论家,特别是在《论葛兰西对马克思主义的理解》、《葛兰西是"西方马克思主义者"吗?》中,明确说明葛兰西不是"西方马克思主义者","西马"并不是严格意义上的学术概念。英国学者佩里·安德森在其著作《西方马克思主义探讨》中,

---

① 徐崇温:《西方马克思主义》,天津人民出版社 1982 年版。

② 俞吾金、陈学明编选:《国外马克思主义哲学流派新编·西方马克思主义卷》,复旦大学出版社 2002 年版。

③ 田时纲:《论葛兰西对马克思主义的理解》,《马克思主义研究》,2001 年第 3 期。

④ 田时纲:《葛兰西和唯物主义》,《社会科学》,1984 年第 12 期。

⑤ 田时纲:《葛兰西是"西方马克思主义者"吗?》,《教学与研究》,2008 年第 11 期。

将"在结构上与政治实践相脱离"视为"西方马克思主义"的根本特点，而葛兰西"体现了理论与实践的革命统一，他属于对经典遗产作出解释的那一类人"①，从而将葛兰西视为西方马克思主义者中的唯一的例外。葛兰西的理论基础是对马克思主义的独到理解和重新阐述，其理论直指社会实践，体现了理论与实践的统一。其文学思想本身就包含着文化主张，与社会实践有着千丝万缕的联系，这与法兰克福学派用书斋内的美学来作为社会批判的武器的风格截然不同。西方马克思主义虽然也包含着诸多对于西方社会及其文化的批判，但在批判之中并未包含明确的政治、文化建议。因此，本书也将其视为马克思主义理论家，而非西方马克思主义者。

其次，立足于葛兰西关于文学问题论述的文本实际，以灵动多样的思维方式与葛兰西抗拒体系性的诗性表述相融合，以此揭示葛兰西文学思想的特点和价值取向问题。葛兰西关于文学思想的论述着墨不多，许多时候对于某一个专题的见解或者对作家作品的看法甚至只有寥寥数笔，不论是原始文献还是研究资料都很有限，再加上狱中书写的条件限制、隐晦曲折的笔法、札记片段的形式，都给葛兰西文学思想研究带来一定的困难，因此，在某些时候，我们只能通过葛兰西的整体思想倾向作猜测，又或者在相互联系的内容中寻找蛛丝马迹的线索，力求避免误解或者歪曲葛兰西的原意。葛兰西的《狱中札记》主题众多，内容涉及面广泛，其中诸多见解闪耀着独创性的光辉。但是，作为一部未完成的著作，札记片段形式的

---

① 佩里·安德森：《西方马克思主义探讨》，高铦等译，人民出版社 1981 年版，第 61 页。

散乱以及不得不使用的隐晦称呼为理解和阐释带来一定的困难，所以有学者认为，"任何概括他的观点的企图，也必定基本上是种猜测"①。我们所读到的《狱中札记》就是经过葛兰西的战友——意大利共产党领袖陶里亚蒂编辑、整理过的，可以说在一定程度上不可避免地融进了陶里亚蒂的思想。陶里亚蒂一直坚信葛兰西思想不仅是对马克思主义的科学解释，葛兰西思想本身就具备理论上的自主性。即使如此，我们在研究过程中，通过对葛兰西《狱中札记》《狱中书简》等文本的细读和体会，结合其思想体系来讨论或建构其文学思想的理论框架和有机构成，在某种程度上是符合葛兰西文本的实际情况的。当然，这一目标是我努力的方向，效果如何还有待检验。

第三，充分尊重葛兰西的人生轨迹和理想追求，在此基础上理解其文学思想的精神特质和独特性，将知行合一观引入研究过程，实现研究对象的有机性和准确性。这是因为，作为政治领袖的葛兰西与作为思想家的葛兰西是统一的："从事政治即意味着为改造世界而采取行动，那么政治中就包含有每个人全部的真正哲学概念及其一生历史的实质。同时，由于每个人达到了对现实以及它在改造这一现实的斗争中所肩负的责任的批判性认识，因而其政治中也饱含着他的精神实质的实质。"②对于葛兰西来说，任何一种学问都包含着思想和行

---

①　约尔：《"西方马克思主义"的鼻祖——葛兰西》，郝其睿译，湖南人民出版社 1988 年版，第 119 页。

②　陶里亚蒂：《陶里亚蒂论葛兰西》，袁华清译，人民出版社 1983 年版，第 157 页。

为,认识本身就包含着知和行的统一。这是葛兰西对世界的总的看法。葛兰西用自己的一生实践了这一看法。对于葛兰西来说,他的思想、意志和他的行动甚至整个生命都是统一的。他用奋斗的一生,用灵魂与生命证明自己的观点。在被法西斯政权关押在狱中的岁月里,他依然选择坚定地捍卫真理,不惜为之放弃生命。"说到底,在某种程度上是我自己要求被关押和判刑的,因为我从来不想改变我的观点。我已准备为我的观点贡献生命,而不仅仅是坐牢。因此我只能感到平静,并对自己感到满意。"①《狱中札记》等论著可以说是葛兰西终其一生最主要的思想结晶。在恶劣的环境中,在与法西斯无休止的摧残和病魔的顽强对抗中,葛兰西用《狱中札记》记录了自己从未停止的、作为战斗武器的重要思想。因此,葛兰西对文学艺术的认识、理解和看法,实际上既包含他对哲学与政治问题的见解,也包含着他对自我生命过程的体验和认识,只有将两者联系起来,才会实现对于葛兰西文学思想的有机的、全面的和准确的理解。

第四,在对文献的理解上,充分考虑到葛兰西著述的零散性特点,运用互证研究的方法,将《狱中札记》《狱中书简》等论著进行互动阅读和解读,凸显葛兰西文学思想所具有的潜在理论张力。《狱中书简》收集了葛兰西自 1926 年被捕后至 1937 年 1 月写给妻姐、妻子、儿子、母亲、姐妹、兄弟、朋友等人的书信 456 封。较文章而言,书信更能表达人的真实的情感和想法,语言也更为通俗、生动。从某种意义上说,《狱中书

---

① 朱佩塞·费奥里:《葛兰西传》,吴高译,人民出版社 1983 年版,第 314 页。

简》成为解读《狱中札记》的指南和注解。《狱中札记》中一些
隐晦的语言和深刻的思想可以在《狱中书简》中找到理解的钥
匙。这样，两者互为补充，不仅可以了解到葛兰西丰富的内心
世界和伟大的人格力量，而且还可以为我们理解葛兰西的文
学思想提供多样的思想资源。

　　从上述方法出发，对葛兰西的文学思想——这个被以往
学者所忽视的重要问题进行全面的梳理、论述和评价。除了
第一章对葛兰西的哲学政治思想的论述外，在具体的章节内
容上，部分章节的内容在葛兰西研究中都是首次出现，如第二
章"文学观"中葛兰西关于科幻文学的讨论，关于民歌、民间文
学、民俗文化的讨论；第三章"批评实践"中葛兰西关于文艺批
评观在文学批评实践中的具体应用；第四章"文学的社会功
用"中葛兰西关于教育观全面系统的阐述以及精神分析等内
容。葛兰西的文学思想问题是葛兰西研究中的一个新课题，
还有深厚、丰富的资源需要我们进一步挖掘、讨论和总结，葛
兰西文学思想的理论价值和现实价值还需要我们做更多的研
究工作予以理清。

第一章　思想基础:哲学的创造性

　　有学者认为葛兰西是个马克思主义者,有人认为他是列宁主义者,也有人认为他是马克思列宁主义者,但正如葛兰西的主要研究者诺尔贝托·博比奥所说,不管怎样"真正重要的是把葛兰西碎片化的,分散的,不成系统的且术语含糊的理论重建一个大纲。"①的确如此,即便葛兰西曾将他的文学思想称为"实践哲学的文艺批评",但研究葛兰西的文学思想仍然要首先细致地考察和梳理葛兰西的以实践哲学为核心的碎片化的思想和观点。葛兰西的实践哲学观中包含了他对政治、文艺、历史、伦理、知识分子和市民社会建设等诸多问题的看法,文学思想是其重要组成部分。葛兰西哲学思想的形成可以从他生活的社会历史背景和其形成的思想渊源等方面探讨。葛兰西从小生活在意大利贫困的南方地区撒丁岛,个人艰苦的

---

　　① Norberto Bobbio, Gramsci and the Conception of Civil Society, in Chantal Mouffe(ed.) Gramsci and Marxist Theory, London: Routledge, 1979, p.24.

生活经历和周围人们的困苦生活促使他对现实进行了深入思考，不断地从理论研究和实践战斗中汲取力量，将无产阶级的解放作为自己毕生奋斗的事业。此外，第一次世界大战后，俄国十月革命取得了胜利，列宁领导的无产阶级建立起了第一个社会主义国家，而西欧无产阶级革命却相继失败。为什么无产阶级革命在相对落后的俄国取得胜利却在西方发达国家失败？西欧的无产阶级到底应该走一条什么样的道路才能取得革命的成功？葛兰西的实践哲学思想以及文化领导权理论就是在这样的社会历史背景下孕育、产生的。葛兰西对实践哲学的任务、对人的运动的历史本质、对哲学—政治同一性关系以及知识分子等问题的论述，成为其文艺理论和批评的思想基础。其中，实践哲学是贯穿葛兰西思想体系的核心，它在某种程度上影响甚至决定了葛兰西文学观的本质。

第一节　实　践　哲　学

实践哲学是葛兰西哲学观的核心。关于葛兰西的实践哲学，学术界存在不同的看法。有人认为，由于时刻面临监狱当局的检查，葛兰西在写作过程中不得不使用一些特定的名词来代替一般通用的马克思主义术语，因此，葛兰西提到的"实践哲学"应是马克思主义隐晦的说法[1]。也有人认为，实践哲学是葛兰西创立的一种特殊的哲学，是葛兰西独创的

---

[1] Antonio Gramsci, Selections From the Prison Notebooks, edited and translated by Quintin Hoare and Geoffrey Nowell Smith, New York: International Publishers, xiii.

新思想①。原因之一在于"实践"(praxis)这个词的含义十分复杂,这不仅体现在汉语语境无法翻译出"praxis"与"practice"的区别上②,还体现在阿尔都塞的批评中,他说:"每种唯心主义(如康德)都会把实践(praxis)的重要性当作开场白。"③豪格对阿尔都塞进行了详细的解释:"我们知道,在许多哲学流派看来,实践的(practical)意味着'伦理的'(ethical),也就意味着超乎历史之外的'行为规范的基础'。"④这也就是说,马克思之前的实践不但概念模糊而且带有浓厚的唯心主义色彩,所以如前所述,有些学者认为,葛兰西使用"实践哲学"的概念的目的更主要是为了躲避审查,也就是作为"历史唯物主义"和"马列主义"的替代品或隐晦修辞。但是,豪格认为,葛兰西在许多笔记中仍然使用"历史唯物主义"和"马克思主义",没有必要从中途开始隐晦书写,所以他认为:"所有证据都指向葛兰西就是这个意思。"也就是说,这是葛兰西的独创。⑤我认为,葛兰西的实践哲学思想有着深厚的马克思主义哲学基础,但又不

---

① 关于这方面的论证,可以参看徐崇温翻译的葛兰西《实践哲学》"中译本序言"第一部分,重庆出版社,1990年,第3—8页。徐崇温先生认为葛兰西实践哲学最大的特点或独创性就是企图"超越于唯心主义和唯物主义"。此外,还可参看田时纲的《论葛兰西对马克思主义的理解》(《马克思主义研究》2001年第3期)、马驰的《论葛兰西的实践理论及其文艺观》(《学术月刊》1998年第6期)等对这一问题的论述。

② 虽然汉语都翻译为"实践",但是雷蒙德·威廉斯对两者进行了区分,可参看:Raymond Williams, Keywords: A Vocabulary of culture and society, revised edition, Oxford University Press, 1983, p.317.

③ Althusser, "Die Veranderung der Welt hat kein Subjekt," p.11, 转引自:Wolfgang Fritz Haug, Rethinking Gramsci's Philosophy of Praxis from One Century to the Next, Boundary 2, Vol.26, No.2(Summer, 1999), p.105.

④⑤ Wolfgang Fritz Haug, Rethinking Gramsci's Philosophy of Praxis from One Century to the Next, Boundary 2, Vol.26, No.2(Summer, 1999), p.105.

止于马克思主义哲学。葛兰西自己曾说："'实践哲学的理论'应该意味着对统称历史唯物主义的那些哲学概念进行合乎逻辑的、有条理的系统论述（其中有不少概念是谬误的，是从其他来源产生的，应予批判消除）。"[①]因此，实践哲学是葛兰西在马克思主义哲学思想的基础上，综合吸收其他各种思想并进行了创造性的阐释而形成的，是葛兰西的独创，并指导着葛兰西对政治、革命、文化、文学等问题的论述。

首先，葛兰西将实践融入行动，建立世界观与方法论相统一的现实基础，实现实践哲学的现实性转向。因此，葛兰西的实践哲学不是指马克思主义哲学，而是指葛兰西对马克思主义哲学的深刻理解和重新阐释。葛兰西并非一味地追随马克思主义的思想，而是从哲学本体论出发，从哲学与历史、宗教和政治的关系入手，在新的、特定的历史条件下重新理解和阐释了马克思主义。这样，"实践哲学"就成为葛兰西整个思想体系包括他的文学理论思想的基石和核心。"实践"概念是其所有理论的关键词，在葛兰西的实践哲学中，"哲学"二字已超越哲学本身的意义，它不仅仅是一种理论，而是将理论融入实践、融入现实世界，与行动一体的行动哲学。这里的哲学超越了哲学作为认识论和方法论的意义，而是每个人都参与其中的世界观、行动准则和行为本身，它是随时运动着的、富有生命力的不断发展的结构体系。将政治和哲学结合起来讨论是葛兰西哲学思想的基本内容和轨迹特点，这与他本人作为政治家和理论家的双重身份有关。但是，葛兰西的实践哲学又

---

① 葛兰西：《葛兰西文选》，中央编译局国际共运史研究所编译，人民出版社1992年版，第499~500页。

并非单纯为了政治工作的需要,将理论为实践所用,而是有其深厚的理论基础,即从本体论和逻辑关系的角度将政治和哲学作为一个有机的整体来看待的。这是他与马克思主义实践观的不同之处。

其次,葛兰西一反马克思的思路,将实践哲学的重心从经济基础挪移到上层建筑,将文化领导权思想作为实践哲学的重要组成部分,并以此来指导无产阶级的革命任务,提出文化革命的思想。这与马克思将推翻资产阶级的经济基础和政治统治作为无产阶级革命主要内容的思想是不同的。葛兰西被看成"反对正统(马克思主义)倾向的反叛者,正统马克思主义倾向于从物质客体的生产来理解社会的发展,而葛兰西则关注主体性,意识,社会发展中的文化客体以及精神因素。"①马克思在经济基础与上层建筑的辩证统一关系中更加强调经济基础的决定作用,并以此为基础来划分国家的市民社会和政治社会。葛兰西将其重心倾斜到上层建筑领域,从上层建筑、意识形态的角度来理解哲学、理解市民社会:"基础与上层建筑构成'历史的联合'。换句话说,复杂的、矛盾的、不一样的上层建筑的总和是社会生产关系总和的反映。从此产生下面这一结论:只有包罗一切的思想体系才合理地反映出基础的矛盾和推翻实践的客观条件的存在。"②葛兰西将无产阶级革命在西欧的失败归结为资产阶级的文化意识形态的强大,无产阶级只有掌握了文化领导权,才有可能进一步夺取革命领

---

① Joseph Femia, Gramsci's Political Thought: Hegemony, Consciousness, and the Revolutionary Process. Oxford: Clarendon Press, 1987, p.2.

② 葛兰西:《狱中札记》,葆煦译,人民出版社 1983 年版,第 51 页。

导权。这一思想给无产阶级革命提供了全新的战略和指导方向。

　　第三,葛兰西还将马克思和列宁的思想进行对比,并通过对列宁哲学思想的批判性改造创立他的实践哲学思想。列宁在葛兰西心目中的地位绝不亚于马克思,只不过葛兰西对马克思和列宁思想的接受是在两个不同层面展开的。列宁给葛兰西带来了具体的领导权的行动战略。在葛兰西看来,"马克思是 Weltanschauung(世界观)"的创造者;而在这种场合下,"伊里奇(列宁)起什么样的作用呢? 这样的作用是不是纯粹依赖的和从属的呢? 说明就在马克思主义本身——科学和行动里面。""建立领导阶级(也就是国家)与创造 Weltanschauung(世界观)有同样价值。"①葛兰西这样比较了马克思和列宁的思想,并分析了两人思想的同中之异:"马克思是一个历史时代的精神的创始人,这个时代大概要延长几个世纪,也就是一直到政治社会消灭和调整了的社会建立为止。只有到那时候他的世界观才会被超越(必然性观念被自由观念超越)。……他们表现了两个阶段:科学和行动,他们在同一个时间内既是同样的又是不同样的。"②在葛兰西看来,列宁对实践哲学所做的最伟大的历史贡献,在于他赋予领导权理论以实践原则和认识论的意义:"由于伊里奇(列宁)向前推进了政治理论和实践,他也就在事实上向前推进了哲学本身。既然领导权机构的建设构成了新的思想体系的形式,既然这种建设决定了意识的改革和认识方式的改革,那么这种建设也是一种认识行

---

①　葛兰西:《狱中札记》,葆煦译,人民出版社 1983 年版,第 65 页。
②　葛兰西:《狱中札记》,葆煦译,人民出版社 1983 年版,第 66 页。

为,一种哲学行为。"①由此可以看出葛兰西对列宁思想的继承
和改造,以及他的实践哲学思想的形成过程。

第四,除了马克思和列宁的思想资源外,葛兰西还以实践
观为指导对克罗齐的"历史与哲学同一性"思想进行批判性改
造,丰富了他的实践哲学和文艺批评思想。克罗齐的思想在
意大利文化领域长期发挥着举足轻重的影响,葛兰西把他比
作"精神教皇",足见其思想对葛兰西的影响。但是,葛兰西的
思想经历了从追随克罗齐到反克罗齐的过程。对克罗齐思想
的继承与批判贯穿了葛兰西的一生。克罗齐关于历史与哲学
同一性的理论深深影响到葛兰西。意大利学者朱塞佩·费奥
里在《葛兰西传》中认为:"要恢复马克思主义不能不从克罗齐
关于历史与哲学是一致的这个观点出发。"②对于葛兰西来说,
"哲学就是历史"的思想对于他的整个哲学观来说都是一个基
础性的观点。但是,对于克罗齐来说,链接历史与哲学统一性
的纽带是精神,而对于葛兰西来说则是实践,是人认识世界和
改变世界的实践行动。葛兰西通过对了克罗齐哲学的再颠
倒,将其转化为自己的实践哲学的组成部分。

总之,从整体上看,葛兰西通过对马克思、列宁和克罗齐
等人哲学思想的继承、吸收、改造和批判,创立了属于他自己
的实践哲学思想,并且充分肯定了实践哲学的价值和地位。
"实践哲学不仅认为自己的使命是对一切过去的东西加以说
明和证明为正当,而且是对自己本身加以历史的说明和证明

①　葛兰西:《狱中札记》,葆煦译,人民出版社1983年版,第51页。
②　朱塞佩·费奥里:《葛兰西传》,吴高译,人民出版社1983年版,第259页。

为正当;换句话说,它是最高的'历史主义',它完全摆脱了任何一种抽象的'观念论',它是历史的世界之实在的成果,它是新的文明的开始。"①后世学者也给予了实践哲学极高的评价,如托马斯·内梅思认为:"实践哲学充分表达了葛兰西的认识论,而这一认识论以及其新的'哲学语法'再现了葛兰西对马克思主义理论化自我理解最具原创性且最持久的贡献。"②为他的文学思想奠定了深厚的理论基础。同他的实践哲学思想一样,葛兰西的文学思想同样具备广阔的包容性和丰富的精神资源。当然,葛兰西实践哲学的思想渊源远不是如此简单,如葛兰西在建立实践哲学的过程中,还对当时各种自由主义思想对实践哲学的渗透性改造进行过批判等,因此以上只是就几个重要方面予以概括。

第二节 人 学 思 想

人是什么? 这个问题是哲学的起点,也是哲学最基本的问题。在葛兰西对这一问题的阐述中,我们可以把握到他的实践哲学的逻辑起点。葛兰西在吸收马克思等人关于人的思想的基础上,将他对人的理解与他的实践观相结合,突出了人的主观能动、历史性和社会责任感,将政治和哲学与现实生活融合起来,人成为其中的核心枢纽。在葛兰西看来,传统哲学中的"精神"概念是指人的本性,人的本性是人类科学的乌托

---

① 葛兰西:《狱中札记》,葆煦译,人民出版社 1983 年版,第 81 页。

② Thomas Nemeth, Gramsci's Philosophy: A Critical Study, Sussex, England: Harvester, 1980, p.5.

邦。之所以说"科学的乌托邦"是与"宗教的乌托邦"相对而言的。人们从科学的乌托邦里见证了人类真实的理性和情感,也见证了关于平等的意义。这样,葛兰西就将政治与哲学融而为一,突出了人的主观能动性在自我生命历程和社会历史发展中所具有的重要作用。

首先,葛兰西将"人"和"人"的生命理解为一个在社会历史结构中不断实现自我的历史性实践过程,一个具有主体能动性的动态过程,具有现实性、历史性和包容性。在回答"人是什么"这个问题时,葛兰西关心的并不是人本身是什么,不是每一个个别的人,或者说是每一个个别的时机中每一个个别的人的情况,而是人可以是什么,人可以做到什么,人是否能够塑造和改变自己以及自己的生活,成为自己命运的主人?葛兰西在回答这些问题时,更强调人的主观能动性和人的实践功能,而不是人本身自在的属性。他认为,人不是一种静态的属性,而是一个行为的过程、一个未完成的过程。这里的"行为"并不是指某个人在某一种生活中的状况,而是包括在过去的历史中我们是什么样的人,在今天的现存条件下我们又是什么样的人,我们想要知道和成为什么样的人,我们能否成为自己命运的主人,努力实现我们想要成为的人。所以说,葛兰西对于"人"的理解,既包括了人的思想方式和行为方式,人的主观和客观的因素,同时也包含着历史、现实与未来的维度。因此,葛兰西在他的文艺批评中反复提到文艺作品对人的主观精神的重要影响,强调文艺作品培养市民社会"新人"的重要性。

其次,葛兰西将"人"置于复杂的社会结构关系中,认为

"人"应该是而且必须是开放的、未完成的、具有独特性的生命认识过程。在这个过程中，人积极地与许多因素发生关系，人是诸多关系中的枢纽，人的个性在其中发挥着重大却不是唯一的作用。"反映在每一个个体中的人类是由几个因素构成的：(1)个体本身；(2)其余的人；(3)自然。"①这三者之间并不是简单地、机械地发生关系，而是有机地、有意识地、积极地一直处于不断地运动中。其中，积极性源自个体的意识，即个体通过自己的认识、喜好、希望和创造，与他人以及外部世界发生各种各样的关系。个性通过处理这些关系得以体现，因此它并不完全是与生俱来的，更多地是依靠后天有意识地积极地塑造；塑造自己的个性在很大程度上就是认识、建立和经营这些关系，而这些关系的综合即是我们的个性所在。这些关系错综复杂，有的关系是必要的，有的关系依赖于我们的自愿。必要的关系早就在认识过程中被熟知；自愿的关系不是本来就以必然的面貌出现，需要人们在认识过程中发现。在对待这些关系的过程中，认识和改变并不是两种截然不同的方式，通过认识可以知道是否需要改变、改变什么和怎样改变，认识的程度决定了是否改变以及改变的内容和方式。从这个意义上说，人的认识本身就意味着权力。在传统社会中，人民大众的认识与文艺作品尤其是通俗文学作品是密切相关的，因此，葛兰西希望通过建立新的文化和文学来改变人的认识，进而改变人的行动，以实现无产阶级革命的胜利。

　　第三，葛兰西从社会结构关系入手，将人与自身、自然之

---

①　葛兰西：《狱中札记》，葆煦译，人民出版社1983年版，第36页。

间的关系与社会变革等结合起来,将政治与哲学融二为一,凸显人的改变在其生命过程中的本体性意义。葛兰西认为,每一个个体都在与自身发生关系,因为人总是在不停地认识自己和改造自己。我们每个人认识和改变自身以及别人,改变自己和他人的相互关系,也就是改变世界。同时,人生活在世界上,不可避免地与他人发生各种关系,参加各种社会机构,并且附属于某个社会集团。单独的个人正是通过这些集团参与和改变整个人类生活。因为个人如果想要改变某种现状,他的力量是微薄的,可如果他和所有有意改变的人联合在一起,而这种改变又合理,那么他们就会产生巨大的能量。这种观点是哲学的,更是政治的。另外,葛兰西还认为,人与自然的关系也并不仅仅理解成人是自然的一部分,人们通过劳动和技术积极地认识和改造自然;认识和改造的工具也并不仅仅指的是科学知识和技术,还包括思想的工具,即哲学。哲学在葛兰西这里不仅仅是理论的认知,还具有实践功能,不仅是思想方式,还是行为方式甚至行动本身。葛兰西说:"因此,可以说,每一个人都在改造自己和改变自己,其程度正如他改变和改造那整个一套的相互关系,而在这一套关系中他本人就是一切线索汇集的枢纽。从这个意义上来看,实在的哲学家正是而且不能不是政治家——积极改变周围世界也就是改变每一个个人都参加的一切相互关系的总和的人。"①哲学和政治本是一体的,实在的哲学家也是政治家。因此,正如葛兰西所说,每一个人都是哲学家,那他又不能不是一个政治家。在

---

① 葛兰西:《狱中札记》,葆煦译,人民出版社 1983 年版,第 36 页。

这里,人对于自身、对于他人和社会都滋生出义不容辞的使命感和责任感。这种使命和责任不是外部世界强加的任务,也不是法律规定必须履行的义务,而是从"人是什么"这个原初命题出发,由人内在的属性所决定的。这是人之所以为人本身所包含的意义所在。思想和行动从来都是平等的,无所谓孰轻孰重,因此所有的事物中都包含了哲学,包含了政治,这才是实践哲学的精髓所在。它既是政治的哲学,又是哲学的政治。

此外,葛兰西还通过对宗教关于人的理解的批判,表达自己对"人"的看法。葛兰西所批判的宗教主要是指天主教。葛兰西认为,如果个人的思想和行为方式完全把天主教教义当作生活准则,天主教教义就成了人的个性,这样的"个性"与其说是个性,不如说是共性。因为,历史事实证明,"历史上并不存在对所有人都绝对一样的思想方式和行为方式"①。天主教虽然为达到这个目的一直在努力,可是终究无法做到。究其根源,还是在于天主教对于人、对于人性的理解是极端单一、片面的。葛兰西认为,天主教和以往的哲学关于人的观念都是把人当作一个已经完成的个体,他的个性已经形成并且完成。这样的理解令人悲观,因为这样理解,人的发展就会永远地被限制在已完成的个性中止步不前。所以,人的观念必须得到改造和更新,必须打破宗教和传统的观念对人的规定。

总之,葛兰西对马克思关于人的观念给予充分肯定,对宗教关于人的理解进行了批判。他认为人是生活在社会中的

---

① 葛兰西:《狱中札记》,葆煦译,人民出版社1983年版,第35页。

人,是社会关系的综合。物质世界是人的世界存在的前提和基础。葛兰西把这些都视为正确和必要的结论,是有史以来最让人满意的答案。不过,在此基础上,葛兰西更强调人的发展的本性的重要性,并把人的这种本性放在至高无上的位置。人的形成和发展随着社会关系的变化而变化。因此,人的本性是历史的发展,历史的意义在人的身上予以体现;要领会人的本性,也只有到人类的全部历史中去寻找。这样说的意义并非忽视单独的个体,而是一个人的特性,只有从与他人的特点的对照中,从与外部世界的对照中,从他历史的发展轨迹中,才能真正被了解清楚。

第三节　常识—哲学—政治

葛兰西打破了关于哲学只是少数专家学者从事的高难度智力工作的成见,对哲学的概念进行了拓展。在他看来,每个人都是哲学家,每个人都拥有自己的哲学。因为每个人都会思考和表达,这些能力是人本身就有的,他们的哲学是自发的、无意识的,包含在思维和生活的各个方面。这种观点与马克思主义对于哲学的规定是不同的。葛兰西认为,个人的思考方式可以分为两种;一种是接受某一种世界观,这种世界观是外部强加的。人是社会关系中的人,是集体中的人,所以人生活在世界上,总是归属或依附于一定的社会集团——社会集团通常被认为是葛兰西对阶级的隐蔽的称呼,但其实也可以把它理解成广义的各种集团或组织——努力去适应他身处的社会环境和社会制度,意味着他会接受和采取这个集团的思想方式和行为方式。不过，他也可以选择另外一种方式，即通过自觉的批判的思维方式，通过对人类历史的研究、批判和改造，在自己认识到历史上最先进思想达到的高度之后，在一定程度上超越现实的外部世界对自身的影响和束缚，建立自己的价值体系，成为自己思想的主人。因此，在某种意义上说，每个人都是哲学家。可见，葛兰西对于哲学的界定是一种广义的哲学的界定。

葛兰西所说的广义的哲学主要包括三个方面：首先是语言本身。这种语言不仅是词汇和语言的表达，还包括观念的表达，因为语言是思维的外在表现形式，任何语言都包含着一定的观点，包含着个人的价值观、世界观，其表现有时是有意识的，有时是无意识的，即使是无意识的语言仍然会流露出个人的观念和价值取向。其次是日常的生活常识。第三是民俗，即民间的观点、信仰、生活方式及行为方式等。当然，葛兰西虽已论证了所有的人都是哲学家的观点，但职业哲学家或哲学领域的专家与普通人毕竟存在不同，只不过他们与普通人的差别并不像其他领域的专家一样。与其他领域的专家相比，他们更接近普通人，如果说其他领域的专家与普通人之间是质的区别，那么哲学专家与普通人之间则仅仅是量的差别。

葛兰西在论述"每个人都是哲学家"这个问题时，用到了"常识"（common sense）的概念。"常识"在西方语境中不是一个普通名词，而是一个常见的主题，从亚里士多德开始，休谟、康德等许多哲学家都对之进行过论述，而托马斯·潘恩（Thomas Paine）还以此为题撰写了一部专著，不过对葛兰西真正产生影响的论述则来自黑格尔、乔瓦尼·维科和克罗齐。[①]同样,"常识"在葛兰西理论中也不是一个普通名词,而有其特定含义,是葛兰西实践哲学中的一个重要概念。它是葛兰西用来与哲学相区别的一个概念,同时也与哲学存在着递进的、相互转化的关系。哲学是个人研究的思想,"常识"则是某个时代某些人民总结后的思想。哲学思想通常表现为清晰的轮廓,而"常识"则大多是零散和模糊的。葛兰西曾这样论述哲学与"常识"之间的区别与联系:"常识并不是一种在时间和空间都同一的、单一的、唯一的观念。它是哲学的'民俗学',而且也像民俗学那样有许许多多的表现形式。它的最基本的特点是,这种观念就是同一个人的脑子里也是零碎的、不一致的和缺乏逻辑性的,随着信奉它为自己的哲学的群众的社会文化地位的不同而不同。当历史上产生一个由同类分子构成的社会集团,在这样的历史时期也相应产生一种与常识相对立的同质的——亦即系统一贯的——哲学。"[②]"然而,任何哲学都力图成为某一个,哪怕是狭隘的阶层(例如,整个知识界)的常识。因此,问题在于形成已具普遍性或能够普及的哲学(由于它与实际生活相联系并且来自这种实际生活)——这种哲学就会成为具有一贯性和说服个人哲学的力量的更新了的常识;但是,哪怕是一瞬间忘掉了必须同普通人文化上的联系,就不可能做到这一点。"[③]这就揭示了哲学与"常识"之间相互

[①] Paula Allman, Antonio Gramsci's Contributions to Radical Adult Education, in Carmel Borg el. (ed.). Boston: Gramsci And Education, Edited by Rowan &. Littlefield Publishers, INC. 2002. p.210.

[②] 葛兰西:《葛兰西文选》,中央编译局国际共运史研究所编译,人民出版社1992年版,第245页。

[③] 葛兰西:《狱中札记》,葆煦译,人民出版社1983年版,第13页。

转化的辩证统一关系。

　　葛兰西还从"常识"的角度对哲学与宗教进行区分。葛兰西认为哲学是一种精神结构,而常识和宗教不是,因为思想观念只有在个人意识中具备统一性和一贯性,才能称之为精神结构。"常识"在历史中的形成是零碎的,所以缺乏一贯性;现实生活中的"常识"通常的表现形式是零碎的,自然不具备统一性。葛兰西的这一常识观在英国著名的左翼文化理论家雷蒙·威廉斯看来是对马克思主义意识形态理论的重要修正,他认为:"如果意识形态仅仅是一系列抽象的、强加的观念,如果我们社会的、政治的和文化的观念、预设和习惯仅仅是某种操纵的结果,或某种统一训练的结果,那么社会改变起来比实际情况要容易得多。"[1]常识的存在使得统治阶级不可能进行单向的意识形态灌输,而必须与被统治者的常识达成一致。或者,换句话说,这反映了葛兰西权力观的根本特点:"权力须通过常识才能对被统治者起作用"。[2]宗教也许在某种程度上以统一一贯的形式表现出来,但不是它自身自由地表现,信仰统一在一定限度内来自教会力量的强迫。对于宗教和"常识"而言,哲学是对它们的批判和克服。哲学既包含了世界观,又包含了与之相适应的行为准则。所以说,这样的哲学也可以理解成政治。

　　这样,葛兰西就从哲学和"常识"的关系入手,推导出实践哲学的任务。实践哲学在发展的初期,需要通过和以往的思

　　① Raymond Williams, Problems in Materialism and Culture, London: Verso. 1980, p.37.

　　② Steven J.Jones, Antonio Gramsci, Routledge, 2006, p.4.

想和现有的思想作比较证明自己的优越性。因此，它需要从批判以往和现有的思想开始。这个过程可以分成两步。首先是批判"常识"。批判"常识"的意义不在于推翻常识，而是以常识作为基础证明人人都是哲学家的观念，更新大家现已存在的思想观念，并且给其一定的引导方向。其次是批判哲学。这里的哲学指的就是产生哲学史的知识分子的哲学。也可以把这种哲学看作"常识"，看作社会中最有教养的阶层的常识。我们所拥有的历史是知识分子的历史，而不是民众的历史，这就注定了这是缺少"常识"的历史。在整个文化史中，哲学只是其中的一部分，"常识"在文化中占据着极具分量的比重。也就是说，要想了解整个文化，仅仅通过哲学史的研究是远远不够的，还需要对"常识"的了解和把握，这是"常识"对于文化的意义。将"常识"与哲学并举，也就是将哲学与人民相联系。赋予"常识"以重要意义，将其视为文化研究不可或缺的部分，将哲学史或文化史不仅仅视为知识分子的历史，而是将普通人的"常识"纳入哲学和文化的历史，这才是实践哲学的研究任务。"实践哲学力图不把'普通人'阻留在他们原始的常识哲学的水平上，相反地，力图把他们导向更高的认识生活的形式。实践哲学认定必须是知识界同'普通人'接触，这并不是为了限制科学活动和为了与群众在低下水平上保持统一，而恰恰是为了建立一个智力道德集团，这个集团要使所有群众，而不仅限于狭隘的知识分子小集团，能够在政治上进步。"[1]这样，实践哲学也就具有了政治意义；由此，葛兰西提出了他的

---

① 葛兰西：《狱中札记》，葆煦译，人民出版社1983年版，第15页。

哲学与政治同一性的观点。葛兰西的这一观点受到克罗齐的影响，但他对克罗齐的观点进行了实践论改造，因而具有自己的特点。

在葛兰西看来，哲学与政治是难以分割的。人类的活动可以说是政治的，我们为什么要这样活动？这来自我们的思想，来自我们的世界观，即我们的哲学，所以说，每个人真正的哲学其实就包含在他的政治中。事实上，不存在一般的哲学，在所有的时代都会同时存在许多不同的哲学体系和流派，我们每个人都不得不从中进行选择。那么，选择仅仅是思想上的选择，还是行为方式的选择？每个人的世界观是根据逻辑的智力活动确定的，还是从每个人的实际生活中产生的？个人世界观的表现是根据他的语言，还是根据他的行为事实，哪一种更为真实？当这两者出现了矛盾，说明了什么？葛兰西为我们分析和解释了这一系列问题。他觉得，其实存在着两种世界观，一种是语言上肯定的，一种是表现出的事实。这两种世界观会同时存在，甚至会表现出一定的矛盾。原因何在？对于单独的个人来说，可以用不诚实来解释；但如果广大群众都表现矛盾时，用不诚实就难以解释了，这其实根源于历史和社会制度的深刻矛盾。由于经济基础和政治地位的原因，某些社会集团无法独立存在，他的存在和行动不得不依赖其他的某个社会集团，例如知识分子阶层。因此他们就不能以自身的世界观作为行为准则，而只能借用他所附属的社会集团的世界观，而通常这两者的世界观是不同的甚至矛盾的。尽管他们的内心深处并不认可这样的世界观，但迫于现实中从属依赖的社会地位，仍然会在口头上认可、行为上遵守。批判和选择世界观不仅凭借个人的智力活动,更离不开特定的社会历史背景,脱离政治谈哲学是不现实的。

按照葛兰西的论述逻辑,哲学和历史同样是无法分开的。在葛兰西看来,研究哲学,不能不研究哲学史。也许,我们的世界观是关于现实的各种观念,解答的是明确的现实问题。但是,如果不研究世界观的历史,不认识这个世界观与其他世界观的联系,不分析它们之间的发展轨迹及其一贯性,不了解目前的世界观正处于什么样的发展阶段,就不能批判地认识当今的现实和世界观。所以,哲学和哲学史也是不可分的。通常我们所说的哲学史,指的就是哲学家的哲学的历史以及他们的哲学体系之间的相互关系和影响。这是葛兰西所批判的哲学史。要解决现实问题,仅仅研究这些历史是远远不够的,它们只是哲学史的一小部分。真正的哲学史还应包括广大群众的世界观,领导集团(这里的领导集团可以理解成知识分子集团)的世界观,各种文化集合体的观念和哲学之间的相互联系。时代的哲学正是这些因素有机的结合,它们之间相互影响,在相互作用的合力中往一定的方向发展,形成完整具体的历史事实。

总之,葛兰西在对传统的哲学和哲学家概念进行改造的基础上,提出了他的广义哲学观,对哲学与"常识"的关系进行新的表述,分析了哲学家与广大民众的相同点和不同点,进而将广大民众的世界观和政治生活结合起来,在批判吸收克罗齐相关思想的基础上,提出了他的哲学—政治同一性观点,进而将之与实践哲学的现实历史任务统一起来,突出了人在哲学—政治运动中的作用,为他的文学思想奠定了基础。

第四节　知　识　分　子

20 世纪初期，伴随着诸如泰罗制（又译作泰勒制）等管理手段的诞生，资本主义社会的分工日益精细化，专家的角色在各个行业开始崭露头角，资本主义组织的方式中的这种改变以及未来建设社会主义的诸多问题都要求专家角色发挥重要作用，再加上资本主义社会早已将知识分子问题纳入了政治的核心议题，葛兰西不得不着手研究知识分子并重新定义知识分子。①他认为，实践哲学的任务是组成独立的知识分子集团，让这个集团掌握文化领导权，把哲学思想引入民众的生活中去，使之成为他们的想象方式和行为方式。知识分子的哲学不仅意味着独创性的思想，而是需要批判以往的哲学，了解历史上各种世界观之间的关系，认识它们的发展轨迹以及它们之间的一贯性和连续性，然后使之社会化，与今天的社会现状、与实践、与人民群众的思想水平相结合，建立符合现状的世界观，使之成为实践的基础，影响和改变群众的精神和道德结构，导向更高的认识生活的形式。这是哲学最大的意义和优越性所在。但是，需要指出的是，葛兰西所谓的知识分子不是像墨索里尼和强提埃所收买的意识形态家（ideologist）那样通过大众媒介控制人民思想的人，他也深刻地意识到这样的"伪知识分子"的存在，因此十分为法西斯的"民粹主义"对意

---

① Anne Showstack Sassoon, Gramsci and Contemporary Politics: Beyond Pessimism of the Intellect, London: Routledge, 2000, p.17.

大利社会的危害担忧①。

葛兰西通过疏通"常识"和哲学的关系,打通了知识分子和普通人之间的界限,更新了哲学运动的内容,深化了他的哲学—政治一体性关系理论。"我极大地拓展了知识分子的概念,"他在一封写给亲人的信中说,"而且我并不局限于当下的概念,当下的概念指的只是伟大的知识分子。"②这足以说明葛兰西期待着新知识分子的出现,期待着从平民之中走出来的知识分子。他认为,只有在这样条件下的哲学才是哲学运动:"即在研究着科学的、一贯的、较常识为高的思想的同时,绝不忘掉和'普通人'保持联系,并且在这种练习中,找到需要研究和解决的问题的来源。仅仅由于这种联系,哲学才成为'历史的',才清除掉个人性质的智力成分,而成为有生命力的。"③将哲学视为一种运动,是建立文化领导权理论和行动上的关键所在,并成为政治的保证。

在此基础上,葛兰西论证了理论和实践的统一性问题。在葛兰西这里,理论和实践的统一关系摆脱了机械论的成分,它们的统一不是机械的,而是一种历史形成的过程。它们的统一不是一种原始的存在,而是需要人们的自觉实践,是群众在实践中认识到、采取的一定行动,是人民群众在知和行的过程中将这两者统一起来的。最初,这两者并不是先天统一存

---

① Anne Showstack Sassoon, Gramsci and Contemporary Politics: Beyond Pessimism of the Intellect, London: Routledge, 2000, p.23.

② Antonio Gramsci, The Gramsci Reader: Selected Writings 1916—1935. Edited by David Forgacs, New York: New York University Press, 2000, p.300.

③ 葛兰西:《狱中札记》,葆煦译,人民出版社1983年版,第12~13页。

在的。人民群众在实践中认识世界和改变世界,他们的理论认识和他们的活动在一定的历史阶段可能还存在一定的矛盾。群众会有两套认识。一种是在表面上表现出来的认识,这套认识可以看作常识的一部分,它的内容往往是从过去不加批判地继承下来的,并且依附于一定的社会集团,影响道德和意志的主要方向。这套认识总与一定的社会集团、阶级地位、经济状况等因素不可分割。另一套认识则是包含在群众的活动本身里,包含在通过实践改变现实的活动中,包含在无产阶级推翻旧的统治阶级、建立新的社会秩序中。这两套认识之间的矛盾实质上就是无产阶级新政权的建立与旧的市民社会的意识形态之间的矛盾。"因此,批判地理解自己本身是通过政治的'领导权'的斗争实现的,是通过相对立的方向的斗争实现的,开始是伦理方面,随后是在政治方面,最后形成自己的现实观的最高完成。"[①]领导权本是政治概念,它的实现不仅意味着掌握一套完整统一的世界观这一重大的哲学进步,还意味着在实际政治行为中现实伦理的最高完成。这也是葛兰西思想中历来被学术界所认为的最为精华的文化领导权理论。

　　在葛兰西这里,理论和实践的统一性不是这两个概念意义上的统一,而是从实践哲学的角度赋予这种统一性更加深入的意义。这不仅是理论上的意义,而且是行动上的指导意义,为知识分子的政治问题所用,应用于知识分子和群众的关系,应用于知识分子实现文化领导权的任务,成为夺取文化领

---

① 葛兰西:《狱中札记》,葆煦译,人民出版社1983年版,第16页。

导权的实施策略的依据所在。

葛兰西还从知识分子和群众的区别的角度论述了理论与实践相统一的问题。葛兰西在论及知识分子时,为了论述的方便,将之与普通人、群众相区别。实际上,在葛兰西的知识分子观中,将知识分子分为传统的和有机的,这里指的是传统知识分子。有机知识分子则存在于一切社会阶层中。无产阶级的知识分子首先要做的是认识到自己是领导力量的一部分,自觉地批判地理解自己,在自觉的批判中将理论和实践结合起来。"知识分子与'普通人'有一种应该存在于理论与实践之间的统一性,即要使知识界能成为这些群众的有机的一部分,换句话说,知识分子能对于这些群众的实践活动所提出的原则和问题加以研究整理成为一个完整的体系,从而同这些群众组成一个文化的和社会的集团。"①群众的世界观主要建立在"常识"的基础之上,哲学和新的世界观是在对"常识"的批判中建立的,群众不可能完全抛弃旧的世界观以纯粹的形式去接受一套新的哲学和世界观,而只会以一种新旧结合的形式去接受。"这就是为什么要强调,领导权这个政治概念的发展表明巨大的哲学上的进步,而不仅是实际政治行动上的进步,因为这种发展必然引起和暗示智力的统一以及符合那种克服了常识并成为批判的(哪怕暂时还在有限的范围内)现实观的伦理。"②批判旧有的常识,建立新的哲学和世界观,建立文化的社会的集团这也正是无产阶级知识分子建立文化领导权的实施战略。这些战略的实施需要知识分子的组织和

---

① 葛兰西:《狱中札记》,葆煦译,人民出版社1983年版,第12页。
② 葛兰西:《狱中札记》,葆煦译,人民出版社1983年版,第16页。

领导，同时也需要纪律的保障和群众的忠实，从而使理论和实践的结合获得具体的形式。

此外，理论与实践的统一又说明葛兰西眼中的知识分子必然是有倾向性的（committed），而不是象牙塔里超然世外做脱离实际的高深研究的知识分子。他之所以强调这一点主要是为了针对意大利法西斯政府曾经的教育部长克罗齐，一个他既继承又批判的知识分子。克罗齐一贯的主观唯心主义思想使得他选择无功利性的知识分子立场，他认为知识分子必然是不能带上任何政治色彩的，克罗齐所没有考虑到的一点在于作为知识分子的他提出这样的观点必然也是政治的，或者说恰恰是介入性的。①与此相对，葛兰西期待的知识分子不但有阶级，而且必须从阶级的土壤中诞生，更重要的是，知识分子的重要工作就是组织和动员大众，换句话说就是成为萨特意义上的介入性的知识分子，这又与其实践哲学理论是密切相联的。毫无疑问，这些观念对后现代社会中的知识分子观（如布尔迪厄、萨义德等的论述）也产生了不小的影响。

需要注意的是，要实现实践哲学的任务并非轻而易举，需要一个长期的过程。原因是多方面的。首先，葛兰西认为，知识分子在当时的社会里还不是一个独立的社会集团，只是附属于某一社会集团的阶层。作为一个从属阶层，知识分子人数不多，群众与知识分子有时是分裂的，又是部分重合的。他们既不是出身于人民，也没有与广大人民群众深入联系，而是站在中间的阶层，一有急剧的历史转变，就退回到原来所从属

① Anne Showstack Sassoon, Gramsci and Contemporary Politics: Beyond Pessimism of the Intellect, London: Routledge, 2000, pp.18—19.

的社会集团。这当然与经济基础的原因不无关系。知识分子要想取得启迪民众的作用，就必须掌握文化的领导权。知识分子既是群众在文化上的领导阶层，同时又是群众的一部分，与群众组成一个文化的社会的集团。他们研究群众在实践活动中的问题并将之整理成一个体系，整理成一个高于常识的、科学的、完整的体系，然后再用这个体系引导人民的思想和生活，这样才能保证文化运动的稳定性，这样的哲学才是富有生命力的运动哲学，或者说哲学运动。

其次，葛兰西认为，人民群众有其根深蒂固的属于自己的思想和行为方式，知识分子要改变这种情况要付出很多努力。这些民间的哲学观念就像人民的信仰，是坚固的，不容易改变的，深深扎根于民众之中，深刻而广泛地影响着他们的生活。某些民间观念哪怕在某些时候被证明是错误的，民众也不会轻易改变。因为这些民间理念并不完全是个人的，它们往往是属于某一个社会集团的观念，因此才会如此强大，群众才会如此依赖它们所给予的安全感。因此，马克思也指出民间的信仰往往具有物质力量的那种能量。可想而知，要改变群众的民间哲学是一件多么困难的事。

第三，按照葛兰西的论述，通过知识分子集团建立的文化领导权，重塑了知识分子和群众之间的关系，但这种"领导"并不是完全意义上的政治上的领导与被领导，而更大程度上是文化上的教育的关系。与之相关，教育的关系也不是单向的教育与被教育的关系，而是一种相互教育的积极的关系。比方说，教员和学生，他们的地位就是可以变换的，正所谓教学相长，教员在教育学生的同时，也受到了学生的教育。教育关系不仅局限于专门的学校内部，可以引申至整个社会，适用于每个人与其他人的关系之中，例如统治者与被统治者、知识分子与非知识分子、杰出人物与其追随者等等；同样也适用于哲学家与他所要改变的文化环境之间，适用于哲学与社会的关系之间。哲学家用自己的思想影响和改变环境的同时，环境也以反作用的方式迫使哲学家常常做自我批评。一个哲学家的最大意义就表现在他与所改变的文化环境之间的积极的互动关系中。如果说哲学是一定的社会活动的体现，那么它自然会对社会起到消极或者积极的反作用，衡量这种哲学的历史意义就要看这种反作用的效果。衡量的标尺不是哲学家的研究成果，而是历史事实。

综上所述，葛兰西希望通过对知识分子集团的建设，将哲学思想通过教育的方式散播到民众中间，引导民众的世界观和价值观，进而实现实践哲学的历史性任务，让知识分子掌握文化领导权。基于此，有学者认为，葛兰西"是直接将知识分子问题作为一个理论问题来谈论的第一个马克思主义者"①。当然，实现实践哲学的历史任务是长期而艰巨的，这不仅因为知识分子集团的建设需要长期的过程，而且民众本身也拥有自己的哲学思想，两者之间的融合也需要一个长期过程。这一思想深刻地影响了葛兰西对文学的认识。

---

① 博格斯：《知识分子与现代性危机》，李俊、蔡海榕译，江苏人民出版社2002年版，第68页。

第二章　文学观:文学的人民性

在葛兰西的文学思想中,影响最大的是他提出的"民族的—人民的"(national-popular)文学观,它是葛兰西文学思想的核心所在,又与葛兰西的政治思想紧密结合在一起,其理论基础和现实针对性均极为显著。因此,葛兰西的整个文学思想,都是建立在其"民族的—人民的"文学的思想基础之上的。其精神实质是文艺必须为人民服务,文学须是人民的文学,作家应想人民之所想,喜人民之所喜,体验人民真实的趣味、情感和思想,培育人民的思想感情,创作老百姓喜闻乐见的文学形式和作品,肩负起"民族教育者"的使命。葛兰西的这一理论是建立在意大利的社会文化背景和文学创作实践的基础之上的。葛兰西一方面从理论上对"民族的—人民的"文学进行学理阐述,对其形成的现实基础进行梳理和总结,提出一部作品成为"民族的—人民的"文学的各种构成要素;另一方面,与其理论建构和政治思想相关,葛兰西又通过对通俗文学、科幻文学和民间文学的论述丰富了"民族的—人民的"文学观的理论内容,实现了理论建构与文学批评的统一,为市民社会文化领导权的建立提供了思想理论基础。总体上看,葛兰西的"民族的—人民的"文学观具有较为广阔的理论视野、深厚的现实基础和理论基础,同时也使其理论超出文学的界限,将文学作为社会文化的重要组成部分,实现了文学研究和文化研究的统一。

第一节 "民族的—人民的"文学

葛兰西所讨论的"民族的—人民的"文学,并不是一般的文学现象,而是针对特定的时代和地域来探讨文学命题的。所谓特定的地域,指的就是意大利民族;特定的时代,即意大利自成立之初就一直存在的问题。这些问题的背后有其复杂的社会、政治、历史、文化的成因。因此,葛兰西其实是透过这些文学现象发现其背后隐藏的社会问题,同时通过对这些社会问题又开出了文学的药方,这便是"民族的—人民的"文学。"民族的—人民的"文学已经超出纯粹文学的范围,体现出强大的社会功能和政治意义;它既是文学的形式,又是文学的内容;既是所指,又是能指;既是途径和方法,又是目标和思想;既是一种认识论,又是一种方法论。

一、"民族的—人民的"文学的内涵

"民族的—人民的"文学观,核心即"人民性"。葛兰西的"民族的—人民的"文学理论中的"一定的群众",指的是在历

史发展的一定阶段的"民族—人民"，即特定的意大利的社会文化背景下的人民群众。葛兰西说："新文学需要把自己的根子扎在实实在在的人民文化的 humus（法语：沃土）之中；人民文化有着自己的风格，自己的倾向和诚然是落后的、传统的道德和世界观。"①因此，葛兰西的"民族的—人民的"文学观是针对特定历史时期、特定背景的文学理论，不仅对文学的文学性有所要求，还要求它承载更多思想、道德以及教育方面的功能。前者是根本，而后者的实现并不是生硬的表现，必须是作品内部最深沉的情感、自然的表露。这些内容构成"人民性"的主要内涵。

"民族的—人民的"文学观，其本身在思想上和技术上都应含有引起老百姓欣赏兴趣的因素。为此，葛兰西还专门分析了老百姓感兴趣的具体内容和因素，即民族的人民的文学中的"有趣的因素"。这些"有趣的因素"体现出老百姓的情感和世界观，它们是民族文化建设的重要内容。葛兰西认为，文学中有趣的因素不只是纯粹的艺术因素，更多地属于道德、文化因素，它们最容易激发老百姓的的兴趣——这里的"老百姓"是相对于知识分子而言的。一部作品作为一种艺术，有趣可看作其艺术特征之一，但一部作品能够激发人们兴趣的因素却不仅于此。"这些有趣的因素随着时间、文化条件和个人的气质而异。"为此，葛兰西归纳出文学作品中一些持久的典型的因素。

葛兰西认为，人民赞赏与否成为一部作品是否成为民族

---

① 葛兰西：《论文学》，吕同六译，人民文学出版社 1983 年版，第 35 页。

的人民的文学的关键甚至决定性因素,而要达到被人民赞赏的效果就要充分考虑作品中的思想和道德内容。这是因为,人民只有对作家作品赞赏,才会成为他们的读者。读者不仅仅指购买文学作品的人,而且他们需要对作品抱着赞赏的态度。读者在这里是一个集体,一个表示人民的集合名词,人民代表了整个民族的审美倾向。民族和人民的关系是统一的。如果文学不是人民的文学,那么它就不是民族的文学。赞赏在这里体现的是一个民族与他的作家之间整个关系的总和。文学作品对于普通老百姓来说,现实意义往往大于审美意义,他们在心理上往往倾向于把作品中的人物当作现实人物。他们喜欢某部文学作品,实际上是喜欢作品中的人物。因此,作品所承载的思想和道德内容对于他们来说,起着相当重要的作用。

同时,对人民赞赏的强调也打破了精英文学和通俗文学之间的隔阂,实现了不同文学作品之间的相互转化关系。这是因为,人民对作品的赞赏,是对作家创作的最大的鼓励。只有受到人民赞赏的文学,才称得上人民的文学。文学只有在赞赏的环境中才能得到发展。赞赏是联系作家和群众之间的纽带。民族的人民的文学之所以成为民族的人民的文学,那是源自群众的赞赏。从这个意义上讲,大众文学和精英文学之间并没有明确的分界线,都可以因为群众的赞赏而纳入"民族的—人民的"文学的范围之中。如大仲马的作品《基督山伯爵》本身就是一部通俗文学作品,而他的《三个火枪手》最初也是通过报刊连载的方式发表的,受到广大读者的喜爱和推崇,这并不妨碍大仲马成为优秀的作家。"要知道巴尔扎克著作中也有许多来自报纸副刊连载小说中的东西。"①"维克多·雨果《悲惨世界》是受欧仁·苏《巴黎的秘密》及其成就的影响而写作的。"②从文化的角度看,陀思妥耶夫斯基的小说渊源于欧仁·苏式的连载小说。③

　　而这一切综合起来,就进一步增加了文学中的"人民性"。葛兰西认为,老百姓从自己的兴趣出发,对自己感兴趣的人物进行不断重塑,将这些人物现实化,从而满足他们的幻想和愿望。这样的作品往往更具有"民族的—人民的"文学的价值。因此,老百姓在某种程度上通过塑造人物来表达自己的理想和情感,他们的兴趣和需要成为文学人物获得持久生命力的动力所在。文学作品中的人物在他们的眼里,已经不再是一种文学形象,而成为历史人物,也就是真实存在的人物。他们就像关注现实人物一样关注这些人物的全部身世。正因为他们对这些人物的关注超过了对于具体的文学作品的关注,所以常常会出现这样的现象:某个典型人物在最初的作品中已经死去,但在续传里又复活了,接下来他的故事又不断地用新的材料来继续,经久不衰:貌似雷同的主人公被不同的小说所混淆,民间的说书人在一个人物身上加上了许多人物的故事,以此博得民众的喜爱。人们把想象的世界看作现实的世界,因为这个世界满足了他们的幻想,给予他们精神上的满足感。时至今日,这种方法还在继续沿用,并且受到大众的欢迎。一些家喻户晓的文学形象已经脱离了原有作品中的故事情节,

---

① 朱佩塞·费奥里:《葛兰西传》,吴高译,人民出版社1983年版,第400页。
② 葛兰西:《论文学》,吕同六译,人民文学出版社1983年版,第158页。
③ 葛兰西:《论文学》,吕同六译,人民文学出版社1983年版,第157页。

甚至人物性格都发生了很大的变化，他们出现在一些新的故事或者文艺体裁当中，身上积聚了一些新的个性。对于观众来说，他们已经成为熟悉的老朋友，在他们的身上倾注了几代人的情感，而在以他们为角色的作品中，这些作品中故事情节以及表达方式的变化，人物性格设置的变化，承载了不同时期、不同时代人们的精神需求和审美趣味的变化，同样可以作为文化史的研究对象。

二、强调"民族的——人民的"文学的内在缘由

葛兰西为何如此强调"民族的——人民的"文学？这包含了两方面原因：一方面，与葛兰西对语言学的关注息息相关，由于葛兰西出生在南意大利的撒丁岛，这使得他敏锐地注意到统一的标准意大利语更多代表的是工业发达的北意大利的精英阶层，而贫穷的南意大利则遭到了忽视。这引起了他对地方文化和官方文化之间关系的反思。换句话说，正是"南方问题"（southern question）促使葛兰西提出"民族的——人民的"文学这一概念。①另一方面，这又与 19 世纪 30 年代以来意大利缺乏反映人民情感和愿望的文学作品这一客观现实相关。葛兰西指出，虽然在许多语言里，"民族的"和"人民的"这两个词是同义词，或者说词义几乎相同，但在意大利，两者的含义却是不同的："在意大利，民族的这一概念就其思想内容来说，含义极其狭隘，至少说它不等同于人民的这一概念。"②"民族的"

---

① Steven J.Jones, Antonio Gramsci, Routledge, pp.35—37.

② 葛兰西：《论文学》，吕同六译，人民文学出版社 1983 年版，第 49 页。

指的是意大利本民族。意大利的文学和人民的文学是两个不同的概念。在意大利，所谓民族的文学并不是人民的文学。在葛兰西看来，意大利这个民族根本不存在人民的文学，即意大利的文学缺乏人民性。

葛兰西以报纸刊登连载小说为例对其原因进行了分析，指出传统的知识分子与人民之间远远疏离这一客观存在的社会现实。在 20 世纪 30 年代的意大利，报纸是最主要的新闻娱乐的传播媒介。一些连载小说刊登在报纸上，获得了广大老百姓的欢迎。有些连载小说甚至成为经典著作，如《基督山伯爵》等。于是报纸主办者总是千方百计寻找那些能够受到读者欢迎、能够拥有稳定持久的读者群的小说，连载小说成为报纸吸引老百姓的筹码，成为推销报纸的主要手段。当时，1930 年的意大利报纸连续刊登了大仲马的《基督山伯爵》《约瑟·巴尔萨莫》和保罗·封特奈的《母亲的痛苦》。诚然，这些都是法国优秀的文学作品，但距当时的意大利已相隔了一个世纪。为什么会出现这种情况？这种情况说明了什么？葛兰西对此进行了深入分析。他认为，老百姓之所以喜欢读连载小说，是因为他们需要有一种文学来满足自身的需要，这种文学能够真实地反映他们的生活和情感需要，娱乐他们的生活甚至满足他们的幻想，给他们的精神以娱乐、安慰和教育，这样的文学才是人民的文学。可是，在当时的意大利却不存在这样的文学。葛兰西说："无论是文学的人民性，还是本国创造的'人民的'文学，现在确确实实是不存在的；因为'作家'缺少同'人民'一致的世界观。换句话说，作家既未想人民所想，喜人民所喜，也没有肩负起'民族教育者'的使命，他们从前不曾、现在也没有给自己提出体验人民的情感,跟人民的情感融为一体,从而培育人民的思想感情的任务。"①葛兰西认为,意大利之所以缺乏人民的文学,究其原因是因为意大利的知识分子脱离人民。

葛兰西在这里所指的知识分子是传统的知识分子。在葛兰西看来,传统的知识分子只有和人民联系在一起,组成思想上和精神上的共同的民族统一体,才能成为有机知识分子,才能承担起自己作为知识分子应该具有的职能。在意大利,知识分子不是人民的组成部分,而是吊在半空中,远远地脱离人民。知识分子不是来自人民,即使偶尔有人出身于人民,他们和人民也毫无联系,整个所谓有教养的阶层与其精神活动,完全脱离了人民。他们不了解人民,不懂得人民的愿望和疾苦,不理解人民内心深处隐蔽的感情和愿望,他们根本没有担当其应该承担的职能。因此,"在意大利不存在一个思想上和精神上的民族共同体,也不存在等级制的、更毋庸说平等的民族统一体。"②"这是由于意大利的知识阶层远远脱离人民,也就是远远脱离民族,他们同等级制度的传统有着千丝万缕的联系;迄今为止还不曾有过一个强有力、自上而下的人民政治运动或民族运动,来打碎这个等级制的传统。"③这就是意大利的社会现实,其影响不仅体现在文学创作上,而且渗透到整个民族的人民的文化当中去,包括戏剧、历史、科学等。意大利人民在思想和精神上不能和本国的知识分子联系在一起,他们

---

① 葛兰西:《论文学》,吕同六译,人民文学出版社 1983 年版,第 47 页。
② 葛兰西:《论文学》,吕同六译,人民文学出版社 1983 年版,第 50 页。
③ 葛兰西:《论文学》,吕同六译,人民文学出版社 1983 年版,第 49 页。

便选择了外国作家。人民热衷于外国作品,因为本国的知识分子对人民来说,比外国知识分子更加陌生。

这一客观的社会文艺状况及其所引起的焦虑情绪,引起了意大利知识界和文艺界的注意。在 1933 年前后的意大利文艺界,关于艺术与生活之关系的争论又掀起了热潮。不少作家、文艺评论家针对艺术脱离生活的问题展开了热烈的争论。这种争论的爆发其实源于人们的心理感受,源于人们自己的言论与行动之间的矛盾所产生的焦虑,他们因为自身信念和现实的格格不入而感到不安。对于这些争论,葛兰西觉得令人厌倦而且认为不会有任何结果,并对这种情况出现的原因进行了多方面分析。

葛兰西从意大利本身历史形成的角度,分析了意大利文艺界所存在的上述问题。从意大利本身历史形成的角度看,早在意大利国家形成之前,意大利缺乏"民族的—人民的"文学的情况就已经存在。因为意大利国家在形成之前一直处于分裂状态,直到 19 世纪中期,意大利地区还存在多个国家,而且大部分地区和邦国受外国控制。资本主义经济的发展使统一被提上日程,同时又为统一创造了客观条件。撒丁王国担负起了统一的任务,通过一系列的战争,到 1861 年意大利北部、南部基本统一,意大利王国宣告成立,1870 年最终完成统一大业。意大利特殊的历史进程使得其政治上的民族统一也相应完成得比较迟缓,这自然会影响到民族、国家在思想和精神方面的统一,并由此造成意大利缺乏人民的文学这一现实。

葛兰西还提到语言方面的问题。语言也是产生这一问题的一个诱因,由于历史和政治的原因,意大利国内一直存在多种方言,不仅方言种类众多,而且彼此差异很大。民族统一运动的迟缓使得语言问题也同样成为长期没有解决的历史问题。不过,葛兰西特别指出,语言问题并非造成意大利文学缺乏人民性的根本原因。准确地说,这不是原因,而是后果,是民族统一问题外在的表现形式之一。这种表现形式并不是绝对不可缺少的。在葛兰西看来,语言不统一固然是意大利文学缺乏人民性的一个原因,但在诸多原因中,它不是最主要的。

葛兰西认为,上述情况的存在,最根本的原因在于意大利知识分子的社会地位。在葛兰西看来,意大利文学缺乏人民性最直接的原因是意大利社会的客观现实本身,以及与这种现实相联系的意大利知识分子的社会经济地位。从意大利社会的成分来看,绝大多数知识分子隶属于农村资产阶级,只有在广大农民群众受到无情地压榨时,知识分子的经济地位才能得到相应的保障。如果知识分子把他们的言论转变成具体的行动,采取彻底的革命性的行动,那就意味着彻底地摧毁了他们自己的经济基础。这是一个残酷的却又无法回避的现实。经济基础是一个阶级赖以生存的根基,这就决定了意大利的知识分子无法从根本上改变社会现实,完成真正的民族—人民的统一。

葛兰西认为,意大利的上述情况已经引起人们的注意,这里的"人们"指的是意大利绝大多数的知识分子。葛兰西是这样分析的:今天的时代不同于以往,人们认识客观现实的能力正在不断提高,人们会以更加真诚和公正的态度去看待和理解现实,尽管这种态度来源于广泛传播甚至可能是空洞虚假的反资产阶级精神。但至少人们能够认识到真正的民族—人民的统一尚未实现,这是一个民族和国家的致命弱点。他们希望建立真正的"民族的—人民的"统一,即使通过外来的或者教育的手段,即使这只是他们的一厢情愿。知识分子其实已经清醒地意识到了这个问题,并且抱有坚定的信念想要改变这样的现实。但是为何却迟迟没有做到,或者说没有达到足够的力度?原因之一是他们以为民族民主的革命已经完成了,即1870年资产阶级与封建势力妥协,建立了统一的意大利王国。既然如此,那就不需要再采取任何改变社会现状的革命性的、根本性的行动,只要成立一些所谓的组织、做一些教育工作就可以了。而实际上,从广义的角度来说,整个生活就是辩证法,就是战斗,因而也就是革命,任何时候都不能放弃改变的意志和诉诸行动的彻底。这样的言论在当时的社会现实中,可谓是振聋发聩的。

三、文学与道德标准的统一

葛兰西并未以"人民性"来否定文学作品的文学性。文学作品究其本质在于它的文学性,这是它的根本所在,失去了文学性,文学作品很容易被工具化,从而失去其自身的美学意义。正是其内在的艺术价值和魅力吸引着读者去阅读,阅读文学作品是一种审美活动,读者在审美的过程中获得了审美的愉悦感。文学作品要成为人民的文学,首先要具备文学性,这样才能感染人民,获得人民的喜爱,进而具有人民性。

具有人民性的作品仅有"美"是不够的,还需要一定的思想和道德内容,充分和完美地反映一定群众内心深处的愿望。

这里的"人民"或"群众"，只是一个相对笼统、空泛的概念，这样称呼是为了标明他们在社会中的地位，正是这种特定的社会地位导致他们在精神和文艺上遭受到长期的忽视。从这个意义上讲，人民性和阶级性是紧密联系在一起的。这样称呼并不等于无视和漠视每一个个体活生生的存在和具体的不同的需求。文学的人民性就已体现在对这些需求的满足里，这就对文学形式和内容的多元化提出了更高的要求。人民包含了若干阶层和个体，每一阶层有他们特定的需求，每个个体有他们各自的需求，即使是最没有文化教养和最不文明的阶层，他们也有精神上的需要，他们的需要也要得到相应的满足。这是一种人道主义。民族的——人民的文学归根结底就是人道主义的召唤。这是社会安定和发展的重要因素，更是知识分子义不容辞的使命，是整个民族灵魂精神的中流砥柱。

葛兰西将人民群众的精神需要与文学作品本身的思想性和艺术性结合起来，要求作品蕴含作家本人的真情实感，并将这种真情实感与人民群众的理想、情趣和道德观念等需求结合起来，满足他们的精神需求。在葛兰西看来，这样的"人民性"是真正的人道主义的体现，也是建构整个民族精神和文化的关键所在。强大的实践力量和切实的人道主义关怀，是葛兰西文学思想与部分西方马克思主义美学区别开来的根本特征，也是与众多文学思想之间存在显著区别的标志所在。

葛兰西认为，文学如果受到群众的欢迎，最主要的原因是作品中的文化、政治和道德等因素，审美因素倒是其次。从阅读动机来看，普通老百姓阅读一部作品的动机一般来说不是出于满足审美的需求，而是受实际动机的驱使。对于老百姓来说,哪些因素对他们更具吸引力呢？通常他们在第一次阅读时,很少产生美感的冲动。这在戏剧中表现得尤为突出。这里的戏剧主要指的是戏剧的舞台表演。观众在欣赏戏剧表演时,直接感受到情感、生理方面的因素；即使感受到美感的冲动,那也归功于导演和演员的舞台表演,而不是文学剧本。再比如欧仁苏的小说,葛兰西认为其审美价值并不高,但却受到了老百姓的欢迎,原因何在？"'第一次阅读'仅仅留下纯粹或几乎纯粹'文化的'或内容方面的印象,'老百姓'是第一次阅读的读者,他们通常不持批判态度,作品中多半以矫揉造作和随心所欲的方式反映出来的普通的思想使他们共鸣和感动。"①

在葛兰西看来,一部作品最能引起人民群众欣赏兴趣的是道德因素和技术因素。对于老百姓而言,激发兴趣最持久的因素是道德的兴趣。这不是具体的道德内容,而是道德范畴内的意义,道德评判是老百姓生活中最感兴趣的话题之一,大多数老百姓在阅读作品时,倾向于把作品中的人物当作现实人物来理解。因此道德的内容自然成为激发他们兴趣的首要因素。技术因素也是激发读者兴趣的重要因素。"与此密切相关的是某种特殊意义上的技术因素,即以最直接和最富有戏剧性的方式使人领悟小说、长诗和戏剧的道德内容、道德冲突；由此便有戏剧中的剧场效果,小说中的主要情节纠葛。"②也就是说,在作品中使用各种技巧来吸引观众,这些技巧从艺术的角度来说不具备多少艺术价值,在文学史上无足

① 葛兰西：《论文学》,吕同六译,人民文学出版社1983年版,第157页。
② 葛兰西：《论文学》,吕同六译,人民文学出版社1983年版,第35页。

轻重，但是，从文化的意义上看，它们与文化史关系密切，值得引起重视。

　　葛兰西一向强调作品内容对人民群众的重要性，而轻视作品形式在引起老百姓欣赏兴趣方面的作用。实际上，当时报刊连载小说在意大利颇受广大民众欢迎，很大程度上是因为连载小说这种商业性连载所形成的悬念，而葛兰西曾对此进行过批判，认为商业性连载作品，"它的'有趣的'成分不是'真挚的''内在的'成分，无法同艺术观和谐地融合，它是呆板地从外界搜寻得来，作为保证'一鸣惊人'的成分，用巧妙的方法炮制而成"①。这方面因素被葛兰西忽略了，甚至还受到了葛兰西的批判。当时，一份文艺刊物刊出的一篇文章提出这样的观点：连载小说是人民美学的一种文学样式，即连载小说这种形式是人民喜爱的样式。葛兰西认为这种观点是错误的。人民喜欢什么类型的文学，最主要的取决于作品的内容而不是形式。如果他们感兴趣的内容有哪位作家描绘出来，他们便会对这位作家表示赞赏。"人民群众对待自己的文学最突出的态度之一在于：作者的姓名和个性对于他们全是无关紧要的，重要的是人物的个性。"②葛兰西在形式和内容的关系中是侧重于内容的。但是，就连载小说本身的形式而言，的确有其吸引群众的因素。因为连载需要吸引读者保持阅读的兴趣，所以在情节和篇幅的设置、技巧的运用、语言的通俗性等方面，都要考虑到读者的兴趣和口味。它们往往情节曲

①　葛兰西：《论文学》，吕同六译，人民文学出版社 1983 年版，第 35 页。
②　葛兰西：《论文学》，吕同六译，人民文学出版社 1983 年版，第 165 页。

折生动,语言通俗易懂,一些连载小说常常在每一期的最后留下悬念,吸引读者继续追看。这些特点可以说是连载小说的形式带来的,在某种程度上也是商业性造成的。当然,囿于对文学作品认识的某些缺陷,葛兰西对文学作品的表现样式等还存在一定的不准确之处,忽视报刊连载和商业化运作在文学作品成为"民族的—人民的"文学过程中的作用,这一点也是需要指出的。

四、作者的态度

葛兰西指出,文学的人民性除了作品所包含的思想内容外,还包含作者的态度。在人民性的上述界定中,葛兰西认为作家在文学作品中所流露出的态度,对于一部文学作品能否成为民族的—人民的作品至关重要,为此,葛兰西对作家的态度问题进行了专门论述。在葛兰西看来,作家的态度决定了文学作品内容的根本性意义;意大利当时的作家创作之所以普遍失败,根本原因即在于他们在作品中的态度是冷漠无情的,没有反映或表现出人民的需求和愿望。一个作家对于生活、对于环境、对于作品中的人物、对于人民都会持有自己的态度,这些态度体现了作家本人的价值观、世界观和立场。有时候他并没有明确地表现,但一切创作都有倾向性,这种倾向性会存在明显与不明显的差别。这些态度和立场总会在作品的字里行间不经意地有所流露,始终如盐在水般存在于作品之中。而一部作品如果能够称为人民的文学,作者在作品中流露的态度也是至关重要的。

葛兰西认为,对于作品内容来说,作家和整整一代人对环境的态度具有根本的意义。不过,把内容仅仅理解成对环境的选择是远远不够的,还应该包括作家对人物、对平民百姓的态度,正是这些态度决定了作品的意义,决定了整个一代人和一个时代的文化。葛兰西的一篇评论中提到,很多作家在描写环境时冷漠无情,从而暴露出自己道德上和精神上的贫瘠,暴露出自己非历史主义的弱点。作家对生活的认识和态度如何,决定了他如何塑造人物形象。葛兰西说:"事实上,'一代又一代'的作家试图以冷漠无情的态度选择描写的环境,从而暴露出自己的非历史主义的弱点和道德、精神上的贫瘠,这难道不是屡屡发生的情况吗? 再者,把内容单单理解成对一定环境的选择,是不够的。对'内容'来说,带有根本意义的是作家和整个一代人对这个环境的态度。唯独这个态度决定整个一代人和一个时代的文化,并进而决定文化的风格。"①因此,在作家的创作中,起决定作用的甚至不是人物本身,而是作家对这些人物和环境的态度。

葛兰西以一些作家为例,剖析作家态度对于作品内容的决定性影响。比如,他认为在曼佐尼的作品中,感受到他对平民人物缺乏深沉的内在的爱,看到的是天主教的父道主义和隐含的戏谑。虽然不时流露出的戏谑使作者对待人物的态度显得生动灵活,但是天主教的父道主义肤浅空洞的道德义务感始终主宰着作者的态度,使得作品对平民人物缺乏发自内心的真实、自然的爱与关怀。与此相比较的是托尔斯泰,葛兰西对托尔斯泰作品中流露的对人民的态度赞赏有加。"托尔

---

① 葛兰西:《论文学》,吕同六译,人民文学出版社 1983 年版,第 44 页。

斯泰的鲜明特色在于,人民淳朴天然的智慧,即使是在着墨不多的描写中流露出来的,也闪耀着光芒,主宰着有教养人的精神危机。这正是托尔斯泰的宗教最出色的地方。他'从民主的立场'理解'福音书',即根据它的原本的真谛来理解。曼佐尼则相反,他受到反宗教改革运动的影响,他的基督教在冉森教派的贵族态度和耶稣会式的对待人民的父道主义之间摇摆不定。"①曼佐尼是意大利妇孺皆知的作家,他的长篇历史小说《约婚夫妇》描写了一对平民青年男女的爱情故事,是广受意大利人民喜爱的文学作品。葛兰西对其中流露的作家态度的评论可谓一针见血,但总体评论也未免过于主观。

葛兰西又举了维尔加的例子。维尔加在作品中体现了真实主义的态度,表现出"冷静的、科学的和照像式的恬淡无情"②。之所以是这种态度,植根于作者合理地遵循着真实主义的原则。从这些比较和论述中,我们不难看出,葛兰西显然更倾向于维尔加的写作态度,即他更倡导作家应客观地观察生活,真实地不加粉饰地在作品中予以再现,努力揭示人物和环境的关系,使作品的科学文献价值和艺术审美价值兼而有之。

葛兰西还以作家的态度为标准对当时的意大利作家群进行分类。在谈到意大利的作家时,葛兰西将之分成两类,一类是世俗作家,一类是教会作家。之所以这样分类,是因为长期以来,在意大利,世俗文化和教会文化是在群众中影响最深远的文化,同时也是两种相对立的文化。这两种文化一直都在与对方在群众中的影响作斗争。它们在同时影响并争取着群

---

① 葛兰西:《论文学》,吕同六译,人民文学出版社1983年版,第96~97页。
② 葛兰西:《论文学》,吕同六译,人民文学出版社1983年版,第45页。

众。与这两种文化相对应的,是世俗作家和教会作家。在葛兰西看来,这两类作家的态度都是失败的,因为他们的态度表明他们对人民大众关心的、感兴趣的东西无动于衷。

首先看世俗作家。葛兰西所说的世俗文化是现代意大利的资产阶级文化。在他看来,世俗作家无疑是失败的。因为他们无法摧毁自身赖以生存的经济基础,仍然将自我禁锢于极端陈旧的、等级森严的世界中,无力做出革命性的强有力的行动来打破意大利等级制的传统。由于他们自身的自私,没有意识到革命的迫切性,因而他们不能代表整个世俗文化,他们的创作也缺乏人道主义关怀。民族需要真正的人道主义,需要建立真正的民族的人民的文化来满足人民的需要,这样的需求迫在眉睫,可是世俗作家却无力建立这样的人道主义。而一些法国通俗作家之所以倍受意大利人民欢迎,往往是因为他们的作品或多或少地体现出现代的人道主义。

同样,葛兰西认为教会作家的创作实践也没有获得成功。教会文化在当时对人民群众的影响深入而又广泛,教会文人的作品在人民群众中广为流传,但是这并不能归功于教会文学的力量。这可以从外因和内因两个方面分析。外因是,教会组织数量众多且拥有强大的权力,宗教仪式举行频繁,教会作品就在这些仪式上,作为礼品广为赠送。人们阅读这些作品,不是主体主动的文学审美活动,而是作为传教对象的宗教活动,是在被动地遵守指令,履行义务。内因是,宗教在某种意义上也可以作为主体情感的寄托,作为人们在世俗遭受苦难的精神慰藉,这是群众阅读宗教作品的内在原因。这说明教会文化在人民群众中有广泛的影响不是来自教会作品本身内在的价值和力量,不是来自其文学或者思想的魅力,因而也不能证明教会作家的成功。教会文人写的作品充满了说教,味同嚼蜡,因而无法吸引广大群众。

葛兰西将人民群众的精神需要与文学作品本身的思想性和艺术性结合起来,要求作品蕴含作家本人的真情实感,并将这种真情实感与人民群众的理想、情趣和道德观念等需求结合起来,满足他们的精神需求。在葛兰西看来,这样的"人民性"是真正的人道主义的体现,也是建构整个民族精神和文化的关键所在。强大的实践力量和切实的人道主义关怀,是葛兰西文学思想与部分西方马克思主义美学区别开来的根本特征,也是与众多文学思想之间存在显著区别的标志所在。

总而言之,葛兰西的文学观,不拘泥于一般的文学类型。"民族的—人民的"文学不单纯是一种文学类型,它已经超越自身文学的范畴,具备多重意义,体现出强大的社会功能。它是葛兰西立足于意大利特定的社会、历史、文化背景,针对意大利当时客观存在的文学创作的现实情况所开的一剂药方。他在分析意大利本国作品不能受到人民群众的欢迎这一客观现实的基础上,指出了意大利知识分子在创作过程中具有的种种缺陷,指出了世俗文学和教会文学的诸种失败之处,在此基础上对人民性的内涵进行了界定,将之作为民族精神和现代人道主义建设的重要内容,突出作家的态度在创作过程中和文学作品中的重要作用,以及人民群众的赞赏与否对一部作品成功与否的重要性。正是民族的现实、知识分子和群众的关系,构成了"民族的—人民的"文学的历史与现实的基础。

需要说明的是,葛兰西的这些观点也遭到了许多批判,总结起来包括两个方面：第一，他对民族性的批判不够充分，而且他经常会不自觉地采用标准意大利语会比方言更好的这种预设。第二，一些学者认为葛兰西的这一理论过于空泛，他没有提出行之有效的操作方法。福格斯说："一旦不同势力和运动之间达成一致，建立起统一体，那还如何分散为竞争性的小利益集团呢？"[①]的确，尽管葛兰西认为必须尊重不同团体的趣味和倾向性，但他并没有在著作中提出明晰的机制和系统来解释和而不同如何可能。尽管如此，"民族的—人民的"文学思想的积极意义是不容抹杀的，其中包含的知识分子、民众、文学之间的互动关系，文学与社会学、心理学、民俗学等学科的结合和相互包容，为我们当今的文学创作和研究、文化研究以及社会主义核心价值体系建设等问题都可以提供值得借鉴的积极的意义。

第二节　民间文学

民俗（folklore）在葛兰西的文化理论中扮演着极为重要的角色，主要的原因是源于当时的历史背景。以墨索里尼为首的意大利法西斯企图通过大力提倡民俗来铸造意大利人民的民族认同感，以便给意大利人民灌输错误的意识[②]。因此，葛兰西提倡通过教育来对抗这种被统治阶级收编的民俗。葛兰

---

① Forgacs, D. "National-Popular: Genealogy of a Concept" in S. During (ed.) The Cultural Studies Reader[M], London: Routledge, 1993. p.189.

② William Simeone, "Fascists and Folklorists in Italy." Journal of American Folklore 91/359：543—57.

西眼中的民俗包含的范围非常广,"葛兰西在其著作中将某些
实践看作'民俗':如迷信,魔法,炼金术,巫术,信奉神灵,大众
道德,俗谚,寓言以及与特定世界观相关的母题。"①另外,还包
括以文学形式出现的内容,如民歌、宗教和大众文学等等。这
里主要讨论的是后者。葛兰西以民歌为例,探讨了民间文学
以及民俗文化研究的准则和价值问题,深化了他的"民族的—
人民的"文学理论。葛兰西对这一问题进行讨论,既与他的文
化领导权思想有关,也与当时意大利的教育体制有关。在当
时的意大利,关于师范学校是否需要开设民俗课,民俗课是否
存在功用,学者们对这些问题曾产生怀疑和争议。葛兰西基
于自己的思想和理论,充分论证了民俗学研究对于建立文化
领导权的重要性。关于这些问题,他也提供了自己的答案。
不论是在研究还是在教学中,都要提高对民俗学这门学科的
重视,将其视为一门正规的学科严肃对待,而不是一门关于无
关紧要的稀奇古怪的东西的学科。要研究哪些观念对青年产
生影响,要联系实际将现代文化与民间文化结合起来,对广大
人民进行文化教育。对于葛兰西来说,这些工作的意义是相
当重大的。因此,葛兰西也将民间文学纳入自己的文学思想
体系进行了新论述。他是以民歌为例来论述民间文学的。

一、内涵界定

葛兰西对民歌的定义和分类作了一番总结和梳理。关于

---

① Stephen Olbrys Gencarella, Gramsci, Good Sense, and Critical Folklore Studies, Journal of Floklore Research, Vol.47, No.3, 2010. p.225.

民歌的定义和分类,有一些不尽相同的说法,比如认为民歌是由人民创作的诗歌,或者是为人民创作的诗歌等。葛兰西引用了一种说法:"哀莫拉奥·鲁比埃里把民歌划分(或者说区别)为三种类型:1.由人民自己创作或为人民创作的诗歌;2.为人民创作但并非由人民创作的诗歌;3.既不是由人民创作,也非为人民创作,而是被人民接受,使之适应自己的思想、感受方式的诗歌。"①在葛兰西看来,"所有的民歌都可以而且应该归结为第三种类型"②。从葛兰西对于民歌的接受和界定,我们可以进一步分析他对于民间文学以及民俗文化的理解和态度。

葛兰西对于民歌的定义的界定,明确地否定以作者或读者为分类依据的界定方法。在葛兰西看来,一部作品被称为民间文学,作者是谁并不重要;为谁而作,读者是谁也不重要。这些都不能成为界定民间文学的坐标。重要的是作品本身所蕴含的世界观,所包含的生活世界,所反映的是否人民的生活世界和他们的价值观;民歌中的世界观也不是以统一的形式呈现,而是若干种世界观的自然的表现。这就将民间文学与民俗文化直接联系到一起,也就是说,葛兰西对于民间文学的界定已经跳出了纯文学的范畴,将之作为民间文化的重要组成部分。

从葛兰西对民歌的界定看,他并不完全从审美的、艺术的角度来解释民歌的特征,而是从民族的、文化的角度进行界定的。他认为应在特定民族文化结构中来理解民歌的本质规定性,认为民歌蕴含着一种与官方的、主流的意识形态不同的认

---

①②　葛兰西:《论文学》,吕同六译,人民文学出版社 1983 年版,第 169 页。

识世界和生活的思维方式。葛兰西用"共同体"这个概念来指称民歌的这一特点："因为在一个民族及其文化的范畴之内，民歌的特征并不在于艺术的因素，也不取决于历史的渊源，而是表现于他同官方社会相对立的认识世界和认识生活的方式：因为在这里，而且仅仅在这里探寻民歌的'共同体'，人民自身的'共同体'。"①在葛兰西看来，所谓民歌的"共同体"，并不等同于一定历史条件下的人民共同体，而是指从文化角度来界定民歌，着眼于民歌中所蕴含的不同的文化阶层的思维方式和思想观念。因此，葛兰西说："从文化的角度来看，人民本身并非纯正单一的，而是代表着为数众多的、以不同方式结合的文化阶层的共同体。"②"共同体"概念是葛兰西提出的理解民歌的新概念，这一观念也成了雷蒙德·威廉斯和伊格尔顿的"文化共同体"理论的滥觞。同时，这一共同体内部绝非铁板一块，而是分化成不同的层级，正是这种分层导致了民俗的碎片化，不连贯，非系统性和间断性③。从某种意义上来说，这也就是巴赫金意义上的复调。

葛兰西对民间文学的界定有着深刻的理论动机和广阔的进一步发展的学理空间。在葛兰西看来，民间文学并不是文学内部以作家或读者为依据所划分的某一分支，而是一门独立的学科。它有着自身的独立性，有着自身独特的形成和演化的轨迹。如果说，文学是用文字来反映现实生活，那么，民间文学则是直接表现社会生活。民间文学不仅被表现为已经

---

①② 葛兰西：《论文学》，吕同六译，人民文学出版社 1983 年版，第 169 页。

③ Alberto Cirese："Gramsci's Observations on Folklore." In Approach to Gramsci, ed. A. Showstack Sassoon, London：Writers and Readers, p.224.

形成的文字的形式,同时还包含着民间口头创作和传播、流传的过程,与民众生活水乳交融。因此,对它的特性的研究就不能仅限于审美属性,而应更加注重其广阔和多样化的现实属性和文化属性等。民间文学与民众生活融为一体,对它的研究就离不开其置身的环境。这环境既包括历史的现实的氛围,又包含着民俗文化的土壤。葛兰西将民间文学看作一门独立的学科,将民间文学纳入民俗文化的范围,赋予民间文学研究强烈的现实意义。

二、文化分析

葛兰西对民歌的界定有其特定的思想基础。在葛兰西之前,意大利美学家克罗齐曾对民间诗和艺术诗的表现形式、艺术技巧和思想内容等方面问题进行过论述,歌德、黑格尔等人对民间诗的论述与葛兰西的思想也有着某种呼应之处,其中,克罗齐对民间诗的论述与葛兰西的民间文学思想联系更为紧密。

克罗齐对民歌的变动性进行了论述,认为民歌的变动性根源于民间文化的变动性。作为民间文学的种类之一,民歌有着民间文学所具有的共同特点,也是它区别于其他文学种类的特性之一,如起源和传播具有集体性和变异性,通过口头传诵和世代相传得以保留等。针对这些特点,克罗齐引用施泰因塔尔的话说:"民间诗是一个变动中的名词,因为实际上没有什么民间诗,而只有民间作品,这不是什么民间叙事诗,而是大众史诗。"[①]民歌之所以一直处于不确定性的变动过程

---

① 克罗齐:《美学或艺术和语言哲学》,黄文捷译,百花文艺出版社 2009 年版,第 226 页。

中,是因为它与民间文化之间不断发生着交流,民间文化中的新因素无时无刻不为民歌的发展和变动提供新的营养;同时,人民大众的情感需求、审美情趣和生活理想也会随着社会情境的不同而发生改变,这也促使民歌不断更新和发展。因此,无论是针对民歌的变动性而言,还是葛兰西所针对的人民性而言,将民歌研究纳入整个民间文学乃至民间文化的研究视野在学理上和实践上都是合理的。可见,克罗齐的思想与葛兰西是有着相通之处的。

克罗齐还通过对民间诗和艺术诗的比较,论述了民间诗的变动性特点,但在他看来,这种特点并非民间诗的本质规定性,不足以将民间诗与艺术诗区分开来。他不是从外在形式的角度而是从内在的情感和思维的角度出发进行比较的:"一首诗的性质的确定不能是语文学的问题,也就是说(正如我们目前所研究的特点一样),不能根据外部条件来探讨,而是应该属于心理学问题或内在性质问题。"①克罗齐的方法同样是跳出了美学和纯文学的范围。克罗齐还认为民歌的内在情感和思维可以视为意识形态文化的某些方面,这就从内在方面将民间诗和艺术诗统一起来了。歌德就这个问题谈过对于诗歌的统一性的看法:"诗只有一种,也就是纯正的和真实的诗,其他则为其近似物和表面现象。农民所得到的诗的天赋也和骑士一样好。关键只是在于,是否每个人都能把握住他的状况,并且按其身份地位对待他。这样,最简单的境况也能获得最大的优势。因此,即使是那些具有高尚地位和受到良好教

---

① 克罗齐:《美学或艺术和语言哲学》,黄文捷译,百花文艺出版社 2009 年版,第 227 页。

育的人,倘若他们要赋诗的话,大多也是在淳朴中寻求自然。"①因此,单从作者的角度来界定民间诗是不科学的,以文字作为表现形式的民间诗和艺术诗,在情感表现的实质上是一致的。

克罗齐所谓的"情感的一致性"是就其实质而言的,克罗齐又指出在精神和情感世界的内部所存在的不同领域和层次区分,以及所涉及的道德和实践领域,这与葛兰西将民歌作为人民大众世界观的重要载体的看法是一致的。为此,克罗齐对民间诗和艺术诗作了比较和分析。"因此,民间诗在美学范畴内作为良知的那种东西类似的东西,也是同道德范畴内的纯洁和天真相类似的东西。民间诗也表现心灵上的一些活动,但是这些活动作为直接的事先活动,并不会带来思想上和激情上的巨大动荡,它只是以相应的简单形式描述简单感情。高水平诗歌则会在我们身上引起并激起大量的回忆、经历、思想和多种多样的情感以及不同程度、具有细微差别的情感;民间诗所涉及的范围不会有意地如此广泛,以求切中要害,他则是通过简短而又迅速的途径做到这一点的。"②克罗齐揭示了民间诗和艺术诗实质性的区别。这区别不在于作者是平民百姓还是文人,而在于作者所表达的情感和思维的不同层次。人的情感和思维具有不同的层次。即使是具有较高文化修养的人,性格中也会有不失天真的一面,对待生活的某些方面仍

---

① 克罗齐:《美学或艺术和语言哲学》,黄文捷译,百花文艺出版社 2009 年版,第 229 页。

② 克罗齐:《美学或艺术和语言哲学》,黄文捷译,百花文艺出版社 2009 年版,第 232 页。

然会抱有淳朴的情感;即使是哲学家或批评家,也会有着朴素的思维方式,也会有用良知支配意见的时刻。葛兰西将民歌与人民大众的世界观联系起来,可以说正是基于这样的依据。

克罗齐还将"非个性"视为民间诗的一个特点,从而将民间诗与民间文化联系了起来。葛兰西将民歌作为民间文化的组成部分加以研究,与此不能说没有关系。"非个性"并非说民间诗的表现不是属于个人,而是说民间诗的表现中作者的艺术个性不是最突出的,更大程度上体现的是人民性。克罗齐从技巧和思想两方面论述了民间诗的"非个性"特征。一方面,克罗齐认为,民歌带给人的感觉虽然好似内心直接抒发的情感,但从情感的酝酿到创作的构思再到艺术的表现,技巧的使用不可能忽略不计。克罗齐说:"演唱民歌犹如自然之声直接出于心底。但自由的艺术是具有自我意识的。它要求了解和得到它所生产出来的东西,而且需要培养这种知识,以及完善创作技巧。"[1]民歌同样需要技巧的培养和完善,所以,大部分民歌不可能出自无知的平民手笔,并且大量民歌都经过一系列的艺术加工。因此,作为以文字形式表现的民歌,在文学性上与艺术诗是一致的,仍然离不开艺术的技巧。"尽管民歌可集中地表达真挚的感情,然而这不是唯一的被认为具有主体的艺术表现特征的个体,而只是一个个体的全部对于人民的感受,倘若它的内心想象和感觉还没有脱离民族的存在和利益的话。作为这样一个完整的整体的前提,这样一个状况是不可避免的:独立的思索还没有觉醒,作为一个主体的诗人

---

① 克罗齐:《美学或艺术和语言哲学》,黄文捷译,百花文艺出版社 2009 年版,第 242 页。

成为一个退居次要地位的单纯的器官,用他诗意的感觉表达民族生活和其观点。但这种直接、原始的东西只能为民歌提供缺乏思考的朴实和新鲜,以及令人信服的真实。"①另一方面,克罗齐在诗歌的创作和表现中把作者的内在划分成两个部分。一部分是作者的艺术个性,另一部分是与民族、人民未脱离的成分。在艺术诗的创作和表现中,作为艺术表现特征的个体占据主导地位,作品呈现更多的是作者的艺术个性的一面。在民间诗中,这部分内容则退居次要位置,而作为民族、人民的共同体的部分占据了主要地位,使民歌呈现一系列非个性的特征。如果说,艺术个性的表现总是千姿百态的话,那么,朴素的情感和思维方式则更大程度上呈现出共性,这种共性来自其与民族、人民的紧密联系,来自民族的人民的共同体,也就是葛兰西所强调的民族的人民的意识形态。

三、思想渊源

葛兰西认为,对于无产阶级来说,了解民众的世界和价值观,了解其文化领导权建立的阵地的状况,其现实意义是毋庸置疑的。葛兰西将民间文学的内涵与人民性结合到一起,并且将其引入意识形态领域,进而从这个角度把人民理解成一个文化阶层的共同体,这个共同体有着与官方社会相对立的认识世界和生活的方式。这个共同体并不是单纯的从人数的意义上来说的,而是从意识形态的角度,基于共同的世界观而

① 克罗齐:《美学或艺术和语言哲学》,黄文捷译,百花文艺出版社 2009 年版,第 242 页。

形成的。因此,葛兰西对于民歌的界定已跳出了纯文学的范畴,而使之成为一个文化范畴。基于这样的角度,葛兰西对于民歌的讨论就可以扩展成整个民间文学或者说民俗学的讨论,而不仅仅局限于诗歌,局限于某一种体裁的限制。这样的研究方法成为葛兰西对于整个民间文化研究的准则。而葛兰西之所以重视民俗,又因为认为它是大众文化中最低的一层,而大众文化中蕴含着多种多样的世界观,这些世界观具有对抗的性质。

我们还可以从传统的民间文学的界定来发掘葛兰西的界定所具有的文化意义及其合理性。万建中教授对传统学界对民间文学所作的定义作出了梳理和概括,并指出,无论是多年前的权威性定义,如"民间文学是劳动人民的口头创作,它在广大人民群众当中流传,主要反映人民大众的生活和思想感情,表现他们的审美观念和艺术情趣,具有自己的艺术特色"[1];还是之后的定义,如"民间文学是一个民族集体创作、口耳相传的语言艺术。它既是该民族人民的生活、思想与感情的自发表露;又是他们关于历史、科学、宗教及其他人生知识的总结;也是他们的审美观念和艺术情趣的表现形式"[2],他们对于民间文学的理解并没有发生多大的变化,都是从纯文学的角度来界定和理解民间文学的。对此,万建中追溯了"民间文学"这一术语的源流问题:"'民间文学'这个学术名称是从国际术语Folk-lore发展来的。Folk-lore的原意是'民众的智慧、民众的知识',到了19世纪70年代,这个术语被西欧学者广泛使用,

---

[1] 钟敬文主编:《民间文学概论》,上海文艺出版社1980年版,第1页。

[2] 刘守华主编:《民间文学教程》,华中师范大学出版社2002年版,第5页。

并确定为'民俗学'的含义。（即'关于民众智慧的科学'的意思）。在当时，它的概念显然是广义的，凡是民间生活中的一切事物，像村制、族制、婚姻、丧葬、产育、社交、节日、信仰、祭仪、居住、饮食、服饰、农耕、技艺以及民间文艺、民间口头传统等等，都属于民俗学研究的具体内容。在民俗学的发展过程中，随之又出现了 Folk-lore 狭义的概念，即专指民间文学创作。五四时期，中国学者将这个名词解释成'民俗学'，同时又具体地译为'民间文学'，即专指'民俗学'当中的口头艺术部分。"①从国际术语的原意和翻译来看，民间文学和民俗学的名称本身就带有重合性，两者的含义自然也具备同一性。因此，讨论民间文学与讨论民俗学在基本问题上存在共同之处，由此我们也可进一步看出，葛兰西将民间文学纳入民俗文化的研究方法不仅符合自己的学术思想，同时也符合民间文学学术史本身的实际情况。对于葛兰西而言，"民间文学"和"民俗学"之间更具备高度的一致性，考察两者的视角都是从民众的意识形态的角度出发，人民性将这两者统一成同一个问题。作为一位实践哲学的发展者，葛兰西一切文学思想的探讨最终都会引向现实领域。葛兰西讨论民间文学的目的也是为了讨论与人民联系更紧密的民俗文化，这是人民直接置身其中的空气和土壤。

葛兰西没有完全遵循二元对立的传统思路，而是从民俗本身的发展情况从发，将某一地域民俗文学所具有的精神同一性作为研究基础，为民俗学的研究提供了一个新的角度。

---

① 万建中：《民间文学的再认识》，《民俗研究》2004 年第 3 期，第 5～6 页。

对于"民俗",历来存在着各种不同的理解和阐述,不同学科的学者从不同的角度给予民俗不同的内涵和表现形式。这些解释大多遵循二元对立的思维模式。"民俗"二字中关于"民"的理解,大多理解成与官方相对立的民间;而"俗"则与雅相对,代表着与精英文化相对立的俗文化。或者是,将"民"理解为民众、群众,即与少数相对立的大多数;"俗"指的是在他们之中流行的风俗、习俗。阿兰·邓迪斯将"民"理解成"任何民众中的某一个集团",高丙中将民俗解释为"具有普遍模式的生活文化和文化生活"。海德格尔从哲学的角度将民俗的言说空间定义为"生活的世界",相对于"科学的世界",前者是建立在知觉所赋予的生活和经验基础上的世界,后者则是以理性思维为主导的科学世界。这些概括或界定都是从二元对立的角度进行的。在葛兰西看来,民间不仅仅指的是地域上的空间,更为本质的指向是文化地域,这种文化地域的表现形式不是某个单独的群体,而是具有诸多不同的表现形式,尽管表现不一,但其内部存在着根深蒂固的、相对固定的意识形态。这就是葛兰西一直强调的市民社会。

葛兰西对民俗的理解为民俗文化的研究确立了一个相对固定的参照体系,也就是与国家的政治体系相对的市民社会的体系。他认为 Folk-lore 是:"一种'世界和生活的概念',在很大程度上隐藏在明确的社会分层中以及与历史进程中前仆后继的'官方'世界概念的对立中。"①也就是说,在葛兰西眼中的民俗具有了使市民社会对抗国家政治的政治意义,这一理

---

① Antonio Gramsci, Selections from Cultural Writings, trans. William Boelhower. Cambridge, Mass.: Harvard University Press. 1985. p.189.

论也启发了后来的阿尔都塞,雷蒙德·威廉斯等西方马克思主义批评家。以市民社会的意识形态为根基的民俗文化不仅是一种文化现象,而是蕴含着上层建筑的含义。这使得民俗文化本身就包含了一定的继承性和稳固性,在历史的发展过程中,虽然也会发生一些变化,但其中总有一些因素得以积淀和传承,有着极其坚固的基础。尽管从表现形式看,民俗文化包罗万象,从观念上来讲,它代表了民众的世界观,民众的伦理和风尚习俗等都包含在其中,甚至可以把它比作人民的迷信或者说宗教。这是内在的宗教,和现实中人民的宗教信仰紧密相连,和人民的日常生活息息相关,发挥着远远比某些哲学和科学更强大的力量。当然,这种民俗文化不是单一的状态,它是各个阶层民众的世界观的总和,因而呈现出各种形态。其表现形式多种多样,各种思想意识、科学、文化观念在向民众输入的过程中,脱离了原来的隶属,在民众观念的支配下附属于民间文化,以一种新的形态展现出来。人民吸收的往往是符合自己的生活经验和伦理观念的那部分,只有被他们理解和吸收,这部分的文化才能以民间伦理的形式保留下来,得到广泛的传播和长期的存在。

葛兰西对民间文学和民俗文化之间关系的理解,与他的文化领导权理论是联系在一起的。知识分子通过对市民社会的教育建立文化领导权的活动不是在真空中进行的。自我意识是艺术活动的前提和基础,民间文学的创作也不例外,对于普通民众,自我意识的开发对于他们来说尤其重要,对于自身所处的状况,对于自身所处的民俗文化的氛围,他们自己本身难以做到清醒的认识,这就需要知识分子对市民社会的教育。

针对这个问题,葛兰西也提出了一系列关于民俗文化教育的观点,在学校开设民俗学课程,消除现代文化与民间文化分离的状态,战胜民俗中迷信、不科学的成分。"这样一项工作,就其深度来说,在精神领域堪同新教国家发生的宗教改革运动相媲美。"①市民社会本来就存在于他们的民俗文化中。民俗文化只是一个笼统的称呼,葛兰西觉得人们对民俗的研究还仅停留在审美层面,停留在搜集原始素材的表面的层次,各种所谓的思想流派都没有将其系统化,也没有将之纳入正式的研究范围,而广大民众本身又无法做到对之进行深入系统的理论研究。因此,代表官方社会价值观的文化,就不可避免地会与民俗文化发生冲突和竞争。知识分子要想在市民社会建立文化领导权,就必须在这种竞争中取胜。

总之,葛兰西跳出以纯文学眼光看待民间文学的束缚和以往学者从二元对立的角度来界定民俗的做法,从民俗本身的精神同一性角度来看待它,将之与民众的世界观和生活理想结合起来,并将之系统化,为市民社会文化领导权建设提供了思想基础,同时也为民俗文化的研究提供了一个可靠而稳定的参照坐标。

葛兰西结合当时意大利对民俗学教育的争论,结合自己的哲学思想和文学思想,在吸收克罗齐、歌德等前辈学者相关思想的基础上,提出了自己关于民间文学的看法。他对民间文学文化价值的分析也突破了以往学者单从文艺的、审美的角度对民歌进行评价和分析的思路和二元对立的思想格局。葛兰西打破了以往学者对民歌的单一性划分,从民间文学本

---

① 葛兰西:《论文学》,吕同六译,人民文学出版社 1983 年版,第 167~168 页。

身所蕴含的思想观念和生活理想等内容入手，探讨民歌的本质规定性，认为应该将以民间文学为代表的民俗文化引入学校教育体制中，从而起到教育民众、启迪民智的作用，为无产阶级文化领导权的建立提供了思想资源。

第三节 通 俗 文 学

在"民族的—人民的"文学中，通俗文学是重要的组成部分之一。葛兰西对通俗文学的论述与他整个文学思想是紧密相连的。"民族的—人民的"文学的观点是葛兰西文学思想的理论基石，通俗文学正是体现人民性的重要的文艺形式之一。因此，葛兰西才对通俗文学（主要是通俗小说）进行了重点论述。葛兰西对"民族的—人民的"文学的重视决定了他对通俗文学的重视。葛兰西对通俗文学的论述散见于一些文章中，有许多真知灼见。葛兰西不仅对通俗文学的基本类型进行了分类，对通俗文学的社会文化价值进行了阐发，而且还结合一些经典的通俗文学个案，分析了当时意大利的通俗文学与社会现状之间的深层关系。总体上看，葛兰西对通俗文学的论述，其独到之处在于，他将通俗文学与人道主义联系到一起，并将人道主义视为通俗文学的出发点和意义所在；他将对通俗文学的探讨与社会学、心理学结合在一起，以此探究人民大众的生活理想和愿望。

一、基本类型

人民群众需要不同的文艺方式来满足精神需要。在人民中包括不同的阶层，而不同的阶层有着不同的文化教养，热衷于不同的情感体验和审美趣味，甚至在他们的心目中，存在着不同的偶像。正所谓"众口难调"。正因如此，多种样式的通俗小说会在社会上应运而生，同时受到欢迎，通俗小说中也会刻画各式各样的民间英雄人物典型等。虽然说这些小说都受到一定程度的欢迎，但往往其中一种会流传更广、更受欢迎，在众多小说样式中占明显优势。如何理解这种现象的存在？把不同样式的通俗小说进行归纳分类，并予以分析和评价，对于理解这种现象无疑是有帮助的。葛兰西把通俗小说分为以下 7 类：

1. 维克多·雨果和欧仁·苏（《悲惨世界》、《巴黎的秘密》）类型的小说。它们具有鲜明的政治—思想性，同四八年的思想相联系的民主倾向。

2. 感伤小说。从狭义上说，它们不是政治性的，但这类小说中呈现出某种不妨称之为"感伤的民主"的东西。里什堡、德古赛尔等便是。

3. 以单纯卖弄情节的形式出现，但具有反动、保守的思想内容的小说。蒙台班。

4. 大仲马和朋松的历史小说。除去历史性而外，它们具有政治—思想性，虽然不十分明朗。朋松终究是保守—反动分子，他对贵族和贵族的忠实奴仆的歌颂，同大仲马的历史描写大相径庭。诚然，大仲马缺乏鲜明的政治—民主倾向，更多地浸透着一般的、"消极的"民主感情，往往接近于"感伤"小说。

5. 双重意义上的侦探小说。勒高克、罗坎博尔、歇洛克·

福尔摩斯、亚森·罗苹等等。

6.黑色小说。幽灵、神秘的城堡,等等。如安娜·雷德克里孚,等等。

7.科幻惊险小说和航海探险小说,它们既可以成为倾向性的作品,或者,又极易沦为一味追求情节的平庸之作。凡尔纳、布斯纳。①

除了这七种类型之外,葛兰西还提到了一种通俗小说,即传记体长篇小说。这是当时刚刚问世的一种新的通俗小说。这类小说也满足了某些人民阶层的精神需求,这些阶层的人民精神上比较质朴,大仲马式的故事不合他们的欣赏口味,他们需要更贴近真实能够使他们信以为真的小说类型,传记体长篇小说恰好满足了他们这一需求。如果不把群众熟悉并且习惯欣赏的这些元素添加到作品里,一些读者就不会信以为真,这部作品很可能就无人问津。一些传记小说受到民众的欢迎,这使得市面上出现整套的传记类丛书,他们的文字虽然纯熟,但是模式却没有新意,千篇一律,所以终究无法成为大众欢迎的文学样式。

纵观葛兰西对通俗文学的分类,很难找出一个统一明确的分类依据,其完备性也有待完善。当然,葛兰西将作品的内容特点和思想倾向相结合,不失为一种富有启发性的分类方法。民族性是葛兰西一贯强调的重点,以上每一种类型其实都表现各自的民族性特点。

民族指的是一个政治共同体。我们可以将地域、种族、文

---

① 葛兰西:《论文学》,吕同六译,人民文学出版社1983年版,第142~143页。

化、语言、历史、宗教等都视为构成"民族"的要素。不同民族的文学具有不同的特点，文学的民族性指一定民族的文学区别于其他民族文学的个性特征。意大利作为一个独立的民族，其民族性就可以体现在诸多方面。由于这些因素的综合作用，意大利文学的民族性应该呈现出属于本民族特有的精神风貌和独特的文学风格。这些独特性在文学中会有各种层面的理解和各种方式的表达。

葛兰西谈到不同种类的通俗文学都具有一定的民族性。他说的民族性，其意义更侧重于本民族在历史上与其他民族的关系。这种关系更多地是一种政治关系，基于这种关系作家的民族情感和情绪自觉地或者不自觉地流露在作品中。葛兰西认为，这样的流露是无法避免的，因为从任何一个国家文学的整体来看，骨子里都包含着民族主义情绪。或者也可以这样理解，任何人的人性中都包含着民族性，民族性是人性中的一部分，而文学即人学，自然是人性的展现，民族性就这样水乳交融在了文学之中。例如，美洲的探险小说就是为第一批殖民者所唱的赞歌。这些小说把殖民者对美洲的征服描写成一场探险之旅，如同一首充满刺激且富有传奇色彩的史诗。凡尔纳和法国一些小说家在作品中则流露出反英情绪，这和英法之间的百年战争不无关系。法国在这场战争中丧失了殖民领地，海上战争失败惨重，因此在航海探险小说中，法国人总是与英国人出现冲突。不仅是探险小说，就连历史小说和感伤小说也会让人嗅到反英情绪的味道，如乔治·桑作品中反映百年战争时描写圣女贞德以及拿破仑覆灭的笔触。因此，从某种意义上说，可将民族性作为文学作品尤其是通俗文学的根本属性加以看待。

通俗文学虽然种类多样，但意大利的通俗文学状况却让葛兰西失望。在他看来，在意大利，在各种小说类型中都找不出一个成就突出的作家，而且文学才华也无法与法国、德国、英国的作家相比，甚至意大利的作家还要纷纷到其他国家去寻找素材，来满足意大利人民长期读外国小说形成的欣赏趣味。而很多国外的作家在长篇小说，特别是历史题材的小说中却喜欢把意大利及其城市、地区和人物的变迁作为写作题材和描写对象，尤其是威尼斯的历史、政治、司法等等成为许多国家热衷的描写对象。这一现象反映出的意大利民族的人民的文学的缺乏状况令人堪忧。

总之，葛兰西结合意大利当时的通俗文学创造的实际情况，以民族性为视点，将内容特点和思想倾向结合起来对通俗文学的基本类型进行了划分。当然，在对通俗文学基本类型进行划分的过程中，葛兰西所使用的"民族性"概念具有较多的政治含义，他对作家在作品中所流露出来的政治思想倾向比较重视，这与葛兰西作为一名政治家的身份有关。

二、文化价值

葛兰西论述的连载小说是在报刊上连续刊登的小说。报纸刊登此类小说是为了保证和促进报刊的销路。在葛兰西看来，报纸作为一种政治经济机构，不会以推广文艺作品作为出发点。所以说，刊登连载小说的初衷一方面是向人民群众推销报纸，另一方面则力求以此给报纸染上高雅、文明的色彩，从而获取政治和经济利益。因此，受到报纸青睐的是能够受到读者欢迎的作品,老百姓是最为稳定和持久的读者。

在葛兰西看来,这种连载小说具有重要的研究价值,因为它能反映出普通老百姓的情感趣味和世界观。报纸对连载小说的主要标准是能否受到老百姓的欢迎。当时,普通的老百姓一般只会订阅一种报纸,对报纸的选择通常不是取决于个人而是取决于整个家庭,而且妇女在选择中占有重要作用。这样一来,妇女就成为报刊连载小说最主要的受众,她们的喜好和趣味对连载小说的内容起着至关重要的影响;连载小说是否合她们的口味也直接决定了报纸的销量。这种情况使得纯粹理论性和政治性的报纸杂志很难获得可观的发行量。连载小说对于老百姓的影响力也是不容小觑的。在电子媒体还不发达的时代,人们的娱乐消遣主要依赖纸质媒介,经常阅读独立发行的文学作品的老百姓也是少数,于是,连载小说理所当然地成为老百姓茶余饭后的话题和谈资,对已刊登部分的见解,对未刊登部分的推测,都成为人们展示聪明才智的机会;阅读连载小说成为街头巷尾的居民不约而同的社会义务和娱乐项目。和阅读经典作品如皮兰德娄的剧作比起来,老百姓对连载小说的感情显然要更加亲切和真诚,连载小说对人们精神生活的影响也更为直接、普遍和深入。这一点与葛兰西提倡的"民族的—人民的"文学观有呼应之处,因而葛兰西对其进行了重点分析。

在葛兰西看来,不仅人民大众需要通俗文学以实现对现实生活的超越,对于知识分子来说,道理是同样的,这是由知识分子在社会中所处的地位所决定的。从意大利社会的成分来看,知识分子绝大部分隶属于农村资产阶级,他们经济地位的保障依赖于对广大农民群众的剥削。如果知识分子进行彻底的无产阶级革命，那就相当于摧毁了自己的经济基础。知识分子在社会经济和政治领域中处在一种尴尬的地位，他们的精神追求和他们这个阶层的尴尬地位总是矛盾重重，这就导致他们内心深处的不安全感，于是他们便在文字中追求一场场妙趣横生的冒险。因此，葛兰西采取灵动、变通的方式来看待通俗文学与精英文化是有其现实依据和理论独创性的。

　　葛兰西以连载小说为例，将之作为通俗小说的一种表现形式进行论述。连载小说并不是一种文学样式，而是作品的一种表现形式或发表形式。如果将之作为文学样式，作为人民美学的表现是不妥当的。尽管连载小说不可避免地会带有商业性的因素，但也有一些作品经受住了检验流传千古，成为经典名著，就像雨果和大仲马的某些作品一样。葛兰西以大仲马的《基督山伯爵》为例指出，普通百姓在阅读时，会把自己带入其中的人物和情节，从而满足自己复仇的欲望。这时，商业文学就好比是精神上的麻醉剂，满足了群众的幻想，为他们编制了一个梦想的世界聊以自慰。我们据此可了解到这个时代老百姓的痛苦和梦想，从文化研究的意义上说，它提供的意义是积极的。这里，葛兰西用逆向思维的方式，思辨地阐述了通俗文学所具备的文化意义。从这个意义上讲，商业性文学无疑也是民族的人民的文学的一个重要分支。这是葛兰西对通俗文学进行肯定的一个重要方面。

　　葛兰西对那种认为连载小说为了迎合人民大众的趣味进行贬低乃至讽刺的观点进行了批判，认为这不是连载小说的缺陷，反而是其优势所在，商业性和文学性是可以统一的，这同时也是商业文学获得其文学性和民族性的一种重要方式，而且其文化史价值更值得注意和研究。连载小说既是作者展现文学作品的一种形式，又是报纸提高销量的一种方式。前者对他的文学性提出要求，后者使其无可避免地成为一种商业性文学。这就带来这样的问题，即它的创作和发表究竟是按照作者的旨趣还是按照读者的趣味。不少人觉得，作为一种商业性的文学，连载小说理所当然地要竭力按照读者的趣味来创作和刊登。对此，葛兰西认为是片面的。商业性的文学要与读者趣味进行一定的结合，并不能完全视为商业文学的弊端，甚至在某种意义上具有极高的价值。读者的趣味并不是偶然的，能够了解到他们的情感和思想，并用他们容易接受的方式表现出来，充分表明了作品的成就。因为通过这些作品，人们可以倾听到沉默的群众内心的声音，可以了解到在群众中占主导地位的情感和世界观。就算这种文学作品是老百姓精神上的"麻醉剂"，但起码也可以让我们知道是针对何种痛苦的"麻醉剂"；即便是白日梦，他们也给了老百姓幻想的满足，以较小的成本疏导了人们情感的出口。商业文学是为了迎合群众的口味而制作的，衡量它成功的标准则是它受群众的欢迎程度。从一部成功的商业文学中，我们可以发现群众的喜好，可以了解他们真实的情感和世界观，可以总结出占主导地位的时代哲学。因此，葛兰西认为，与精英文学相比，商业文学具有重要的文化史的价值和意义。

葛兰西对通俗文学并没有明确的定义，对于通俗文学与精英文学也没有给予明确的区分。在他看来，这两者并不是两种不同的对立的文学类型，两者是可以相互转化的。通俗文学在一定的条件下可以转化成经典文本,有的经典作品也渊源于流行一时的通俗小说,如陀思妥耶夫斯基的小说,从文化的角度看就渊源于欧仁·苏式的连载小说,而雨果的《悲惨世界》是受欧仁·苏的《巴黎的秘密》的影响而写作的。同样,一些精英文学也可能转变为市民的消遣读物。欧仁·苏曾经拥有各个社会阶层的读者,不论是知识分子,还是平民百姓,但后来逐渐成为仅仅被老百姓阅读的作者。前文讨论过读者对作品的两次阅读。一般来说,没有多深文化底蕴的老百姓更多的是第一次阅读的读者,他们在阅读时很少会持有批判态度,而仅感动于作品反映的普通的情感和思想,尽管这些情感和思想多半是以矫揉造作或随心所欲的方式出现,企图得到他们的共鸣。而富于文化教养的知识分子通常还要进行第二次甚至更多的阅读,对作品的文学、艺术、思想等方面价值进行进一步的推敲、思考,于是,一些曾经畅销一时的作品因为经不住这样的推敲,最后沦为老百姓的消遣性的快餐读物,又很快被人所遗忘。因此,葛兰西对通俗文学和精英文学不进行概念界定或区分,而重视两者间相互转化的关系,是符合实际情况的。

葛兰西对通俗文学与纯粹的商业文学进行了区分,认为商业文学以追求商业利益为根本目的,作品的文学性、艺术性很难得到保障,而通俗文学却可以实现商业性和文学性、艺术性的良好统一。在葛兰西看来,通俗文学在某种程度上的确会带有商业性成分,但通俗文学绝不等同于商业文学。最大程度地吸引观众,是商业文学的首要目标,因此,那些激发观众兴趣的因素对于商业文学来说至关重要。它的商业性决定了它对商业利益的追求会胜过对艺术品质的追求。这是商业文学的根本属性。葛兰西说："'商业文学'作为人民—民族文学的一个分支，其商业性根源于这样的事实：它的'有趣的成分'不是'真挚的'、'内在的'、无法同艺术观和谐地融合，它是呆板地从外界搜寻得来，作为保证'一鸣惊人'的成分，用巧妙的方法泡制而成。"①葛兰西认为纯粹的商业文学的"艺术观"是炮制而成，从而既外在于作者，也外在于读者，成功的通俗文学与此是有本质区别的。

总之，葛兰西高度重视以连载小说为代表的通俗小说的重要研究价值，认为它们能准确反映老百姓的生活理想和审美趣味，反映社会集体的思想状况，并分析了知识分子与通俗文学之间的特殊关系。葛兰西对某些人批评通俗文学的商业性的做法进行反驳，认为通俗文学可以实现商业性和文学性的良好结合。在葛兰西看来，通俗文学与精英文学可以相互转化，高度肯定了通俗文学的文化价值、精神价值和文学价值。

三、通俗文学兴起的原因

从葛兰西对通俗小说的评述不难看出，对于通俗小说的评价，他习惯将之分为文学价值和商业价值。所谓"商业价值"，葛兰西把它理解为别出心裁的构思、引人入胜的情节和合乎逻辑的理性。作为一种非艺术作品，为什么会受到欢迎？葛兰西给出的答案看似泛泛之谈，但他认为这样的答案最接

---

① 葛兰西：《论文学》，吕同六译，人民文学出版社1983年版，第35页。

近问题的实质，那就是现实的、文化的、政治的、道德的、心理的等各方面原因。这些因素对一部作品的商业价值起着至关重要的影响。同时，一部作品的艺术价值又因何得到人们的认可？它来自人们的艺术趣味、对美的追求和欣赏。相反，一部作品如果受到冷遇，最直接的原因是商业价值的失败，现实的、文化的、政治的、道德的、心理的等是最直接的原因，而审美因素则是间接的。在此基础上，葛兰西又提出了一系列关于人们阅读作品时反应的观点。这些观点从接受美学的角度看，是富有创见的。

葛兰西把通俗文学的范畴扩展至通俗作品的范畴，凸显通俗文学在人民的生活中所扮演的举足轻重的角色。通俗作品繁荣的原因，归根结底还要从民众的精神和心理说起。葛兰西认为，通俗作品成功体现了人类的冒险精神。如果仅仅是从诸如《三个火枪手》《唐·吉诃德》《疯狂的罗兰》这样的作品分析，则很容易发现它们都是冒险精神的艺术体现，人们对这种精神的热爱与这类作品的繁荣相互呼应。在这里，葛兰西把冒险精神的含义予以拓展，把它理解为人类秉性固有的某种根本性质或需求，而这种性质或需求在现代社会中处境艰难，备受压抑和遏制，面临着逐渐消失的危险，因而人们迫切地需要它在文艺作品中出现。倘若通俗作品能够成功地体现人类的这种本性，那么它必将受到民众的欢迎。大部分通俗作品恰恰承载了这项功能，这也正是通俗作品风行的根本原因所在。

葛兰西对人类与生俱来的固有本性在现代社会中遭遇困境的原因进行分析，将之与现代资本主义社会制度联系起来，指出后者对前者的遏制乃至扼杀。葛兰西将之与现代西方资本主义工业文明联系到一起，并对其进行了深刻的揭露和批判。现代社会貌似拥有合理的秩序，各个阶层分明，社会纪律严明，劳动者分工细密，每个个体承担着明确且能够预见的任务。然而，这些秩序是否真正合理是值得怀疑的。显然，这里"合理的秩序"是统治者宣称的，是为了更有效率地满足他们自己的利益而制定出的秩序；对于被统治者而言，这却只是强制的合理化，是被合理，他们的被合理只是为了满足统治者的利益。这是资本主义的生产关系和生产方式决定了的严酷事实。人性的压抑导致了人们信仰的缺失。这是整个西方社会人心彷徨不安的根本原因。在这样的生活秩序中，人民冒险精神的容身之地愈来愈狭窄，难以找到生长发挥的空间。但是，被遏制并不等于会消失，就像草木一样，它会寻找新的空间甚至生长得更加欣欣向荣，通俗文学便是载体之一。于是，人民只好到文学作品中去寻求满足。这种需求是发自内心的出于追求自由的天性，而不是外部强加的，所以与那些单纯追求刺激性的冒险是截然不同的。

葛兰西从多个角度分析强制性的生活秩序的来源。葛兰西指出，一方面是工业社会的不人道的生产方式所造成的。工业主义最大程度地追求利润，并不关心劳动者的精神需求和个人发展空间。劳动者的精神需求和创造性需要在工作中不能得到实现，在劳动的过程中也很难保持心理和生理的平衡。而在手工艺者的工作中，由于劳动与个性的结合，劳动者的个性、创造性可以得到发扬，可现在的生产方式却将其压制和破坏，尤其是泰罗制的实行更是变本加厉。"泰罗的确恰不知耻地表达了美国社会的目的:在劳动者中间发展机器的和自动的技能至于最大程度,打破要求一定程度的发挥劳动者智力、幻想和主动精神的熟练和专业劳动的旧的心理生理关系,把一切生产作业都归结到他们的体力和机器的一面。"①

葛兰西对当时盛行的"泰罗制"进行分析,并考察它对人民大众的压制问题与通俗文学之间的关系问题。泰罗制是当时通行的一种制度,是资产阶级为了提高劳动强度,根据最强的劳动力制定工时标准,这种制度无疑以榨取工人更多的血汗,剥削更多的剩余价值为目的。葛兰西提到的泰罗制实际上包含了两层意义,一是狭义的泰罗制本身,二是广义,比喻外部世界给人类设定的铁一般的生存秩序。虽然说人是富于适应性的动物,但是人的适应性总会有一定的极限,并且会为这样的适应付出惨重的代价,即人失去他自己,失去他之所以为人的本性,最终沦为机械化的劳动工具。在这里葛兰西显然沿用了马克思的异化理论并对之阐发了自己的理解。但是,葛兰西却无法给这样的现实状况指出一条未来的方向。他用泰罗制寓意制度,又用大仲马的小说《三个火枪手》象征冒险精神,最终的胜利将属于泰罗制还是《三个火枪手》,他无法给出答案,他只是模棱两可地说,如果现今的文明不致毁灭,那么将来或许会看到两者有趣的混合。这样的答案也未免过于模糊和中庸。

葛兰西认为,工业生产方式是压制工人精神的一个方面,来自社会的道德和法律是又一重要的强制性力量。在葛兰西

---

① 葛兰西:《葛兰西文选》,李鹏程编,人民出版社 2008 年版,第 339 页。

看来,在文明社会,社会的道德理想和法律所确立的公民类型,实际上是高于真实的人民的道德水平,人们在这样的情况下,不得不服从法律和社会公共道德,但是这种遵从不是来自内心的自觉,而是来自外部强加的力量。人们压抑自己的真实情感,以一种虚伪的形式表现出来。被压抑的激情并不会凭空消失,它也会以另外的形式表现出来,若不如此,则会造成一些灾难性的问题。

葛兰西不仅是一位哲学家、社会学家,更是一位政治家。他在提出问题的同时,也探寻解决之道,他总是能够辩证地看到问题的多个方面,从而将问题由消极的一面向积极的一面转化。葛兰西的这一身份也影响了他对社会政治问题与文学生产之间关系的论述。生产方式和社会生活给人民的精神带来强有力的控制和压制。压制不等于消灭,这些精神和情感以各种不同的方式寻求释放的途径。在这些途径和方法中,消极的和积极的兼而有之,比如由此带来的酗酒和性等问题。对于工人来说,严格的劳动时间和工资收入降低了工人酗酒的可能性;对于整个社会则应该严格地执行禁酒法。另外,在乡村农民的身上很少发生性的问题,与城市比较而言,他们在性上的相对稳定是与他们的农村劳动制度密切相关的。因此,新的工业社会需要巩固一夫一妻制的形式,因为感情兴奋与工业生产完善的自动化机构是相互抵触的。与之相比,通过文学来满足幻想、疏导精神的压力,则是相对积极的途径。但这里的文学的治愈的作用和弗洛伊德的学说是有所区别的。弗洛伊德强调的是艺术的审美作用,由此产生性欲的转移和升华。而葛兰西所谈的通俗文学对于人民的精神疗效,则是从其内容，更多地是来自思想、道德、文化等方面的内容，这些作品使老百姓将想象的世界和幻想的世界混淆，因此，他们给予老百姓的慰藉，与其说是艺术的功能，不如说是一种现实的意义。

葛兰西还将现代社会工业生产方式和社会法律制度等对人民群众压制的状况提升到人类历史的高度进行反思，并将之与通俗文学联系起来进行分析，从而赋予通俗文学以极高的精神救赎价值。人类的历史从来都被各种方式所束缚，可是人类从不甘心这样的生存方式，他们总是会竭尽全力挣脱现存的牢笼，尽管方式不一。或者是通过幻想和想象，或者是通过体育和游戏，甚至摸彩票都会成为穷人的精神鸦片。而在这些方式中，宗教则成为最能代表人类冒险和幻想精神的乌托邦，最大程度地给予人们精神上的慰藉。不管是工业社会，还是人类历史上的任何一个阶段。宗教都可以说是人们挣脱现实的精神苦闷，寄予美好幻想的最大的乌托邦。"从历史上看，人类的大多数从来就被泰罗制和铁一般的纪律所捆缚，他们借助幻觉，借助想象，力图挣脱奴役他们的现存组织的牢笼。宗教，这个人类共同创造的最大的冒险，最大的'乌托邦'，难道不正是挣脱尘世生活返利的一种方式吗？"①

葛兰西认为，文学作为方式中的一种，也同样寄托了人们的幻想和冒险精神，尤其是通俗文学，更是包含了世俗生活的种种安慰和理想，它提供了人们在日常生活中种种熟悉的生活场景和似曾相识的人物，仿佛就是他们的生活，他们生活中

---

① 葛兰西：《论文学》，吕同六译，人民文学出版社1983年版，第155页。

的熟人,甚至就是他们自己,虽然生活的背景是相似的,然而境遇和结局往往却有天壤之别,通俗文学替人们完成了他们在现实中想要却无法完成的冒险之旅,实现他们在现实中幻想却无法企及的梦想。葛兰西以《堂·吉诃德》为例,堂·吉诃德无疑是冒险精神的典型代言人,但他的身边有个伙伴桑丘可不喜欢冒险,而是向往生活的安定。其实,生活中的绝大多数人也许更像桑丘,他们害怕冒险,害怕生活的变数,无法忍受未来的不可预知,以至于心中常常充满了不安全感,希望过着安宁稳定的生活。这听上去似乎和前面所说人们追求冒险精神的论述矛盾,但其实并不难理解。堂·吉诃德和桑丘作为文学中的典型人物,代表着两种相反的截然不同的性格典型。而真实的人性是复杂的,往往是一个矛盾的统一体,勇敢和懦弱、自负和自卑、反叛和顺从、追求冒险和向往安定等等,都可以在一个人身上得到对立的统一,如同一枚硬币的两面。放到现代社会的背景中,因为生活在强制的不合理的外在力量之下,人们内心的真实需求被长久地忽视和压抑,人们的心中充满了不安全感。

总之,葛兰西在对意大利当时通俗文学的总体情况进行分析的同时,结合社会的、政治的、道德的等一系列因素,对通俗文学与人民大众、与知识分子的关系进行独到的论述,将现代资本主义社会的工业生产制度与人民大众的生存状态结合起来,指出通俗文学所反映的人民大众的思想状况,并从心理角度分析人民大众对通俗文学的热衷所具有的合理性等问题。葛兰西对通俗文学商业价值、文学价值、社会价值及其与精英文学之间的关系等问题的论述对我们认识资本主义生产

方式与现代人类生存经验之间的关系问题具有重要的启发价
值，至今仍值得我们研究、吸收和借鉴。

四、超人形象：个案分析

　　通俗文学的产生和繁荣来自群众对于幻觉的需要。那
么，它又给予老百姓什么样的幻觉呢？幻觉体现了老百姓心
理的需求，心理需求来源于现实人生的需要。因此，这些幻觉
不是单一的、固定不变的，而是表现为不同的方面，并随着历
史的变迁而改变，同时受到社会政治环境的影响，从中可以窥
见群众的需求和时代的风貌。在葛兰西看来，这些幻觉的内
容是复杂的、不定型的，所以很难对其进行系统的分类："必须
深一层地分析，连载小说给予老百姓什么样的特殊的幻觉，这
幻觉又如何伴随历史—政治时代的变迁而变迁；在连载小说
中，既有市侩主义的成分，又有经典的连载小说中表露出来的
民主精神。"[1]遗憾的是，葛兰西对这些专题并未深入探讨，只
是从中选取一些颇具典型性、代表性的例子加以分析。比方
说一些恐怖小说、犯罪小说、惊险小说、侦探小说等在某种程
度上满足群众的冒险、幻想的精神需求。市侩主义在一些小
说中也会经常出现，青年女子的美丽为她们叩开了上流社会
的大门，这样的情节满足了很多妇女的幻想。带有民主色彩
的内容在小说中也多有出现，反映了老百姓的政治理想。

　　葛兰西重点分析以超人形象为主人公的文学作品，并对
其形成的现实基础和心理基础进行了分析。葛兰西认为，生

---

　　[1]　葛兰西：《论文学》，吕同六译，人民文学出版社 1983 年版，第 158 页。

活在社会中下层的老百姓容易产生自卑感——葛兰西曾用"被侮辱者"来形容他们——而且,由于长期以来的自卑感,老百姓幻想复仇、惩治那些制造邪恶的坏人。于是,反映这些内容的文学作品满足了他们这方面的幻想,使他们暂时得到麻醉,减轻了被压迫的痛苦和自卑。这类作品因而受到他们的欢迎,比如《基督山伯爵》《三个火枪手》《堂·吉诃德》《疯狂的罗兰》等,都可以看作这方面极具代表性的例子。在人物形象上,超人形象受到了群众的欢迎,老百姓把自己的梦想寄托在这类人物身上,他们替代老百姓完成了他们无法实现的愿望。葛兰西对超人形象及其人民来源有着自己的见解。文学作品中超人形象拥有广泛的群众基础,广泛的现实生活来源:"在'超人'的人民性格中,有许多戏剧的、宁可说'歌剧女主角'较之'超人'更具有摆样子的因素;有许多主观和客观的形式主义,有做'班上第一名'的幼稚傲气,但是首先要被承认和宣布为这样的。"还有民间谚语"做一天狮子,比做一百年绵羊要好"也由此而来。①这个评论是切中要害的,指出了老百姓心中埋藏已久却不能实现的想成为强者的心理愿望,因而通俗文学中的超人形象不仅仅是能够快意恩仇的英雄人物,通俗文学中常出现的那些影星、歌星等同时也具有"超人性",也成为人们热爱的对象。

葛兰西还对超人形象所蕴含的"超人性"进行解说,指出这类人物所具有的一般性的精神特征。说到超人性,通常认为源自尼采的超人理论,源自尼采作品中的人物查拉图斯特

---

① 葛兰西:《葛兰西文选》,李鹏程编,人民出版社 2008 年版,第 402~403 页。

拉，可葛兰西认为其开端来自大仲马的《基督山伯爵》。《基督山伯爵》中的主人公爱德蒙·唐泰斯具备超人形象的典型性，而且小说中还采用了理论的形式。葛兰西说："在《基度山伯爵》里，有两章以报纸副刊连载小说形式公开谈论'超人'：一章是当基督山伯爵与维利佛尔姆检察官会晤时，标题为'意识形态'，另一章叙述基督山伯爵第一次赴巴黎在莫尔谢尔夫子爵家早餐情况。"①而且，这种典型形象在大仲马其他作品中也被沿用。如《三个火枪手》中的主人公达达尼昂等。这些人物往往意志坚强、才智过人，是正义和力量的化身。复仇常常是这类文学作品常用的主题之一，主人公的复仇总是被置于一定的社会背景中，而且这种社会背景通常就是某一段真实的历史或现实，大仲马形象地把历史比作挂自己小说的钉子，现实与非现实的结合使作品极富真实感，又充满传奇色彩，使得老百姓更容易将情感带入幻想。这些人物在小说中替老百姓伸张正义、惩恶扬善，而且惩恶的力度显然更重。最终的结局总是善恶终有报，尽管主人公历尽千难万险，但最终正义战胜邪恶。正因为超人形象具有广泛的人民性，在西方大众文化中这一类的人物形象总时长演不衰，无论是在文学作品还是在影视作品中，例如超人系列、蜘蛛侠系列、蝙蝠侠系列等。虽然他们用不同的外在形象来包装，但就其本质都是来自超人的原型，成为老百姓心目中为民除害、伸张正义的形象代言人。

　　当然，葛兰西对通俗文学的某些缺陷也有着深刻的认识

---

① 葛兰西：《葛兰西文选》，李鹏程编，人民出版社 2008 年版，第 402 页。

和清醒的理解,他在对通俗文学的各方面价值进行个案分析的同时,也把某些作品比作老百姓的精神鸦片,认为鼓励老百姓阅读通俗文学就是让他们睁着眼睛做白日梦,仅是一种麻醉,虽能减轻痛苦但却不能解决现实问题。因此,这类作品对于老百姓的负面效应也是显而易见的,比方说英雄的冒险行为总是凌驾于法律之上,不受法律的约束;过分地夸大复仇的情绪也会煽动老百姓的负面情绪;还有小说中对于金钱威力的崇拜等。葛兰西认为这些观念的负面影响也是不可忽视的。

第四节　科幻文学

葛兰西在论述通俗小说时,将其分为七个类别。在这七个类别里,葛兰西只选取科幻小说和侦探小说进行较为详细的论述,可见葛兰西对这两类小说的重视①。葛兰西之所以对这两类小说如此重视,与他的文化领导权思想有关。就像他对通俗文学的重视是因为他所提倡的建立"民族的—人民的"文学思想一样,他对科幻小说和侦探小说的重视,也是因为这两类小说的受众面比较广泛,在人民大众中受欢迎的程度和影响力是其他类型的通俗小说不能相比的。因此,葛兰西对科幻小说和侦探小说的论述相对较为详细、丰富。当然,这种论述的"丰富"是相对而言的。限于当时的各方面条件,葛兰西对科幻小说的论述仅有一千字左右,内容简略,有的地方甚至语焉不详。在给通俗小说分类时,葛兰西将第七项称作科

_____

① 关于葛兰西对侦探小说的论述,可参看周兴杰:《批判的位移:葛兰西与文化研究转向》,中国社会科学出版社 2011 年版,第 168～172 页。本文从略。

学惊险小说和航海探险小说。根据他的阐述,我们可以认为这些作品就是今天我们所说的科幻小说。葛兰西对科幻小说艺术特征和思想价值的评述,是通过对凡尔纳和威尔斯的小说特点的比较而展开的。葛兰西对科幻小说审美特征的论述是他文学思想和政治思想的重要组成部分。葛兰西重点论述了凡尔纳和威尔斯等人的科幻小说作品。葛兰西对凡尔纳科幻小说的科学性、幻想性和乐观精神等特点给予高度评价,同时也指出这些特点给凡尔纳创作带来的局限性。在对威尔斯的论述中,葛兰西重点论述威尔斯科幻小说的现实批判性特征,同时也对威尔斯小说中的道德说教倾向进行批评。葛兰西对科幻小说审美特点的论述具有理论家的深刻性和革命家的现实性。但是,由于葛兰西从既定的理论出发,他对科幻小说审美特征的分析也有先入为主的缺陷。

一、对凡尔纳的评价

在科幻文学史上,凡尔纳与威尔斯并称为科幻小说之父。所谓科幻小说,就是以科学幻想为主要内容的小说作品。在科幻文学圈里,人们大多认为,凡尔纳是注重科技的"硬科幻派",威尔斯是注重幻想的"软科幻派"。其实,这只是他们的侧重点不同而已。在凡尔纳的作品中,科学性和幻想性同样兼而有之。在他的作品中,"从来没有什么完全不可能办到的事情。凡尔纳的主人公掌握的'可能性',从时间上来说,超越了实际存在的可能性。"①这里,葛兰西表达的是凡尔纳的作品

---

① 葛兰西:《论文学》,吕同六译,人民文学出版社1983年版,第147页。

所具备的幻想性,这种幻想性具有超越时空和一切的品质。这种幻想性表现为对现实的超越,其中所蕴含的丰富的想象力使作品奇特开阔、引人入胜,也使得凡尔纳成为最受欢迎的科幻小说作家之一,因而凡尔纳及其科幻小说创作受到了葛兰西的高度重视。

首先,葛兰西指出凡尔纳科幻小说中所描写的科学幻想的科学性、现实性和超前性,并给予很高评价。因为,小说的幻想对现实的超越毕竟是有限的,凡尔纳在幻想的同时也不忘科学性,他作品中的大部分幻想都具备科学的现实性,所以葛兰西说:"尤其重要的是,他们从不'游离'于业已取得的科学成就的发展轨道之外。"[①]凡尔纳的幻想建立在现有的科学基础之上,他的幻想是存在科学依据的,并不是纯粹的"异想天开",其中关于未来科学的描写,是在现实的科学的基础上推想出来的。因此凡尔纳被人们誉为"科学时代的预言家"。而且,很多科学家,如潜水艇的发明者美国青年科学家西蒙·莱克、无线电的发明者马可尼等,都坦言自己是受到了凡尔纳的科幻小说的影响而走上科学之路的。美国著名科普作家和科幻作家艾萨克·阿西莫夫说过:"科幻小说是一种关于科学未来和科学家未来的小说",这可以说是对凡尔纳科幻小说所具有的科学性的概括。在凡尔纳的小说里,人的智慧和科技的力量相结合,创造了难以计数的科学奇迹。正因如此,他的科幻小说更便于人们理解科学的发展趋势,其中的大胆推想,既能引起读者的好奇心,激发读者的求知欲和想象力,甚至还

---

① 葛兰西:《论文学》,吕同六译,人民文学出版社 1983 年版,第 147 页。

能带给科学研究者以灵感,拓展了他们的思维。于是,科幻小说在凡尔纳手中起到了启迪科学精神和科学智慧的作用。许多伟大的科学发明早在凡尔纳的小说里便被预言了。葛兰西对凡尔纳科幻小说的这一特点给予了充分肯定。

其次,葛兰西在对凡尔纳科幻小说的科学性加以推崇的同时,也指出科学性对凡尔纳科幻小说创作所造成的局限性。因为凡尔纳在将丰富的科学知识和神奇的幻想巧妙地结合在一起的同时,科学性的现实性无可避免地会对超越于现实之上的具有无限性的幻想具有某种限制作用,因而凡尔纳的优势同时又成了他的劣势。葛兰西认为,凡尔纳小说构思中的这种科学与幻想的协调,随着时间的推移,又会转化为一种局限性,从而减少其作品对读者的吸引力。因为随着现实科技的发展,凡尔纳小说中的科学预言或者幻想,那些曾经让人觉得不可思议的奇思异想一旦变成了现实,那么它对读者的心理刺激效果将大大降低甚至不复存在。凡尔纳曾经宣称的"只要有人想象得出,其他的人也一定做得出"的创作理念在某种程度上消减了其作品的永恒性价值。正像葛兰西所说的,"科学一旦超越了凡尔纳,他的作品便不复是'心理刺激剂'。"①凡尔纳一直坚持的科学乐观主义思想对其创作所形成的消极影响,亦被葛兰西一语道破。

第三,葛兰西对凡尔纳科幻小说中人物塑造和情节设计的模式化倾向也提出批评。葛兰西之所以将科幻小说作为通俗文学的一种类型,是因为科幻小说具备通俗文学的要求和

① 葛兰西:《论文学》,吕同六译,人民文学出版社1983年版,第147页。

特点。一般来说,通俗文学要求故事精彩,情节曲折,语言通俗易懂,能够吸引广大的读者。而凡尔纳的科幻小说多将读者从现实中抽离出来,为读者提供一个新鲜离奇的场景,用悬念和推理来推动故事情节的展开。从这些方面看,凡尔纳无疑是一个非常优秀的通俗小说作家,能够把自己幻想的东西变得真实可感。他的文笔清新流畅,故事情节波澜起伏,语言生动幽默。正是这些特点,使凡尔纳的科幻小说一百多年来一直受到世界各地读者的欢迎。这无疑证明葛兰西将其纳入通俗文学范围的判断是正确的。但是,科幻小说作为通俗文学的一种,也不可避免地具备通俗文学所特有的一些缺点。这些缺点在凡尔纳的小说中同样是存在的。他小说中的人物形象脸谱化、平面化,人物性格单一,除了少数几个形象鲜明的人物以外,大部分人物形象大同小异,而且道德判断先行,人物总是简单地被分为好人和坏人,缺乏丰富的心理活动和复杂多面的性格,缺乏对于人性更深入的挖掘。因此,葛兰西对凡尔纳科幻小说中人物形象和基本情节的模式化倾向也提出了批评。

综上所述,凡尔纳的科幻小说创作蕴含着特定历史时期人们对科学主义的乐观心态,这种心态既成就了凡尔纳的科幻小说创作,也在某种程度上限制了凡尔纳创作的自由性。这引起葛兰西的注意。葛兰西从当时市民阶层的兴起和资本主义消费社会的形成出发,结合当时通俗文学兴起的总体环境,将之与通俗文学的一般性特征联系起来考察,对凡尔纳科幻小说的思想价值和艺术特点进行了相当丰富的分析。这些分析在某种程度上成为其文化霸权理论的有机组成部分,具有重要意义。

二、对威尔斯的评价

　　威尔斯是继凡尔纳之后的又一位卓有成就的科幻小说作家，他所创作的《时间旅行》《世界大战》《最早登上月球的人》等作品，其中所设想的外星人形象和人类文明与外星文明的冲突等问题，至今仍具有很大影响力。威尔斯的科幻小说关注的问题与凡尔纳明显处于两种不同的价值体系和思想空间。可以说，葛兰西选择凡尔纳和威尔斯作为科幻小说的代表性作家进行分析是很有敏锐的眼光和深刻的洞察力的。在葛兰西看来，威尔斯的科幻小说具有凡尔纳所不具备的思想性、批判性和现实性等特点。

　　首先，葛兰西指出威尔斯科幻小说在科学幻想性掩盖下所具有的现实针对性，葛兰西将之称为"细节的真实性"。与凡尔纳相比，英国作家威尔斯开辟了另外一种科学幻想小说的风格。他和凡尔纳在创作手法上存在很大不同。葛兰西对他们的不同之处进行了分析和比较。葛兰西认为，在凡尔纳的作品里，我们遇到的事件一般来说是可能成为真实的事件，只不过是在时间上提前发生罢了。如前所述，凡尔纳对于科学的许多想象和预言给了探索者和科学家很大启发，在一定程度上促成了这些科技的实现，人类利用这些科技成果完成了以前匪夷所思，而只是凡尔纳小说中幻想的事件，最终使虚构的小说情节变成了真实事件。而在威尔斯的作品里，"基本的情节是实际上不可能发生的，但其细节却具有科学的精确性，或者说至少是可能成为真实的。"[①]也就是说，威尔斯的科

---

　　① 　葛兰西：《论文学》，吕同六译，人民文学出版社 1983 年版，第 149 页。

幻小说中所设想的情节并不以能否实现为目的，细节所具有的科学精确性只是其作品获得"科幻小说"这一名称的一些标签或标志，而其内在的则是作品中所蕴含的对现实世界的思考与批判。

葛兰西指出的威尔斯科幻小说的这一特点，可在《时间机器》这一名著中得以证实。《时间机器》是威尔斯的科幻小说处女作，也是他的经典之作。从此以后，"时间旅行"这一题材被人们广为认知。在这部小说里，威尔斯描述了一位科学家乘坐时间机器来到公元 802701 年的世界上，发现那时候地球已经变成一个大花园。这时候，地球人分为两个种族，一种是生活在地面的埃洛依人，过分安逸的生活使他们的身体、体力和智力都萎缩退化，身体娇小柔弱，智力仅及儿童，住在高耸的悬崖上精致的房屋里，眼前便是碧海蓝天；而另一种则是居住在地下的莫洛克人，他们强壮丑陋，住在昏暗、潮湿并散发着恶臭的地下洞穴中，他们辛苦劳作，为埃洛依人创造生活的一切条件，到了夜间却到地面猎捕他们为食。小说为我们描述了一个既充满梦幻色彩而又触目惊心的未来世界的国度。这部小说创作于 19 世纪，当时的社会矛盾日益激烈，所以明眼人一眼就能看出小说中的人物和情节暗有所指，威尔斯只不过用科幻的形式反映和讥讽了社会现实而已。与绝大部分读者一样，葛兰西也把威尔斯视为通俗作家，但葛兰西认为威尔斯所具有的思想敏锐性确是凡尔纳不能相比的："威尔斯更富有幻想力和聪慧的才干，凡尔纳则在更大程度上属于通俗作家。"① 在葛兰

---

① 葛兰西：《论文学》，吕同六译，人民文学出版社 1983 年版，第 149 页。

西看来,所谓科幻其实只是威尔斯小说的题材而已,其中所蕴含的却是强烈的现实主义批判精神。

此外,葛兰西还对威尔斯创作中具有的道德说教倾向提出批评。其原因是:"他(指威尔斯)是'道德家'—作家,这不仅就其一般的意义,而且就其贬义而言。"①晚年时期,威尔斯作品的文学色彩与他的先期作品相比有所褪色,其中带有浓厚的道德说教色彩,所以被葛兰西称为道德家作家。其实,这与威尔斯一以贯之的创作思想有密切关系。就威尔斯作品的整体风格看,他对社会现实总是带有强烈的批判意识,对于社会和人性的阴暗面,他总是格外敏感和关注,由此体现出较为明显的道德意识。其实,对一位作家来说,他的道德意识与他作品的艺术价值并不冲突,关键是看他如何处理和体现,如果这种意识与作品水乳交融,而不是普遍宽泛的外在批判,这样的作品自然是优秀的作品。相反,如果作者置身于作品之外,居高临下且生硬地作出道德判断或道德说教,在创作过程中道德判断先行,小说的语言中无不带有道德判断的主观色彩,从文学性上来讲,这样的作品无疑是要大打折扣的。葛兰西对威尔斯科幻小说这一特点的批评在某种程度上是按照精英文学的标准来进行的,而忽视通俗文学本身的特点。与威尔斯的科幻小说一样,葛兰西提到的当时流行的连载小说等,都曾经受到老百姓的欢迎,都是比较优秀的通俗文学作品,也具有鲜明的道德意识。

应该说,葛兰西对威尔斯科幻小说优劣的论析还是相当

① 葛兰西:《论文学》,吕同六译,人民文学出版社1983年版,第149页。

准确的,并凸显威尔斯科幻小说的艺术思想价值。威尔斯是著名的社会活动家,对资本主义制度始终持有批判性态度。这种思想贯穿到他创作活动的始终,因而他的作品整体上充满着一种对人类社会未来命运的关怀,其中引人入胜的情节不仅激起广大读者的阅读欲望,而且在整体上闪烁出作者的智慧之光,因而也引起了葛兰西的注意。与葛兰西对凡尔纳的阐述一样,葛兰西对威尔斯的批评也是他文艺政治思想的重要组成部分。

三、批评的局限

关于科幻小说,葛兰西把目光主要集中在凡尔纳和威尔斯两位科幻文学大师身上,虽是只言片语却也微言大义。今天的科幻文学也大多建立在他们的基础之上。科幻小说用科学和人情的经纬给我们编织了一个神秘莫测的世界,这个世界并不是存在于现实的对立面,而是穿越了时间和空间的限制,模糊了虚拟和现实的疆界。它是幻想的现实,抑或是真实的梦境,恰似庄周梦蝶,亦真亦幻。葛兰西对科幻作品思想价值和艺术价值的分析,还具有更为深远的学理价值,继续引发人们对凡尔纳和威尔斯这两位伟大的科幻小说作家及其作品的不断思考。除了上面的看法外,葛兰西还对凡尔纳和威尔斯科幻小说中的思想意蕴等问题进行了颇为精到的评析,但是由于葛兰西对凡尔纳和威尔斯的批评是从其政治哲学的角度进行的,因而这种批评在某种程度具有先入为主的缺陷。

比如,针对凡尔纳的许多小说体现出一种强烈的民族主义情绪,葛兰西曾从历史的角度对其渊源进行了分析。当时,阿道尔夫·法吉曾写过一篇名为《凡尔纳印象记》的文章,认为,凡尔纳小说中的反英情绪源于英国和法国之间的竞争,法肖塔事件使两国的竞争白热化。葛兰西反对这一观点,认为这是违反历史的错误论断。葛兰西认为,反英情绪其实一直是法国人心理上的一个根深蒂固的基本要素,过去是,现在也是。其历史原因其实可以追溯到现代法兰西的形成时期,可以追溯到百年大战,可以追溯到圣女贞德的英雄业绩在人民心中的反映。争夺大陆和世界霸权的连绵不断的战争,愈发滋长了法国的反英情绪,并在法国大革命和拿破仑时期达到高潮。这种情绪的影响强大而且持久。可以说,整个法国通俗文学都在其影响中发展。而法肖塔事件的影响虽然深远,但和这强大的传统相比,就显得无足轻重了。与反英情绪相比较,反德情绪就没有那么根深蒂固,它的产生也比较晚,在法国大革命之后才产生。诚然,作为一个特定的历史时期的法国人,凡尔纳身上带有这些民族情绪在所难免,在其作品中流露出这些情绪也无可厚非,但是作为文学作品,过多地、过于强烈地、过于明显而直接地表露这些情绪无疑会削弱作品的文学价值,优秀的文学作品是这样的,读者通过阅读体会文学作品本身的内涵和意义,通过阅读去理解和思考作品的多义性,感受丰富深刻的情感和对人性的关怀。因此,葛兰西才不无贬义地说,凡尔纳在更大程度上属于通俗作家。

当然,作为一名通俗作家,我们不能用精英文学的标准去要求他,葛兰西对凡尔纳的评价在某种程度上具有先见之嫌。与精英文学不同的是,凡尔纳作品的读者更多的是普通老百姓和青少年,身上具备着他们共通的价值观和民族情绪,那么这样的情绪表露则更能激起他们的共鸣，增加阅读的快感，这也是凡尔纳倍受欢迎的原因之一。凡尔纳的作品总是能让人们激动不已。凡尔纳对他幻想的未来社会寄予了极大的热情，这通常是一个美好而又光明的世界，因此积极乐观是凡尔纳创作的主要基调。读凡尔纳的作品，宇宙、地球以及自然总是带给我们深深的神秘之感。这种神秘之感无边无际而又生机勃勃，似乎总是召唤着我们去追寻梦想、追求理性。纵观《气球上的五星期》《地心游记》《从地球到月球》《环绕月球》《神秘岛》《80天环绕地球》《太阳系历险记》等凡尔纳的经典作品，海洋、月亮、两极、地心、天空、月亮、太阳都是小说中常常出现的场景。这些场景并不仅仅是客观的场景，而是融入了人类的感情，成为一种精神的载体。时至今日，科技日益发达，现代文明亦高度发达，然而地球却饱受肆虐，我们在享受科技文明的同时也在品尝自己带来的恶果。今天的人类面对宇宙，面对地球，面对自然，需要的正是谦卑而又理性的朴素的情感态度。

在对威尔斯的批评方面，葛兰西的批评同样存在以偏概全的问题。当葛兰西将威尔斯批判现实主义精神与道德说教联系在一起进行批评的时候，有人反而将威尔斯的小说称作"反乌托邦"小说，并将其中蕴含的批判精神升华到哲学反思的高度。这是符合威尔斯的创作实际的，却被葛兰西所忽视。威尔斯是一位以科学幻想为题材的现实主义作家，他借助科学幻想来反映和讽喻现实社会存在的各种弊端和问题。科技的发展固然为人类造福，可科技是双刃剑，它又会给我们带来什么？显然，威尔斯关注的不是光明的那一面，科学技术带来的社会问题、政治冲突自然也就成为其小说表现的重要方面。未来的科技发展充满各种各样的可能性,他的作品中也就充满了科学技术给人类带来的威胁,如外星人入侵、社会暴政、战争、人种变异、太阳消亡等等。克隆人早在威尔斯的小说里就出现了,不过威尔斯关注的并不是这样的预言能否变成现实,而是其带来的一系列社会问题和伦理问题。这些问题在克隆技术已经付诸实现的今天,仍然是备受争议并且需要继续讨论的话题。就像威尔斯自己宣称的那样,他的故事所指的绝不是实现科学假设的可行性,而完全是另一种幻想的体验,或者说这些存在对社会对人类的影响,指向形而上的方向,这正是他与凡尔纳之间最大的不同之处,也是科幻的另一重大价值和意义所在。威尔斯关注现实,同时思考未来,他总是用发展的眼光来审视现实。

因此,在葛兰西笔下,威尔斯对一系列社会问题的深刻思考没有受到应有的重视,因而也影响了葛兰西批评的价值。未来人类将走向何方?是否会毁灭于自己亲手创造的一切?这些都是威尔斯思考的主题。这些主题旨在提醒人类重新反思自我,反思自我与他人、自然、社会的一系列关系,唤起人们强烈的危机意识,唤起人们改造现实的巨大的精神力量。因此,他在作品里总是散发着焦虑和悲悯的情感色彩。威尔斯作品中人物的内心世界在与外部世界的碰撞和交流中展现的往往不是和谐,不是天人合一的理想境界;而更多的是人与人之间的矛盾和疏离,人与环境的冲突和对抗。人们对这样的现实不满,并且通过种种努力进行抗争和改变,希望摆脱现有的处境,而当他们的努力取得了成果,以为梦想实现的时候,却发现更可怕的还在后头呢。因此，威尔斯作品中所蕴含的对现实世界和未来世界的深刻思考，已深深影响到政治、哲学和宗教等领域。这一点是葛兰西所没有料到的。

　　综上所述，葛兰西对科幻小说的论述是他通俗文学思想的重要组成部分，而他的通俗文学思想又是他建立"民族的—人民的文学"设想的重要组成部分，最终是为了论证他的文化领导权理论。就当时的情况看，资本主义生产方式推动了社会生产的极大发展，从而形成消费社会和市民阶层，这样的具有娱乐性、商品性和颠覆性的通俗文学作品自然受到广大市民阶层的喜爱，被并整个社会所广泛认同和接受。这使葛兰西认识到，在文化霸权理论中应该给通俗文学以重要位置。在此基础上，葛兰西运用马克思列宁主义的阶级分析方法，将通俗文学分为感伤小说、历史小说、侦探小说、科幻小说、黑色小说等七大类型，并分别论述它们的不同特征。葛兰西对以凡尔纳和威尔斯为代表的科幻小说的论述，代表了他对科幻小说的总体态度，是他通俗文学乃至文学思想的重要组成部分，他所探讨的关于通俗文学特征的理论问题至今仍具有重要的学理价值。

第三章　批评实践:批评的多元性

　　葛兰西的文学批评是建立在其实践哲学基础之上的,也是他的文化领导权思想的重要组成部分。他借20世纪20年代意大利文艺界对德·桑克蒂斯学说的讨论提出了自己的"实践哲学的文艺批评观"。在这一思想的指导下,葛兰西对但丁、马基雅维利、皮兰德娄和克罗齐四位伟大的文学家、哲学家和政治家的相关文学思想等内容进行了批评,这些内容构成葛兰西文学批评实践的主要内容。对于但丁,葛兰西将其与马基雅维利比较,在比较中展开论述,认为自己对但丁的批评"是对以往汗牛充栋的注释锦上添花"。在对马基雅维利的批评中,葛兰西对马基雅维利在《君主论》和《曼陀罗》(又译作《曼陀罗花》)中所表达的思想进行阐述和批评,指出其成绩和局限。在对皮兰德娄的批评中,葛兰西跳出纯文学的圈子,从历史、文化、道德的角度评析了皮兰德娄作品的艺术特性和文化价值,为皮兰德娄研究建立了新的研究高度和解读视角。

葛兰西在马克思主义实践哲学的基础上对克罗齐思想进行批判和扬弃，指出克罗齐所具有的世界性文化意义。总体上看，葛兰西的批评实践始终与其政治思想联系在一起，因而他对上述诸家的批评存在着某些曲解甚至过于武断的评论，这给其批评实践带来了一些局限。

第一节　文 学 批 评 观

20世纪20年代，意大利文艺批评界围绕德·桑克蒂斯的学说展开富有争议的讨论。对于如何正确地理解德·桑克蒂斯，葛兰西提出了自己的一系列看法，并借此表达自己的文艺批评观。在对德·桑克蒂斯的理解和阐述中，葛兰西结合实践哲学的基本理论阐发了文学思想。用葛兰西自己的话说，他的文艺批评可称为"实践哲学的文艺批评"。这一思想是葛兰西文学批评观的核心思想，指导了葛兰西的文学批评实践。

一、实践哲学的文艺批评

在论述文艺批评的基本原则时，葛兰西摒弃用空洞的政治术语进行政治批评，反对教条主义的艺术批评，主张将艺术批评与政治批评做辩证的统一，将艺术批评与建立新的文化结合起来。葛兰西认为，文化包含着人们的情感、习俗和各种各样的世界观。一定的社会历史阶段从来都不是静止的存在，而是充满着各种动态的矛盾，各种文化相互交织和斗争，不同的世界观相互对立和冲突，各种艺术作品中展现的情感的真实性，这些情感与现实的逻辑关系等，都是文艺批评需要分析的内容。为此,葛兰西提出了"实践哲学的文艺批评"的主张。这一主张不是冷冰冰的、学院派的美学批评,而是将作品反映的特定历史时期的思想内容作为批评的重要内容,并对新文化的建立作出贡献:"实践哲学的文艺批评,必须以鲜明的、炽烈的感情,甚至冷嘲热讽的形式,把争取新文化的斗争,对道德、情感和世界观的批评,同美学批评或纯粹的艺术批评和谐地冶于一炉。"①因此实践哲学的文艺批评是建立新文化的重要内容,单纯的艺术批评不能担当此任。

由此出发,葛兰西认为,德·桑克蒂斯的文艺批评思想应予以肯定。他认为德·桑克蒂斯对文学和艺术的批评态度是典范的。这是因为德·桑克蒂斯将其文艺批评与当时社会的精神文化要求结合在了一起。德·桑克蒂斯曾经说过:"缺乏力量,因为缺乏信仰。缺乏信仰,因为缺乏文化。"②对这句话中的"文化",葛兰西提出了自己的理解。他认为,德·桑克蒂斯所说的"文化"指的是一个民族对生活和人的观念,这种观念在整个民族普及且统一,是群众的世俗宗教,是群众的某种哲学、道德、生活方式和行为准则的总和。显而易见,葛兰西对此处"文化"的理解实与他的实践哲学思想是一脉相承的,尤其是关于人的观念和关于哲学的观念。这些观念都被葛兰西进行了拓展,即每个人都可以是哲学家,而哲学与宗教、伦理、政治等是有机联系的,因此哲学本身就包含了世俗的各种道德、观念,包含了人们的生活方式和行为准则。葛兰西认为,要想贯彻新的文化,需要强有力的力量,需要一个统一的

① 葛兰西:《论文学》,吕同六译,人民文学出版社1983年版,第6页。
② 葛兰西:《论文学》,吕同六译,人民文学出版社1983年版,第2页。

文化阶级，以及确立一个独立的知识分子集团来掌握、确立文化领导的权力，采取传播新文化的行动，文学批评正是为这目标服务的。

葛兰西的"实践哲学的文艺批评"观，与他广义的文化观是一体的。葛兰西所讨论的文学批评，确切地说是一种文化批评，因为他更关注作品体现出的文化意义。他把文学的概念拓展至文化的内涵，把文学作为文化的一部分予以研究，同时又将文化置于更广泛的历史、现实和社会背景中，并对它们的相互关系和影响予以讨论。葛兰西曾借克罗齐的比喻阐明他对文学与文化关系的理解。克罗齐曾经就人们对艺术和精神世界的希望打过这样的比方："这犹如某个人想在镜子里看见美人儿，而不是丑婆娘时，他希望的大概不是换一面与他面前的镜子不一样的镜子，而是想换另外一个人。"①艺术如同镜子，可以反映社会，反映人们的生活和文化，人们通过艺术作品了解到这些，可如果人们从中了解到的并非人们所希望的那样美好的事物，那么问题的症结就不能完全归咎于艺术作品，而是我们的社会和文化出现了问题。我们想在镜子中看到美好的一面的希望，归根结底，不仅仅是对艺术的希望，而是对整个精神世界和现实世界的希望。所以换一面镜子不能解决问题，我们所要做的是去反思我们的社会和文化，甚至要开展一场建立新文化的斗争，将艺术批评与建立新文化结合到一起。

葛兰西的"实践哲学的文艺批评"观，与他对文学产生的认识是一致的。葛兰西是从历史唯物主义的角度来理解文学

---

① 葛兰西：《论文学》，吕同六译，人民文学出版社 1983 年版，第 11 页。

的产生的。在葛兰西看来,文学不能依靠自身就产生新的文学,就像上层建筑不能产生上层建筑,意识形态无法创造意识形态,它们的产生和改变都要依赖于社会的经济基础和社会关系,在一定的历史发展阶段遵循一定的社会历史发展规律,正如克罗齐所说的"诗歌不能产生诗歌"。文学的产生不是孤雌生殖,文学的产生也绝不是空中楼阁,必须依靠阳性元素的参与。"阳性元素"可以理解成实践的、道德的、激情的等因素,它们的参与指的是历史的发展、革命活动的参与。这些阳性元素推动或改变了社会关系,造就了新的社会关系,同时也造就了新的艺术家以及艺术作品。对于个人而言,他的身份并非由他所从事的工作、所扮演的角色决定的。比方说,工人之所以是工人,并不取决于他所从事的是体力劳动;知识分子之所以是知识分子,也不因为他从事的是脑力劳动。世界上并不存在纯粹的脑力劳动或体力劳动,任何一种劳动都既包含了体力劳动,也包含了脑力劳动,只是侧重点或比重不同罢了。所以说,劳动者的身份其实是由他在劳动中所处的社会关系决定的。新的社会关系会创造新的劳动者。过去的"旧"人,一旦社会关系变了,进入新的社会关系以后,也会变成"新"人。同样,艺术家也不是人为造就出来的。在社会运动、社会变革中往往会涌现出新的艺术家。因为新的阶级一旦通过斗争成为领导阶级,他必然推出艺术家和艺术作品,将他的阶级内部原来弱势的力量充分表现为强有力的个性。但是,艺术家和艺术作品的推出并不是为了某种政治的需要,人为地从外部施加压力而产生,而是通过斗争建立新的文化。如果新文化符合历史发展的趋势,那么它自然有其生命力和发展方向，在发展的过程中会物色到属于自己的艺术家与艺术作品。因此，建立新的艺术，绝不是通过造就新的艺术家，而是建立新的文化，建立新的精神生活，而这与社会关系现状密不可分。特定的文化与社会现实相结合，才可能诞生新的艺术家和新的艺术作品。实践哲学的文艺批评正是要求对文学作品和艺术家与社会历史之间的深层互动关系进行揭示，为建立新的文化而作出贡献。

我们还可以从文学和政治的关系的角度，从政治家和文学家的身份的特点和任务的角度对葛兰西的"实践哲学的文艺批评"进行考察，分析这一批评所具有的辩证性特点。政治家倾向于将事件置于整个历史发展的背景中予以考察。因此，他的目光较文学家而言，往往会更加全面、长远和清晰。政治家眼中的世界和人，属于现实世界，所以他们的描述相对而言也会更加理性和客观。而且，政治家的使命是为了改变世界，发动人们为了达到一定的目标，改造自己，进而改造世界。所以，政治家不会满足于固定的形象，他们的眼光必须具备前瞻性，在意识上必须走在时代的前列，引导人们不断地超越现实，向历史发展的方向前进，从这个意义上讲，政治家是未来主义者。而文学家就不同了，艺术家将感性熔铸于形象，驾驭感性是他们最重要的才能和首要的任务。对于时代的把握也不是他们的使命，他们强调的是独特的个性，是一定时期内他们视野内的存在，是存在和人们心灵的交相呼应。从这个层面来讲，艺术家又是现实主义者，政治家甚至会觉得艺术家落后于时代变革的脚步。同时，葛兰西还反对艺术创作单独服从一定的政治目的。葛兰西认为，如果艺术作品的产生是来自外部的压力,出于一定的政治目的,人为地要求表现一定的内容,那么这只能称作政治行为,而与文化无关;它所构建的文化是虚假的,不能称为艺术。"艺术之所以成为教育者,因为它是艺术,并非因为是'教育'的艺术。"①文学批评需要将作品的艺术特征与道德、政治内容结合起来。这里的政治内容指的是作品本身流露出的精神内容,与作品的艺术特征属于不同的精神领域,又不着痕迹地融为一体。在文学批评中,将不同的精神领域结合起来研究作品,有助于把握更加真实的文学世界和现实世界。

葛兰西认为,文学批评可以从不同角度展开,既可以对作品进行美学批评,也可以对作品进行文化批评、政治批评等,以发掘作品所具有的多样性价值及其独特性,从而形成他以作品的文化价值为核心的多样性、多角度的文学批评方法。这是"实践哲学的文艺批评"的又一特点。在葛兰西看来,对于一部文学作品,可以从两种角度予以评论,一种是研究它的艺术特征,从美学的或纯艺术的角度;另一种则更倾向于作品的思想内容,即作品中贯穿的情感和表现出的对生活的态度,是从文化的、道德的、政治的角度。文学批评无需局限于某一种角度,一部作品的价值也不只局限于某一个方面,所以,我们在分析一部作品时,可以选取最有价值的一个角度去研究这部作品。在评价一位作家时,只从一个角度对他作出评价往往是片面的,有时可以将之作为思想家和作为艺术家分开评述。相反,一些作品如果单从审美的角度看没有多高的艺

---

① 葛兰西:《论文学》,吕同六译,人民文学出版社 1983 年版,第 11 页。

术价值,但仍然可以从其他角度分析其价值。葛兰西将这些理论付诸自己的文学批评实践中,从中可以看到他对作家、作品角度多样化的阐述,"揭示不同精神领域之间既有区别,它们的活动又统一的形式原则(纵然是抽象的形式原则),有助于把握真实的现实"①,提炼出作品最具价值的一面,或者批判其失败的一面,这样所阐发的内容也往往超越了作品本身的艺术价值,而指向政治、文化、道德、社会等因素,指向民族的人民的因素,揭示出作品在文化史上的意义。葛兰西这些富有独创性的见解,带有鲜明的人民性倾向和人道主义色彩。

总之,葛兰西将他的实践哲学思想与文学批评结合起来,提出"实践哲学的文艺批评"的观点。这一观点反对对文学作品进行机械的单一的政治批评和艺术批评,而要求将政治批评、艺术批评和道德批评等辩证地结合起来,实现三者之间的和谐融洽,充分发掘作品所具有的文化价值和艺术价值。因此,葛兰西的"实践哲学的文艺批评"观使传统的文艺批评跳出了纯文艺批评的视野,他所提供的视角和方法的价值远远超出了批评本身。

二、文学批评的距离说

葛兰西关于文化的内涵,关于文学作品的艺术批评和政治批评的关系,关于文学批评中各种见解及其关系的辩证把握,集中体现在他的"距离说"中。与布洛的审美距离说不同,在葛兰西这里,"距离"指的是审美欣赏和理性批判之间的距

---

① 葛兰西:《论文学》,吕同六译,人民文学出版社 1983 年版,第 15 页。

离,他要求主体在审美的同时保持自身理性的清醒和独立性。这里的理性包含主体的思想、情感以及道德的判断。主体不能因为对某一位作家崇拜或者对一部作品欣赏就沉醉其中因而忘记理性的批判,一味地附和作品的思想内容。这里分析葛兰西文学批评的距离说的主要观点。

首先,葛兰西的"距离说"强调的是主体在文学批评或审美欣赏过程中不要忘记自身的意志和理性,要求批评家对作家作品保持着某种"居高临下"的主体性姿态,从而将审美欣赏和道德评价等区分开来,以保持读者自身的理性判断。他说:"我觉得,一个有知识的现代人阅读经典作家的作品时,一般地说,应该保持某种'距离'。换句话说,应该仅仅欣赏他们的审美价值;'迷恋',容易导致附和诗歌的思想内容。……而对审美价值的欣赏,不妨伴随某种文明的轻蔑,正像马克思评价歌德一样。"①葛兰西明确地将艺术品的思想价值和艺术价值区分开来,将主体对作品的道德欣赏和审美欣赏区分开来:"或许,我是把审美欣赏同对艺术美的积极判断分开来的,换句话说,把对艺术作品本身的欣赏心情,同道德上的欣赏,及参与艺术家的思想意识世界区分开的。我认为,从批评的角度看,这种区分是必不可少的。"②因此,在葛兰西看来,对待经

---

① 葛兰西:《论文学》,吕同六译,人民文学出版社 1983 年版,第 19 页。这里,葛兰西误将"恩格斯"作为"马克思"了。他所提到的马克思对歌德的评价,实际上是恩格斯在《诗歌与散文中的德国社会主义》中对歌德所作的评价:"歌德有时非常伟大,有时极为渺小;有时是叛逆的、爱嘲笑的、鄙视世界的天才,有时则是谨小慎微、事事知足、胸襟狭隘的庸人。"见《马克思恩格斯全集》第 4 卷,人民出版社 1958 年版,第 256 页。

② 葛兰西:《论文学》,吕同六译,人民文学出版社 1983 年版,第 20 页。

典的作家作品,你可以不赞同他的思想内容或者价值观,但这并不妨碍你对其作品进行审美欣赏。比如,从审美的角度看,葛兰西对托尔斯泰的《战争与和平》佩服得五体投地,但他并不认同托尔斯泰通过小说所表达的思想内容。葛兰西的观点与传统文学批评所强调的文艺欣赏是不同的,具有新意。

其次,葛兰西的"距离说"强调文学批评和文学作品的社会文化价值,开阔和丰富了文学批评的视域,也拓展了文学作品的社会历史价值。在葛兰西看来,一部作品尽管从艺术的角度来说价值并不高,但我们从中可以获取思想上或文化上的价值,那我们仍可欣赏它。一般认为,文学批评倾向于关注那些能够反映社会、历史中占支配地位力量的作品,因为只有反映社会占支配地位的力量,反映历史的高潮,才能反映出这个历史社会阶段的独特性。葛兰西对这种观点进行了批判。在葛兰西看来,一定的社会历史阶段从来都不是铁板一块,而是充满了各种错综复杂的力量,无时无刻不在互相制约、斗争,充满了矛盾和变数。除了占支配地位的力量,其他因素同样可以反映时代,包括那些反动的或落后的阶级的因素也是社会的组成部分,也是处于矛盾和斗争中的一个方面,因此表现这些因素的作品也是了解时代精神、反映社会风貌不可忽视的研究对象。与此类似,就文学价值而言,人们更倾向于研究伟大的作家作品,但对于作品的文化价值而言,研究一个普通的小作家有时会更有收获。葛兰西对此是这样分析的:因为一位伟大的作家,他的个性特征往往十分突出,一部伟大的作品会超越他所属的时代,而一个普通的小作家,如果他对社会具有敏锐的洞察力和良好的表达能力,就可以表现出特定历史时期的文化的某些方面,这对于文化史研究,对于人们了解特定时代,都有一定的积极意义。

第三,葛兰西的"距离说"对审美主体提出更高的要求,要求主体在审美的同时仍保持自我的独立性,保持理性的绝对清醒,这既包含理性上的自觉,又包含意志上的克己,主体的主动性和自觉性在文学批评和审美活动中的作用得到充分的强调,拓宽了文学批评的角度和视野。葛兰西的这一观点与他对文化的理解是相同的。他将审美活动视为文化的一部分,文化本身就是一种活动,是主体和客体之间的互动,而且是主体自觉地去实行这种活动,这就要求主体首先要拥有属于他本人的自我,然后再自觉地组织精神活动,了解自己的价值、权利和义务,从而达到更高的精神境界。葛兰西引用诺瓦利斯的话说:"文化的至高无上的问题是赢得一个人先验的自我,同时又是他本人的自我。"[1]葛兰西认为,文化不是百科全书式的知识,人不是编排保存知识的容器,知识分子也不是拥有和卖弄这些知识的群体:"文化是与此完全不同的东西。它是一个人内心的组织和陶冶,一种同人们自身的个性的妥协;文化是达到一种更高的自觉境界,人们借助于它懂得自己的历史价值,懂得自己在生活中的作用,以及自己的权利和义务。"而且,"这些东西的产生不可能通过自发的演变,通过不依赖于人们自身意志的一系列作用和反作用"[2],因为人不是动植物,不是自然的产物,而是历史的产物。葛兰西的"距离说"要求主体对历史文化应抱有明确的自我意识,在主客体的

---

① 葛兰西:《葛兰西文选》,李鹏程编,人民出版社2008年版,第4页。
② 葛兰西:《葛兰西文选》,李鹏程编,人民出版社2008年版,第5页。

互动中将主体的积极价值凸显出来，这在文艺批评和文化研究等领域具有重要的理论价值。

　　葛兰西的"距离说"与布洛的审美心理距离说具有显著的不同。在布洛那里，他认为主体只有在与对象保持一定的心理距离时，才会产生美感。这里的"距离"主要是指实践领域的功利层面，审美主体需要摆脱与客体有关的现实功利的目的，才能进入审美的过程。布洛的审美心理距离说将人的审美活动与人的现实活动作了本质上的区分，为审美作了本质性的规定，建立在捍卫美学的本质的基本立场上。这显然与葛兰西迥异。同时，葛兰西关于文学批评的距离说，与叔本华的观点也是截然相反的。叔本华认为，主体在审美观照时，"人们忘记了他的个体，忘记了他的意志；他只是作为纯粹的主体，作为客体的镜子而存在，好像只有对象的存在而没有知觉这对象的人了……这同时即是整个意识完全为一个单一的直观景象所充满，所占据，……置身于这一直观中的同时也不再是个体的人了，因为个体的人已自失于这种直观之中了。他已经是认识的主体，纯粹的、无意志的、无痛苦的、无时间的主体"①。按照叔本华的观点，欣赏主体在对艺术作品的艺术技巧和所表达的世界观进行折服的同时消失了自我和理性，这种观点是作为政治家和思想家的葛兰西所不能认同的。

　　此外，葛兰西还通过对巴尔扎克等人的批评贯彻他的文学批评的"距离说"观点，将作为主体的读者在文学欣赏和阅读过程中的审美评价和道德理性评价进行了明确区分，力求

　　① 叔本华：《作为意志和表象的世界》，石冲白译，商务印书馆1995年版，第250页。

保持主体实践的、道德的理性价值的独立性。这些内容在其批评实践部分我们会进一步论述。总之,葛兰西的"距离说"与他的思想体系是联系在一起的,具有鲜明的个性特点,对拓展文学批评的主体性视野具有重要的理论价值和实践价值。

三、批评实践的主要构成

葛兰西在自己的批评实践中亲身履行着文学批评的上述职能。在各种类型的文学作品中,他都尽可能地发现其中的价值,这种发现没有局限于审美领域,而是从广义文化的角度,从精神生活的各个方面(包括政治的、宗教的、道德的或者民族的人民的角度等)来讨论作家作品的独特价值。葛兰西的批评实践主要由两部分内容组成,一是对但丁、马基雅维利、皮兰德娄、克罗齐等进行专门批评,二是在批评过程中对一些作家作品没有深入展开评论而寥寥数语提及。对于前者,后面我们将专门进行讨论,这里先对后者进行评述。就第二部分内容,葛兰西虽没有进行系统论述,但他所提供的批评视角或者方法却值得重视。

第一,对于法国的政治小说,葛兰西总结出一个贯穿其中的极其活跃的主题,那就是宣传城市和乡村联系的必要性。他以欧仁·苏的《巴黎的秘密》为例,"这部小说以不同寻常的坚定性宣传农民和城市相联系的必要性。"①关于欧仁·苏,葛兰西对其作品的文学价值评价并不高,认为其"情节引人入胜,但表现形式呆板",以至于欧仁·苏曾经在所有的社会阶

---

① 葛兰西:《论文学》,吕同六译,人民文学出版社1983年版,第164页。

层中都拥有读者,但是后来仅仅被老百姓阅读,因为老百姓最初的阅读几乎是纯粹的文化方面的印象,而且很少持批判态度。即便这样,葛兰西仍然从欧仁·苏的作品中提炼出一些政治主张,如"《流浪的犹太人》对拿破仑时代的憧憬;所有的作品尤其是《流浪的犹太人》中的反僧侣主义;《巴黎的秘密》中的小资产阶级改良主义,等等。"①

第二,葛兰西从社会性的角度对巴尔扎克的文学作品提出看法,深化他对个体与社会之间关系的看法,由此可以发现葛兰西在文艺批评中所具有的强烈的主体性意识。对于巴尔扎克作品的文学价值,葛兰西的肯定是毋庸置疑的。巴尔扎克的作品博大精深,不管是从自然主义的角度看待巴尔扎克,还是从政治、社会的角度来看待其作品中非艺术的部分,都会很有收获;可以将作为文学家的巴尔扎克与作为持某种政治观或自然观的巴尔扎克区分开来,但不能因为任何一方面的价值而反对而否定其他方面的价值,这样的态度是不科学的。葛兰西对巴尔扎克对于自然、社会的观点是持否定态度的,认为他关于政治、社会的某些观点具有"反动的、复辟主义的和君主专制派的性质"。但他认为,这些并不有损巴尔扎克作品的文学价值。但这两者是如何结合起来的? 巴尔扎克如何将他的世界观得到艺术的体现? 如何表现他的现实主义? 葛兰西没有对此展开讨论。葛兰西所提供的价值在于对待巴尔扎克的批评角度。

葛兰西还用自然主义思想来评价巴尔扎克的思想,深化

---

① 葛兰西:《论文学》,吕同六译,人民文学出版社 1983 年版,第 164 页。

他对人及其社会属性的理解和论述。他引用巴尔扎克《〈人间喜剧〉前言》中的一段话:"动物是这样一种元素,它的外形,或者说得更恰当些,它的形式的种种差异,取决于它必须在那里长大的环境。动物类别就是这些差异的结果。……这种学说……已经深入我心,我曾注意到,在这一点上,社会和自然相似。社会不是按照人类展开活动的环境,把人类陶冶成无数不同的人,如同动物之有千殊万类么?……士兵、工人、行政人员、律师、有闲者(!!)、科学家、政治家、商人、水手、诗人、穷人(!!)、教士之间的差异,虽然比较难于辨别,却和把狼、狮子、驴、乌鸦、鲨鱼、海报、绵羊区别开来的差异,都是同样巨大的。因此,古往今来,如同有动物类别一样,也有过社会类别,而且将来还有。"①将人的社会类别等同于动物类别,这自然是不科学的,但巴尔扎克只不过是抒发一些对这个问题的个人想法而已,显然并未经过科学的论证和严密的逻辑推理,他也并未在此基础上建立自己的政治学说,并未将此作为自己的实践纲领,融汇到自己的文学创作中去。但是当时的一些评论者却撇开巴尔扎克的文学创作活动,在这点可怜的科学想象上进行发挥,在此基础上建立政治社会学说,并且对之进行抨击,证明巴尔扎克是反动的。葛兰西对此现象进行了批评。葛兰西批评的不仅是他们的观点,更在于他们对待问题的角度和文学批评的角度。葛兰西总是善于从任何材料中提炼出符合自己思想的观点,或者说,他善于换一个角度将问题向积极的方向转化。巴尔扎克从自己的观点出发,提出了"最大限

---

① 葛兰西:《论文学》,吕同六译,人民文学出版社1983年版,第162页。

度地完善这种社会类别"，使他们之间的关系达到和谐的境界，这样的观点在葛兰西看来就是积极的。就巴尔扎克的观点来说，既然类别是环境的产物，环境起着决定性的作用，那么，为了某些类别的完善，就需要对环境进行保留、组织或改善。虽然对于人类社会，环境的作用从来都不是起决定性的作用，但环境的能动性是毋庸置疑的，为此，葛兰西从环境对种类的重要性出发，从巴尔扎克的观点引申出人和社会条件之间的关系："须知巴尔扎克清醒地意识到，既然人是种种社会条件的总和，人在此社会条件下生活和发展，为着改变人，便必然要改变这种种社会条件的总和。"①

第三，针对斯托夫人的长篇小说《汤姆叔叔的小屋》这部作品，葛兰西认为，对于文学的情感体验须与特定时代的特定读者结合起来，而且认为这部作品的历史价值要超过其文学价值。在给儿子德里奥推荐读物时，葛兰西提到了这部作品，但他并没有将之列为自己的推荐书目，虽然他曾经听说不少人对这部作品赞誉有加。在葛兰西的记忆中，这部作品始终没有激起他强烈的阅读兴趣。由此，他总结出这样的结论，当人们在阅读作品的时候，阅读的印象总是和活生生的情感世界联系在一起，某些情感又和特定的时代联系在一起，当时代变化，与此相关的情感也会随之发生变化或者消失不见，正如这部《汤姆叔叔的小屋》。众所周知，这是一部以反奴隶制为主题的小说，在某种程度上激化了美国南北地区的矛盾，甚至有人不无夸张地说正是这部小说引发了美国南北战争。全书

---

① 葛兰西：《论文学》，吕同六译，人民文学出版社1983年版，第163页。

除了揭露奴隶制度的罪恶之外,基督教的宣扬也占有很大比重,可以说这是一部具有时代意义的小说。但是,对于葛兰西来说,它的政治意义和历史意义要大于它的文学价值本身。饱受奴隶制摧残的人们,也许对书中内容更易引起共鸣,更能够深切体会其中的情感,认同废奴的观点以及感受宗教的情感等。这样的共鸣是与特定的时代和特定的情感体验连接在一起的。对于葛兰西这样没有经历过奴隶制度和缺乏宗教情感的人来说,这样的情感则很难体验到。葛兰西回忆道:"我年幼的时候,就从来不曾体会到《汤姆叔叔的小屋》鲜美多汁的果肉和奎格派教会的情感;我曾经好几次试着阅读它,但总是缺乏浓厚的兴趣,它的情节今天我已全然淡忘了,只记得它使我腻烦死了。"①当然,伟大的作品往往可以超越所属的时代,伟大的作家也可以成为一切时代的同代人,《汤姆叔叔的小屋》之所以会给读者带来这样的感受,和它的文学表现力不无关系。最初它是以连载的形式发表的,在一定程度上,这部小说的语言带有说教和布道的色彩,某些人物形象特别是黑人奴隶形象刻板化,故事情节也倾向于套路化。这些因素都影响了小说的审美价值。

第四,吉卜林的两部《森林之书》(又译作《丛林之书》)则是葛兰西推荐给儿子以及所有儿童阅读的作品,他认为这两部作品可以给儿童带来奋发向上的精神动力,具有较强的教育意义。在他看来,"这些故事中荡漾着一种奋发的精神和意志力,这正同'汤姆叔叔'相对立,我以为这是需要让德里奥和

---

① 葛兰西:《论文学》,吕同六译,人民文学出版社1983年版,第177页。

任何一个孩子领会的,如果我们希望这些孩子赋有坚强的性格和昂扬奋发的活力的话。"①对于吉卜林,人们对他的评价长期各持一端,甚至批评甚于赞誉,大量的评论把着眼点放在吉卜林作品的殖民主义、种族主义的意识上。吉卜林生活在欧洲殖民国家大肆扩张的年代,他本人的身份和成长经历也较为复杂,这些因素不可避免地反映到他的文学作品中。葛兰西另辟蹊径地从他的作品中体会到教育价值。吉卜林喜欢讲述人和动物的故事,如"白海豹成功地援助居民摆脱其他海豹的侵害,猫鼬战胜印度人花园里的群蛇;从小由母狼喂养长大的狼孩格列的种种经历。"②在这些故事中,大自然充满着神奇的色彩,也充满着各种艰难险阻,人和动物的历险经历洋溢着勇气和昂扬的生命力。这些力量是葛兰西希望每一位孩子都能领会的。与《汤姆叔叔的小屋》这类作品不同的是,对于大自然的热爱,对于生活的热情以及坚强的力量和源源不断的勇气,这些都超越了具体的时代的限制,不仅对于孩子,对于成年人也是弥足珍贵、历久弥新的。

第五,葛兰西从《斯巴达克思》的改编中得到关于大众文学改编的新思路和方法。《斯巴达克思》原是描写古罗马奴隶起义的历史小说,但在葛兰西看来,它具有丰富的人民性。"确实,乔万尼奥里的《斯巴达克思》,是极少富有人民性的意大利小说之一,他甚至在国外也广为流传;而且,这是发生在意大利的小说具有反教会和民族性的时期,即具有狭隘的民

---

① 葛兰西:《论文学》,吕同六译,人民文学出版社 1983 年版,第 177~178 页。
② 葛兰西:《论文学》,吕同六译,人民文学出版社 1983 年版,第 177 页。

族主义特点的时期。"①这一时期的意大利具有民族性的作品
少之又少,要满足人民的精神文化需求可以对一些作品进行
改编,使之成为适合人们阅读的大众文学,从而丰富大众文学
的内容,拓宽大众文学的空间。葛兰西以《斯巴达克思》为例,
提供了一条改编的方法。"把《斯巴达克思》翻译成现代文学,
净化小说的描写语言,使之摆脱时尚词藻、修饰和巴洛克式的
形式,肃清某些技巧和修辞上的怪癖现象,使它成为现代的小
说。"②同时,对于哪些作品适合改编又如何改编,葛兰西也提
出了自己的看法。首先,从改编的对象来说,葛兰西认为,富
有人民性、文化价值胜过艺术价值的作品更适合改编。其次,
至于改编的方式,葛兰西曾经讨论过一些文学作品,它们所引
起的情感是与特定的时代结合在一起的,所以改编的方式要
有意识地使作品适合时代、适应新的情感,而且还要适应老百
姓喜闻乐见的风格,不管是形式还是内容;语言方面要净化辞
藻,对过于修饰的、晦涩难懂的辞藻进行过滤和修改,将技巧、
修辞上怪癖的现象予以清除。葛兰西所提到的这种改编不仅
拘泥于一种形式,也不局限于文学作品领域,它早就广泛存在
于文艺与生活中。比如,民间文学在还没有用文字固定下来
的口头相传的过程中,一直处于改编的过程,直到用文字固定
下来,也就是老百姓最终找到的最合适的形式。

同时,葛兰西认为翻译也是改编的方式之一。人们把古
典作家的经典作品从一种文字翻译成另一种文字,翻译的过

①　葛兰西:《论文学》,吕同六译,人民文学出版社1983年版,第100页。
②　葛兰西:《论文学》,吕同六译,人民文学出版社1983年版,第100～101页。

程不纯粹是语言的转变,同时也是赋予作品新的精神和文化。所以,优秀的翻译者不仅需要精通两种语言,还应该通晓两种文化。葛兰西在谈到翻译的时候,对翻译者提出了很高的要求。他认为,一个合格的翻译家,需要能够翻译任何时代、任何体裁的文字。这就需要掌握不同时代不同专业的语言。"以我看,一个合格的翻译家应该具备这样的条件:他不只能够翻译贸易信函或者可以称之为新闻报道的一类文字,而且具备翻译古往今来的任何作者,无论是任何文学家或者政治家,历史学家或者哲学家,掌握不同时代的、各种专业的、科学语言和技术语汇的涵义的能力。"①但这还是不够的,翻译不仅仅是按照字面的意思翻译,语言不仅仅是字面的含义,更是一种民族文化的反映,所以翻译实质上是用一种文化的语言和观念来表达另一种文化。"换句话说,这样的翻译家应该批判地通晓两种文明,善于借助一种文明的特定历史条件下的语言,把这种文明介绍给另一种文明……"②同样,民间音乐也离不开改编的命运。很多民间歌谣在传唱的过程中被改编,传唱的过程成为被改编的过程,一些爱情歌谣由于其产生的特定的时代背景,最后演变成政治歌曲。"例如安德雷·费霍的蒂洛尔进行曲后来演变为'青年近卫军'的音乐形式。"③这在世界各国可以找到许多类似的例子,引起了葛兰西的注意。这些建议为大众文化的丰富提供了积极的意见。

总之,葛兰西的文学批评实践与他的实践哲学思想是紧

---

①② 葛兰西:《论文学》,吕同六译,人民文学出版社 1983 年版,第 33 页。
③ 葛兰西:《论文学》,吕同六译,人民文学出版社 1983 年版,第 101 页。

密结合在一起的，范围广阔，思想深刻，具有很强的社会性、政治性、文化性，同时也具有一定的启发性。在各种文学批评的视角中，扎根于人民的文化是葛兰西特别强调的内容。在葛兰西看来，一部作品能否受到群众的欢迎，是评价这部作品是否成功的重要依据；而一部作品能否受到群众的欢迎，取决于这部作品是否民族的人民的文学，取决于它的内容和形式是否与群众的生活、情感和世界观相连，是否反映了新的人民的文化。诚然，是否受群众的欢迎并不能作为衡量作品价值的唯一标准。因为实际生活中，人民的文化中会存在一些落后而且顽固的精神，正因为这样，我们才要对其文化进行精神的革新，进行建立新文化的斗争。人民的文学正是新文化的重要组成部分。在人民的文学中，通俗文学又是最受民众欢迎的文学类型，它经常以报刊连载小说的形式出现，如科幻小说、侦探小说等。它们的读者数量庞大，它们正是建立新文化的基础。因此，提高通俗小说的艺术水平，将其展现的文化观念与新文化结合，是作家义不容辞的责任。这些内容构成葛兰西文学批评的主要内容。

第二节　但　丁　论

但丁的《神曲》是意大利文学的经典作品，既极具梦幻色彩和理想主义色彩，同时又是一部现实主义作品。现实世界与作者的想象相互交织，充满了各种象征、比喻、隐喻。从现实世界中寻找索引，或从作者的思想观念中寻求佐证，为但丁研究提供了一片开放的广阔的天地。因此，历来关于但丁《神曲》的注释、研究可谓卷帙浩繁。但丁的作品和思想是意大利人民的骄傲，自然也引起葛兰西的重视和批评。葛兰西关于但丁的评论，可以从两个方面加以考察。一是对但丁政治思想的评述。在这一部分的评述中，葛兰西别具匠心地将其与马基雅维利比较，在比较中展开论述。二是关于《神曲》的一些独特见解。用葛兰西自己的话说，他对但丁《神曲》的批评"是对以往汗牛充栋的注释锦上添花"[①]，对葛兰西产生直接影响的但丁研究者包括：克罗齐、鲁梭（Russo）、莫雷罗（Morello）、罗曼尼（Romani）以及德·桑克蒂斯（de Sanctis），而他自认为主要修正的是克罗齐的研究[②]。这里仅针对这部分独创性见解加以评述，并指出其不足之处。

一、政治思想批判

对于葛兰西来说，现实政治永远是第一位的。这也是马基雅维利深得其心的原因之一。马基雅维利借《君主论》和《论李维》定义了出色的政治人物的品质："所谓尊严，就是政治上得到尊敬和成功；所谓知识就是政治行动所依赖的基础；所谓判断，就是现实主义政治的一部分。"[③]这种观点与葛兰西的实践哲学声气相通。因此，葛兰西首先对但丁《神曲》中的政治思想表现出浓厚的兴趣。但丁的文学创作与其政治思想不可分割。但丁的文学与其博大精深的思想是息息相通的，

---

① 葛兰西：《狱中书简》，田时纲译，人民出版社 2008 年版，第 349 页。

② Renate Holub, Antonio Gramsci: Beyond Marxism and Postmodernism, London: Routledge, 1992. p.119.

③ 《马基雅维利的喜剧》，刘小枫、陈少明主编，华夏出版社 2006 年版，第 146 页。

与其宗教观、语言观、政治观、民族观存在着千丝万缕的联系。在《神曲》中，也不乏直接表明但丁思想的内容。因此，对但丁思想的考察是不可避免的。葛兰西对但丁学说的背景、成因、实质以及局限性等都作了分析，同时又与马基雅维利的思想和贡献作了比较分析。在两者的比较中，葛兰西探讨了分析历史问题、解决现实问题的方法论，表达了他对于历史与现实、政治与文学的独特见解。

首先，葛兰西将但丁与马基雅维利进行比较分析，在分析中，葛兰西明显褒后者而贬前者。将但丁和马基雅维利放在一起，其本身就可以发现耐人寻味之处。在葛兰西看来，作为一名政治实践者的但丁，其观点根本不能称为政治学说；而在政治实践上一无所成的马基雅维利，其观点和学说却具备持久有力的政治影响力，为现代政治提供了明确而又深刻的解决方案。而且，文学和政论都是两者用来表达思想、寄托理想的手段，但对于但丁来说，他的文学成就无疑远远大于政治，《神曲》虽然洋溢着现实主义精神，其中布满现实的种种象征和隐喻，历史与现实人物的粉墨登场，作者的政治观念也呼之欲出，但它始终是一部文学作品而非政论。不过，葛兰西的政治观本来就是一种大政治观，具备广阔的包容性和兼容性，包含了历史、哲学、文化、伦理、美学等因素。或者说，他的文学思想与他的政治观在一定程度上是同一的。因此，文学作品中的政治意蕴、政论中的人性观，作品与现实的关系、对于时代和人民的启示，都可以成为他考察的对象和论证的主题。

其次，葛兰西对但丁的历史价值给予积极肯定，但对于但丁思想对解决现实问题的有效性给予怀疑。他通过但丁与马基雅维利的比较表达了这个意思。这是他批评但丁的与众不同之处。但丁的贡献毋庸置疑。作为"中世纪的最后一位诗人，同时又是新时代的最初一位诗人"，历来众多研究者给予但丁无数的注释和理解，但葛兰西特别指出的是"需要清除后人强加给但丁的政治学说的一切，使它精确的历史的含义得到恢复。"①葛兰西对但丁与马基雅维利进行了比较，并否定了两者之间的联系。他认为两者并不存在遗传或者其他继承联系："以为马基雅维利的诞生取决于但丁，或者跟但丁相联系，这是极大的历史误解。""在马基雅维利的君主同但丁的皇帝之间，不存在遗传的关系；现代国家和中世纪皇帝之间，更是如此。"②因此，在葛兰西看来，但丁与马基雅维利的学说不具有遗传的关系。在此基础上，葛兰西进一步探讨了解决现实问题的态度和方法。葛兰西认为，从历史中寻求相似问题的解决方案，固然不失为一种解决现实问题的方法，但他更强调文化主张之间的关系不仅是在历史中研究，更重要的是在现实中予以考察。"按照在研究过程中形成的文化批评的习惯，既往时代对一定问题的解决方案，有助于探求对类似的现实问题的解决方案。然而永远都不能说，现实的解决方案的诞生，取决于既往的解决方案；它的诞生孕育于现实的形势，而且仅仅孕育于此。这一标准当然不是绝对的，既不应当把它推向荒谬，否则即堕落为先验主义，极端的现实论和极端的先验主义。"③"应该善于把握各个重大的历史阶段，它们在整体上提出一定的问题，而这些问题从其诞生的最初时刻及蕴含

①③　葛兰西：《论文学》，吕同六译，人民文学出版社 1983 年版，第 65 页。
②　葛兰西：《论文学》，吕同六译，人民文学出版社 1983 年版，第 66 页。

着解决的因素。"①葛兰西的这一观点继承和发挥了马克思主义的历史唯物主义，用历史的眼光和发展的眼光看待历史问题，处理现实问题。

　　第三，在葛兰西看来，但丁政治思想的形成仅源于他的个人经历，缺乏从总体上考虑政治历史和现实社会运行状况的维度或视野，因而不具有普遍性，对于解决现实问题其价值也是有限的甚至是错误的。由于所属的政党的失败，但丁被自己的故乡佛罗伦萨流放。失去了故乡，回家的路途被堵，逼得他不得不面向广阔的世界，这样的经历反而造就了他的政治国家观念，即建立一个超越城市公社、超越党派的国家。葛兰西关于但丁这样的理解和判断未免过于主观。葛兰西自己解释道，每个人的思想、智力活动固然与他的个人经历不无关系，个人的实践活动在此过程中尤其起着举足轻重的作用，但他对于但丁的评价并不是在一般的意义上而言的，而且但丁的学说也并不是经过葛兰西所述的思考方式产生的，并不是用历史和现实的整体考量的眼光和方法产生的。"而且是在这样的意义上，即但丁这一学说缺乏任何历史—文化的作用和生命力，它仅仅是在世人所属的政党遭到失败，他被从佛罗伦萨放逐，四处漂泊以后，作为他的生活道路的发展的因素，才显得重要。"②由于在政治斗争中失败，但丁希望得到权力的庇护，于是，他把希望寄托在皇帝身上，希望建立一个由皇帝统帅的古罗马帝国式的国家，由皇帝来行使帝国的权力，从古

---

① 葛兰西：《论文学》，吕同六译，人民文学出版社 1983 年版，第 65 页。
② 葛兰西：《论文学》，吕同六译，人民文学出版社 1983 年版，第 66 页。

罗马帝国的模式中寻找适合现时代的政治模式。这样的思维方式和解决问题的办法,在葛兰西看来本身就是错误的。"他是一个阶级斗争中的失败者,幻想在仲裁者的权力的庇护下,消除战争。然而,他诚然带着失败者的怨恨、痛苦、感情,却依然是精通既往时代的学说和历史的学者。既往的时代向他启示了奥古斯都罗马帝国及其中世纪的反照——日耳曼民族的罗马帝国的模式。他急求超越现在,但他的目光却投向过去。马基雅维利的目光也投向过去,但完全不同于但丁的方式。"①同样,对于但丁提出的政教分离,教权、政权分工合作的主张(又被称作"十字架和鹰"的方案),葛兰西认为在当时的时代是具有进步意义的,但对于现时代的意大利却是不现实的。"同样,把但丁提出的'十字架和鹰'的方案作为今天设计的国家和教会之间的关系的蓝图,是纯粹的幻想。"②葛兰西认为这和但丁用古罗马帝国的模式作为政治理想犯的是同一个错误。

总之,对于但丁的政治思想,葛兰西甚至认为不能称其为一种政治学说,因为它不满足成为政治学说的条件,而只能称其为是一种"乌托邦式的政治理想",在《神曲》中用诗的想象将其表达出来。"实际上,这并非政治学说,而只是乌托邦式的政治理想,它染上了一如既往的时代的余晖;或者说,这只是试图把正在酝酿的诗的素材,尚处于萌芽状态,将在《神曲》中臻于完善境地的诗的想象,构成一种学说。"③可见,葛兰西

① 葛兰西:《论文学》,吕同六译,人民文学出版社 1983 年版,第 67 页。
② 葛兰西:《论文学》,吕同六译,人民文学出版社 1983 年版,第 66 页。
③ 葛兰西:《论文学》,吕同六译,人民文学出版社 1983 年版,第 66~67 页。

对但丁的评价主要是按照马克思主义的观念和方法论来进行
的，这与以往学者评价但丁的观点和方法都有根本不同。

二、艺术手法分析

葛兰西关于《神曲》的具体阐释，只是列了一个简要的提
纲，因条件所限，未能展开论述。然而就这寥寥数语，依然闪
烁着独创性的光彩，为但丁研究增添了新的内容。葛兰西通
过对《地狱篇》第十歌中法利那塔和卡瓦尔康蒂两人不同悲剧
的评价，表达了他对美好人性和情感的热爱和赞美之情，同时
也表达了他对《神曲》中独属于但丁的艺术手法的肯定。

首先，葛兰西一反以往人们将法利那塔作为《地狱篇》第
十歌主人公的看法，将卡瓦尔康蒂也作为主人公之一进行分
析，反映出他对卡瓦尔康蒂这一人物所蕴含的人性情感的肯
定。《地狱篇》第十歌历来被认为描绘了吉柏林党首领法利那
塔的悲剧。法利那塔的悲剧是此篇的主题。第十歌是他一个
人的悲剧。法利那塔作为佛罗伦萨吉柏林党的首领，与但丁
所属的党派归尔甫党原是对立的双方。法利那塔率领吉柏林
党两次将归尔甫党赶出佛罗伦萨，但在吉柏林党人建议铲平
佛罗伦萨时，却遭到了法利那塔的强烈反对，出于对故乡的热
爱，法利那塔坚决保卫了佛罗伦萨。身为归尔甫党人，但丁并
不掩饰自己对于吉柏林党人的敌对情绪。因此，法利那塔被
安排在地狱的第六层，作为生前信奉异端者被置于烈火燃烧
的坟墓中受刑。可见，法利那塔在但丁的眼中，属于需要遭受
惩罚的异端。但丁在与其的对话中也直言不讳，毫不隐瞒自
己的情绪。"我，愿意顺从，并不隐瞒，就对他完全说了出来：

他便把眉头略略抬起，接着说道：'他们猛烈地反对我，反对我的祖先，反对我的党派，因此我把他们驱散了两次。'我回答他说：'就是他们被赶出去了，他们两次都从各方回来，你们的人却没有学会这种本领。'"①而对于法利那塔对故乡佛罗伦萨的热爱和保卫，但丁的褒扬立场却相当明确。因此，在第十歌中，花了大量篇幅来描绘法利那塔的神情、言语和动作。但丁虽未将他作为一个伟大的史诗英雄来塑造和颂扬，但他语言描写的整体风格呈现出崇高的特质，给人以高傲、鲁莽却又不失光明磊落、勇猛、智慧的印象，成为地狱第十歌的主要人物形象。"他把胸膛和脸孔昂挺起来，似乎对地狱表示极大的轻蔑"。对于发生的事情，法利那塔能够作出果断英明的决策。"但当大家同意把佛罗伦萨荡平时，我却独持异议；只有我一人以公开的面目为她辩护。"②对于未来的事，他甚至也能够作出惊人的正确的预言，如关于但丁会遭到流放的预言就不幸成真。

对此，葛兰西也说："按照传统的看法，《地狱篇》第十歌是法利那塔之歌。"③但葛兰西同时指出，法利那塔并不是此篇唯一的主人公，第十歌也不仅仅是描绘他一个人的悲剧："我认为，《地狱篇》第十歌中描写了两个人物的悲剧，即法利那塔的悲剧和卡瓦尔康蒂的悲剧，而不仅仅是法利那塔的悲剧。"④在以他为主人公的故事情节的推动中，同时也穿插着另一个人物卡瓦尔康蒂的悲剧。葛兰西的这一发现反映出他内心的丰

---

① 但丁：《神曲·地狱篇》，朱维基译，上海译文出版社 1984 年版，第 71 页。
② 但丁：《神曲·地狱篇》，朱维基译，上海译文出版社 1984 年版，第 73 页。
③④ 葛兰西：《论文学》，吕同六译，人民文学出版社 1983 年版，第 70 页。

富性和对情感、人格的赞美之情。因此，在《地狱篇》第十歌中，如果说法利那塔展现的是明亮的激昂的一面，那么卡瓦尔康蒂则饱含灰暗的悲伤的情感，一明一暗，互相映衬，在人物形象的塑造上，不论是内在的情感还是外在的表现，两者的差异如此鲜明，将这两个人物放到一起作如此对比鲜明的描写，既是内容的丰富，同时又是一种文学创作上的表现手法，在交织和对比中更有力地凸显作品的艺术感染力，也赋予作品更丰富的内涵和更多元化的主题。法利那塔一直站在其政治的立场，作为一个佛罗伦萨人，作为一位党派的领袖，表现出冷静睿智、高瞻远瞩的政治情怀；相反，卡瓦尔康蒂则是站在情感的立场，作为一位父亲，牵挂着自己的儿子，急切地想要知道儿子的消息，表现出牵肠挂肚、儿女情长的人性的一面。卡瓦尔康蒂与法利那塔分别象征着社会和情感的身份，政治抱负的实现与对美好情感的向往，这也是但丁的《神曲》所贯穿的主题，也是但丁毕生追求的理想。因此，葛兰西将卡瓦尔康蒂作为《地狱篇》第十歌的主人公之一，在某种程度上就是对美好人性和真实情感的渴望和赞美。

其次，葛兰西从但丁对法利那塔和卡瓦尔康蒂两人不同的描写手法入手，分析但丁特有的艺术表现手法及其特点。如果说，《神曲·地狱篇》第十歌是用浓墨重彩详细描绘了法利那塔，那么，对于卡瓦尔康蒂的描写，则是用简笔勾勒，描写得非常简单而且进展十分迅速。卡瓦尔康蒂与法利那塔同样也在地狱的第六层中受刑，在但丁与法利那塔对话的时候，他上前打听自己的儿子圭多的消息。"他望望我的四周，似乎想要看看有没有人和我在一起；但是当他的期望都落空了时，他流着泪说道：倘若你凭着崇高的天才走过这黑暗的牢狱，我的儿子在哪里，他为什么不和你在一起？"①虽然描写的是当前的动作和语言，但在这之前对于儿子的无尽的牵挂，情感的储备都能够让人体味到。"他立即直竖起来，叫道：你怎么说：他曾经？难道他已不在人间了么？难道他已看不到美丽的阳光了吗？当他觉察到我回答前的迟疑，他又倒下去躺在那里，然后不再抛头露面了。"②虽然寥寥数语，却将情感的起伏，内心的动荡都囊括其中，并展现得淋漓尽致，散发出难以形容的感染力，令人回味良久。情感崩溃边缘的状态，因为思念和担心长久绷紧的神经已经脆弱不堪，直至最后一根稻草将其压垮。这样的处理和描写并不有损于他的形象，反而凸显了其人性的一面。这样的表现手法在葛兰西看来是只属于但丁的表现手法："但丁的诗歌或许是无法表达、不可名状的诗歌？我不这样认为。但丁并不回避直接地描绘戏剧性的事件，其实这正是他的表现手法。"③这是葛兰西对《神曲》艺术精神分析的又一重要内容。

第三，葛兰西在分析《神曲》的艺术表现手法时还具有比较的视野，将之与其他相关的理论和具体事例进行比较，以凸显《神曲》在这方面的独特性和艺术性。比如，葛兰西在分析《神曲》关于悲痛的表现手法时，引用了莱辛《拉奥孔》中的理论，企图从莱辛相关的理论中寻求佐证。"我需要搜求各种历史素材以求证明，从古典艺术直至中世纪艺术的传统来看，艺

①② 但丁：《神曲·地狱篇》，朱维基译，上海译文出版社1984年版，第72页。
③ 葛兰西：《论文学》，吕同六译，人民文学出版社1983年版，第72页。

术家们在表现人的痛苦的时候，都回避展现它最原始的、最深沉的形式（例如母亲的痛苦）。"①莱辛在《拉奥孔》第三章中分析了造型艺术家为什么要避免描绘激情顶点的时刻，旨在说明造型艺术与文学两种艺术形式在表现手法和效果上的差异。葛兰西并没有对艺术进行分类，只是笼统地分析艺术表现痛苦的方式。由于条件的限制，他也未能搜集到各种历史素材来对其观点进行论证，只是选取了几例具有代表性的例子，其中既有造型艺术，也有文学作品。他以庞贝城绘画中的美狄亚为例，美狄亚的形象也不是她杀害自己的亲生儿子之时的情景，我们也看不到她脸上的神情，因为她的脸上蒙着纱巾。对此，葛兰西的看法是"因为画家认为，要表现她的脸部表情是人力无法企及和不人道的"②，这一观点是颇具新意的。他将莱辛的分析理解成是艺术表现中美的需要。"莱辛在《拉奥孔》中指出，这并非艺术上平庸无能之辈的伎俩，而是让母亲心碎肠裂的悲痛对观众造成难以磨灭印象的最出色的方式；如果机械地摹写她的悲伤，则势必出现僵凝的、丑陋的形象。"③《神曲·地狱篇》第三十三歌中乌哥里诺伯爵在饿死的儿子身边，吃掉自己的儿子这样残忍的情节也未被直接被描述，而是用"最后饥饿压倒了悲伤"一笔带过。这在葛兰西看来，同样是出于避免将丑的形象出现。

　　当然，葛兰西对于《神曲》中的表现手法和莱辛的理解也过于局限，他并没有考虑到不同的艺术形式对于瞬间场景表

① 葛兰西：《论文学》，吕同六译，人民文学出版社1983年版，第69页。
② 葛兰西：《论文学》，吕同六译，人民文学出版社1983年版，第68页。
③ 葛兰西：《论文学》，吕同六译，人民文学出版社1983年版，第72页。

现的不同特点和要求。出于美的需要,不直接表现最痛苦的场面。这只是原因的一方面,而且只是很小的一方面。"在古希腊看来,美是造型艺术的最高法律。""有一些激情和激情的深浅程度表现在面孔上,就要通过对原型进行极丑陋的歪曲,使整个身体处在一种非常激动的姿态,因而失去原来在平静状态中所有的那些美的线条。所以古代艺术家对于这种激情或是完全避开,或是冲淡到多少还可以显出一定程度的美。"①形象上美的限制只是很小的一部分。莱辛的理解远远不止于此。在莱辛的分析中,造型艺术与文学由于材料的限制,显示出表现手法和艺术效果的不同。造型艺术只能选取某一顷刻来表现,并且这一顷刻只能以视觉的形式来表现。那么,对这一顷刻的选择则要选取艺术表现力最强最持久的时刻。艺术家们往往不去选择情节或激情的顶点,而是选择激情顶点前的某一时刻。这个时刻是最能让想象力自由活动的时刻,它既拥有让想象力回溯的力量,让观赏者能够想象之前情感孕育的过程;又具有让想象力往后蔓延的作用,又让观赏者能够想象之后的情感和情节的发展,想象赋予静止的艺术一种运动的永久性。"在一种激情的整个过程里,最不能显出这种好处的莫过于它的顶点。到了定点就到了止境,眼睛就不能朝更远的地方去看,想象就被困住了翅膀,因为想象跳不出感官印象,就只能在这个印象下面设想一些较软弱的形象,对于这些形象,表情已达到了看得见的极限,这就给想象划了界线,使它不能向上超越一步。"②拉奥孔的雕塑群像表现的是拉奥

---

① 莱辛:《拉奥孔》,朱光潜译,人民文学出版社 1979 年版,第 14～15 页。
② 莱辛:《拉奥孔》,朱光潜译,人民文学出版社 1979 年版,第 19 页。

孔哀号前的叹息；画家画美狄亚没有选择她杀亲生儿子那一刻，而是选择杀害前不久，她在母爱与妒忌中挣扎的时刻，这就给欣赏者的想象提供了更广阔的空间，使得艺术的表现力更加强烈和持久。当然，这些是对于造型艺术而言的。对于文学来说，它的描写既不受视觉上的限制，也不受时间上的限制。诗人不仅可以描写眼睛可见的对象，同时也可以尽情地描写眼睛看不见的一切，读者对人物的了解也可以通过多个方面，形成对一个人总的印象，而不仅仅是视觉的一方面。比如通过对一个人品质和性格的了解形成对一个人的印象时，某个瞬间直观的形象就不会起决定性的作用。一位英雄人物即使在某个时刻的形象是不美甚至丑陋的，由于读者已经被他的人格魅力所征服，那么，这一瞬间也不会影响读者对他的印象。另外，诗人的描写没有必要集中在某一顷刻，可以将内容表现得更加丰富，方式更加灵活，读者可以从各个角度，各种情节来理解人物的性格。因此，诗人可以让拉奥孔哀号，拉奥孔不可以在雕刻里哀号却可以在诗里放声哀号。所以，葛兰西认为《神曲》将乌哥里诺伯爵吃掉自己的儿子这样残忍的情节一笔带过，也是出于避免出现丑陋的需要的看法，就忽略了不同的艺术类型对顷刻场景的不同要求，体现出葛兰西艺术批评方面的某些不足。

　　当然，莱辛的分析也有其局限之处。莱辛的分析和理解主要是从造型艺术与文学比较的角度展开讨论的，他仅以古典艺术为研究对象，从而得出文学艺术的规律，在论证的时候，也是就具体问题讨论具体问题，始终局限在所讨论的文学艺术范围之内，缺乏宏观的、历史的、社会的联系和辩证发展的观念。而这正是葛兰西文艺批评的优势所在。

　　总之，葛兰西从自己的所好出发，以马克思主义的历史观为视点，首先将但丁与马基雅维利的政治思想进行比较分析，从政治的角度评价但丁《神曲》中的政治思想及其局限性，提出解决现实历史问题的方法准则，同时又对《神曲》的艺术手法进行视野较为广阔的比较分析和讨论，为但丁批评提供了一些新内容。葛兰西虽然宣称他对但丁的批评"是对以往汗牛充栋的注释锦上添花"，但从其批评内容来看，他对但丁的批评带有先入为主之嫌，对但丁思想中不符合自己政治思想的观点进行否定，也在某种程度上遮蔽了但丁和《神曲》所具有的永恒性价值和历史性意义。

第三节　马基雅维利论

　　马基雅维利在意大利可谓是家喻户晓，在图灵大学读书时的葛兰西就已系统地研读了马基雅维利及其研究者的著作，1917 年时葛兰西当时的导师、文学教授翁贝托·科斯莫（Umberto Cosmo）一直敦促他将之形成文字，当法西斯用马基雅维利作为建立国家理性（raison de etat）的理论基础时，科斯莫又催促葛兰西将论述马基雅维利的文字付梓[①]。可见葛兰西一直都未曾断绝过对马基雅维利的研究。根据葛兰西 1927 年 11 月 14 日给塔齐亚娜的信可知，葛兰西在狱中想要塔齐亚娜买一套马基雅维利全集给他，但由于全集太贵，最后选择

----

①　A. B. Davidson, Gramsci and Reading Machiavelli, Science & Society, Vol. 37, No. 1（Spring, 1973）, p. 57.

了由特雷维斯出版社出版的《选集》。当时正是马基雅维利逝世 400 周年之际,葛兰西将他所能读到的有关纪念文章全部研读了,并对当时论者对马基雅维利的著作与同一历史时期的欧洲各国之间的关系缺乏论述的情况进行了批评。[①]因此,对马基雅维利的文学实践进行批评和研究,归纳、概括其文学创作与其政治思想之间的深度关联,是葛兰西长期以来的想法,并为此做了大量准备工作。马基雅维利的思想和文风有共通之处,葛兰西对此均给予了深刻分析和高度评价。马基雅维利的政治思想主要反映在《君主论》《李维史论》《军事艺术》等几部著作之中,文学成就主要体现在喜剧的创作上,《曼陀罗》(又译作《曼陀罗花》)被视为其喜剧代表作。作为一位历来有着巨大争议的思想家,他的思想绝不仅仅囿于政治领域。无论是政治著作还是文学作品,无处不散落着他对政治、道德、人性、宇宙、命运等充满革新意义的理解。即使是《曼陀罗》这样只有五幕的短小精悍的喜剧,也体现出马基雅维利思想的中心问题,体现出文学思想和政治观念的叠合。葛兰西对马基雅维利思想的阐述主要通过对《君主论》和《曼陀罗》的理解而展开,同时又将之与其实践哲学的思想相结合,与现实的文化领导权策略相结合。但是,长久以来,一些批评家(如意大利学者阿尔代里西奥(Alderisio),马泰乌奇(Matteucci)和萨索(Sasso)等人)臆断地认为葛兰西出于政治目的而扭曲了马基雅维利的思想,因此葛兰西一直都不被认为对理解马基

---

① 《葛兰西文选》,中央编译局国际共运史研究所编译,人民出版社 1992 年版,第 555~556 页。

雅维利作出了贡献①。所以,重新梳理葛兰西与马基雅维利之间的关系,并作出公正的评价是十分必要的。

一、人性论思想

马基雅维利对于人性和道德的理解引起葛兰西的兴趣。《君主论》中关于人性的名言已被研究者一再阐述。不少研究者把马基雅维利关于人性的理解归为性恶论,认为人性本恶是他人性论的基础,但这种观点存在着理解上的偏差。正如前文所述,他的戏剧和他的政治著作中的相关主题在观念上往往是叠合的。在马基雅维利看来,人性是具体的社会历史的产物,会随着历史和社会关系的变化而变化,所以不存在抽象的永恒不变的人性,也就不存在永恒不变的道德标准。从马基雅维利的喜剧代表作《曼陀罗》中,我们可以对其人性观作进一步分析,从中探讨马基雅维利对于人性的真实态度,以及葛兰西对此问题的态度。

《曼陀罗》讲述的是卡利马科利用欺骗手段,与尼洽老爷的夫人卢克蕾佳通奸的故事。通奸题材、美丽贞洁的夫人、愚蠢昏庸的老爷等等,都是传统戏剧惯用的元素,马基雅维利看似使用了这些传统元素讲述了一个传统戏剧,但实质上却是对传统的故事情节和价值取向的颠覆和反讽。卢克蕾佳美丽、贞洁,信奉基督教,恪守妇德,可谓是完美女性的代表,"嫁给国王也不掉价"。可是她所谓的对于宗教的虔诚不是对于

---

① A. B. Davidson, Gramsci and Reading Machiavelli, Science & Society, Vol. 37, No. 1(Spring, 1973), p. 56.

宗教教义本身的虔诚,而是对于修士的虔诚。当修士的建议改变时,她的想法也随之发生改变。而她对于贞洁的执著也因为卡利马科的手段和性的快乐而抛之脑后。事后她也并未感受到道德的谴责和不安,因为她找到了一套为自己辩解的理由,那就是把卡利马科看作上天赐予的礼物,"我没有强大到足以拒绝上天要我接受的",以后仍然可以一边与卡利马科通奸,一边维持着贞洁的名声。可见,贞洁和基督教道德对于她来说,只是一层外衣而已,并非内心恪守不变的信条。尼洽老爷是传统道德的一个符号,代表着城市最有权威的形象。然而他的这一切并不是依靠他的智慧和能力,他本人却是愚蠢无能的,被讥讽为"全佛罗伦萨最蠢最笨的人"。他的道德权威的形象也只是外观而已。当别人建议他采用犯罪手段时,他有所犹豫,仅仅是因为害怕受到"八法官"的惩罚,而不是出于自身道德上的罪恶感。

马基雅维利据此暗示,所谓的道德理性其实并不是固定不变的,而是可以被引导和重塑的;人性并不存在绝对的善和绝对的恶,善和恶总是相对而言的,他们不是固定不变的,而是要视目的和结果而论。无论是善良还是邪恶都不是人的本性,也不是支配人们活动的首要因素,它们是选择的结果;人性既非全然是善的,也非全然是恶的,人们会因为时势的不同根据目的的需要选择是为善良还是邪恶。因为打动卢克蕾佳的并不是卡利马科的爱情,而是他的手段和性的快乐。成功地享受性的快乐本身不是罪恶,而性可以是驱使一个人行为的最有力的驱动力。给卡利马科带来成功的是他通过意志的力量和欺骗的手段对传统道德的挑衅和破坏。马基雅维利通过喜剧表达的对于传统道德理性的反叛与他在《君主论》中表达的观念是相通的,虽然表达的方式迥异,但究其实质,都是从人性出发,指向目的和成功。性和权术作为手段,支配和操控它们的是人本身,而非宗教和道德的力量。这表现了马基雅维利道德中立的思想态度。他关注的是行为本身,行为的采取、善恶的选择取决于目的,而不是将道德作为出发点。马基雅维利也没有从道德的角度定义好人或坏人、善人或恶人,没有一个人物具备贯彻始终的行为和思考模式,一切的思想和行为都随着目的和事实的改变而改变。因此,在《曼陀罗》中,我们几乎看不到关于道德的倾向和说教,有的只是自然主义的描写和中性的呈现。剧中的人物在行为方式和思考方式上也很少做道德上的反思,考虑的只是结果的成功与否。在《曼陀罗》最后,我们看到,每个人都得到了自己想要的,如同大部分传统喜剧,可谓是一出皆大欢喜的大结局,从表面上看,还维持着符合道德的外观。但是,每个人所获得的都是通过欺骗的手段和不道德的方式。尘世的欲望战胜了传统的道德,战胜了基督教美德,新的秩序取代了旧的秩序。每个人都从中达到了自己的目的。这正是马基雅维利政治学的隐喻。从这个意义上讲,马基雅维利自认为是政治上的奠基人并不为过。

这一点也反映在马基雅维利关于爱情的认识上。爱情通常是戏剧乃至一切文学作品的主题,因为它反映了人类情感最强烈、最纯粹和最美好的一面。当然,一个人对自己真实的本性会进行哲理化的理解,自觉或者不自觉地对其进行美化和粉饰。"每个人都可以把自己所有的欲求哲理化,许多人了解这种方式,却很少有人愿意说出来。"①这可以从心理学家那里找到相关依据。在这部作品中,所谓爱情只是被理解为通过一系列的手段达到性的满足。性是游戏,也是目的。支配人与人之间关系的也不全然是情感的力量,社会关系不依赖于纯粹的情感维系。它是一个人与人的各种行为、各种力量相互制约、影响的角力场。在《曼陀罗》中,很少谈到爱,人物谈的都是欲望和自身的利益,他们的行为受欲望的驱使,为了满足个人的利益可以说是不择手段。马基雅维利打破了传统戏剧关于爱情和道德的神话。

葛兰西对马基雅维利戏剧中的道德内涵进行总结:"据卢索说,马基雅维利所指的美德,不再是经院哲学家们的道德说教和借助于上天之力的美德,也不是李维所认为的'美德',因为后者通常是指军人的英勇;而是文艺复兴时期的人的美德,即才干,本领,勤劳,体魄强健,感觉敏锐,随机应变,量力而行等等。"②这一概括是符合马基雅维利戏剧的实际情况的,是符合马基雅维利关于道德的基本价值取向的。传统喜剧划分人物类型的标准大多是从道德的角度将人物分为好人和坏人。马基雅维利对传统戏剧的反叛,实质上是对传统道德观的颠覆,对道德人性的怀疑。在《曼陀罗》中,对于人物的印象往往是聪明能干或者昏庸无能这样的特点更为突出。葛兰西之所以对此颇为心领神会,是因为马基雅维利对人性的理解与他有相同之处。葛兰西认为,"实践哲学对政治学和历史学所做的

---

①　Viroli, Maurizio《马基雅维利》(Machiavelli), New York: Oxford University Press, 1999, p.29.

②　葛兰西:《葛兰西文选》,李鹏程编,人民出版社2008年版,第241~242页。

最基本的新贡献就是证明，永恒不变的抽象的人性是不存在的（至于相反的概念当然是从宗教观念和先验论那里产生的），人性是历史上一定社会关系的总和，因而也是一种在一定范围内可以通过文献学和批判的方法予以查明的历史事实。"①按照葛兰西的理解，道德内容更多地是来自社会总体对人的评价，它的内容总是随着社会历史的变化而变化，所以不会一成不变，是相对的，因而单纯的道德评价往往会具有欺骗性，也并不能反映人之为人的真实面貌。社会或他人看到的往往是一个人的行为表象，而非一个人内在的本性，而且人们会依据社会的道德标准调整自己的行为，做出符合或者迎合道德标准的行为。葛兰西在此基础上进一步分析了尊重真实人性和道德对于建立新的市民社会的重要性。

在葛兰西看来，真实的人性是市民社会的基础；正视和处理好真实的人性，才是最稳固的社会政治基础。葛兰西通过对意大利社会的分析得出了这样的观点。在精神和物质文明都没有达到一定程度的情况下，不切实际地用理想的人性去要求一切市民，只会造成精神和道德上的危机，市民存在着普遍的伪善的道德状况，美德只会沦为一种虚假的面具一样的外观，而内在的精神危机随时会威胁社会秩序的稳定。马基雅维利的喜剧关注的是行为及其目的本身，推动人行为的是目的本身，是真实的人性本身，而不是人们讴歌的理想人性。而真实的人性不是恒定不变的，而是根据形势和目的不断调整的，这就强调了行为和目的本身，以及如何更便捷地达到目

---

① 葛兰西：《葛兰西文选》，李鹏程编，人民出版社 2008 年版，第 119 页。

的,满足大部分人的利益。这才是最大的善,把人看作是其所是,而不是应所是。从这样的立场出发,为实现目的使用一些必要的手段,研究行为本身的策略问题,这就将政治从伦理学、哲学的包围中解放出来,使之成为一门独立的学科。或者说,这样的政治学本身就包容了伦理学和哲学的内涵,是一种具有革新意义的马基雅维利式的伦理学和哲学。"我相信善就是对最大多数的人有好处,就是取悦最大多数人。"①这是他对伦理学意义上的善的理解。"我认为,直面事物有效的真理比想象事物的真理更为有效。"②这是一种哲学态度。作为一个政治家,最终总会将这样的观念引申到社会秩序上,一个成功的社会秩序必须把人看作是他实际所是的样子,才是最大意义上的人道主义。明智的统治者必须认清这一事实。这是如何对待市民社会,建立文化领导权的重要基础。

二、君主论思想

马基雅维利的人性论和政治观是联系在一起的,在《君主论》中得到更加直接和明晰的表达。对于马基雅维利的君主论,人们历来存在着不同的理解。不同的政治家出于自身的政治目的,赋予其不同的内涵,归根结底都是为其特定的目的服务。对于马基雅维利的君主论的理解,葛兰西注入了很多自己独特的思考和见解,将之与现时代的文化领导权策略结

---

① 马基雅维利:《马基雅维利:主要作品和其他》(卷 2)(Machiavelli: The chief works and Others, Volume Ⅱ)[M], Allen Gilbert 编译, Durham, Duke University Press, 1989. p.789.

② 《葛兰西文选》,李鹏程编,人民出版社 2008 年版,第 61 页。

合起来。

葛兰西认为，马基雅维利的君主论思想具有鲜明的人民性，其整体的逻辑结构也是围绕人民性这一问题而展开的，只不过这里的"人民"指的是马基雅维利予以说服了的人民。《君主论》是献给君主，《曼陀罗》则是面向广大人民，以求给人民提供欢乐。两者探讨的主题异曲同工，都是关于精神和道德的革新问题，以及宗教观或世界观问题。《君主论》所献给的君主并不是历史和现实中存在的君主，而是作者想象中的君主。这位君主也没有被描述为客观的形象而直接出现。全书所探讨的是一位君主要想建立一个强大的国家，并使其统治日益巩固，获得人民的支持和爱戴，需要具备哪些品质，需要采用哪些方法和策略。葛兰西发现，马基雅维利的讨论貌似站在君主的立场，但到了书的结尾，却和人民站到了一起，成为了人民的一部分。"临到结尾，马基雅维利同人民结合在一起，自己成了人民，但不是'一般的'人民，而是马基雅维利通过前面的叙述予以说服了的人民；这种人民的意识在马基雅维利身上得到表现，对此他本人是意识到的，他感觉到自己与人民的同一性。看来，整个逻辑上的结构无非人民本身的反应，在人民的意识中所进行的内部说理，最后，则以发自肺腑的热情呼吁告终。"①这是葛兰西对马基雅维利思想所作的别具新意的阐述。

在葛兰西看来，马基雅维利思想具备鲜明的人民性，据此，葛兰西又对马基雅维利的"君主"含义进行界定。葛兰西

---

① 葛兰西：《葛兰西文选》，李鹏程编，人民出版社 2008 年版，第 114 页。

认为,马基雅维利所说的"君主"不是指的某位具体的个人,而是一种集体意志的体现,"在现代世界中,只有那些间不容发,必须以迅雷不及掩耳的手段当机立断的历史政治行动,才能由具体的个人以神话方式加以体现",①但这种应急的权益行动不可能长久地维持,建立和巩固新的国家需要由一种集体意志来完成。集体意志体现的是民族的大众的意志,在现代社会,集体意志的体现需要由某种社会有机体去实行职能,能够承担此功能的即无产阶级政党。"现代君主,神话君主,不可能真有其人,他只能是集体意志已在社会上被承认,或多或少以行动表现了自己的存在,并开始采取具体形式时所出现的成分复杂的社会有机体。历史已经提供了这种有机体,它就是政党。这是一种基本细胞,其中包含着力图成为普遍的和无所不包的集体意志的种种胚芽。"②"现代君主应该是而且不能不是精神和道德改革的宣扬者和组织者,这也就是为民族的—大众的集体意志的今后发展,已全面达到现代文明的高度形态奠定基础。"③所以说,尽管马基雅维利声称这是一部献给君主的秘籍,它所面向的并不是某一个具体的个人——君主,其实所面对的是公共领域,是广大的民众。可见,这是葛兰西以自己的政治哲学思想对马基雅维利的君主思想进行的新的理解与改造。

在此基础上,葛兰西认为,马基雅维利在《曼陀罗》和《君主论》中的思想可以被无产阶级所汲取,成为建设市民社会、

---

① ②　葛兰西:《葛兰西文选》,李鹏程编,人民出版社 2008 年版,第 115 页。
③　葛兰西:《葛兰西文选》,李鹏程编,人民出版社 2008 年版,第 118 页。

实现文化领导权的理论上和方法上的武器。从具体形式上讲，现代君主可以表现为无产阶级的政党；从人民意识的角度讲，现代君主则可成为人民世俗政治、世俗生活各个领域的精神基础。"在人们的意识中，君主会取代上帝或无上命令的地位，成为建立世俗政治并使生活的各个领域和一切风俗习惯彻底世俗化的基础。"①所以说，具有如此内涵的现代君主论思想与整个市民社会精神和道德体系息息相关。葛兰西把马基雅维利的思想形容成一场精神和道德的革新。这种革新在他而言其实就意味着文化的改革。在这场改革中，"判断任何行动的利弊好坏，完全是以现代君主本身作为出发点的，也就是说，要看这种行动是有助于加强它还是反对它。"②也就是说，现代君主是民族—大众集体意志的代名词，市民社会的集体意志才是评判文化改革的行动是否正确与合理的标准。

三、文风的解析

马基雅维利之所以饱受争议，与他的思想和文风的独特性是分不开的，葛兰西对此进行过分析："马基雅维利的思想并非十足'书生意气'的，也不是与世隔绝的思想家的战利品，或知音者中间所流传的秘密备忘录。马基雅维利的风格，不是中世纪所盛行的或人道主义所习用的系统化论文写作者的风格；正好相反，这是一种行动的人的风格，这是一个致力于唤起行动的人的风格，这是党的宣言的风格"③因此，单纯从

---

① ② 葛兰西：《葛兰西文选》，李鹏程编，人民出版社 2008 年版，第 118 页。
③ 葛兰西：《葛兰西文选》，李鹏程编，人民出版社 2008 年版，第 120 页。

道德的角度去理解马基雅维利，显然是不够的。葛兰西在评价《君主论》的时候，将其形容成"神话的戏剧形式"："《君主论》的基本特点在于它以'神话'的戏剧形式把政治思想体系和政治学融为一体，它不是长篇大论的说理文章，而是一部'生动形象'之作。"①马基雅维利将自己的一腔政治热情融入《君主论》中，并为这种热情找到一种具体的形式。他没有使用艰深的理论和抽象的表达，其中浅显生动充满感染力的语言，极富想象力的比喻，都使得这部政治著作能够让更多阶层的人读懂并领会。

再看《曼陀罗》，马基雅维利在正式的文学创作中为何选择喜剧作为其表现的方式？喜剧在马基雅维利那里，只是一种形式，借以表达其关于人性、道德、政治等思想。马基雅维利在《曼陀罗》的开场白中就坦言道："如果说这题材太过轻飘，配不上那些显得睿智庄重的人中好佬，就请对作者多多担待，他只能用这些空想奇思给他苦涩的日子添加点儿乐趣，在那惨淡境地里他可不能改装易颜因为他被禁止展现其德性的方方面面，他劬劳的努力也没个报偿。"②在现实中，马基雅维利不能从事他倾注无限热情的政治事业，转而将他对于人性与社会特质的理解，对于人民的教诲投入喜剧的表现形式中。他深深体会到人生苦短，需要用所谓轻飘的题材来远离尘嚣，逃避痛苦，博人一笑。

葛兰西认为，从表面上看，《曼陀罗》的写作目的似乎仅为博人一笑，但实际上，马基雅维利作为一个思想家和怀抱着巨

---

① 葛兰西：《葛兰西文选》，李鹏程编，人民出版社 2008 年版，第 113 页。
② 马基雅维利：《曼陀罗》，徐卫翔译，上海人民出版社 2003 年版，第 7 页。

大政治热情的政治家，从来就没有忘记其作品所承载的思想意义和教诲意义，尤其是对于年轻的读者。"喜剧的存在是为了对观众有益并愉悦观众。认识老人的贪婪，情人的狂热，仆人的把戏，食客的饕餮，穷人的铿吝，富人的野心，妓女的恭维，所有人的背信弃义——确实可以使任何人，尤其是青年人获益匪浅。"①与悲剧倾向于表现宏大主题相比，喜剧更容易处理私人生活的题材，可以轻飘地处理严肃题材。私人题材是老百姓世俗生活的主旋律，是他们茶余饭后最为津津乐道的话题，对这些题材的展现和调侃最能够博得他们的青睐，他们在戏剧表演的现场开怀大笑，然而笑完离开剧场后，应当能够进行咀嚼和进一步的反思，这就是马基雅维利所认为的喜剧的目的。他把喜剧比作私人生活的一面镜子。"然而，举起这面镜子需要带着优雅，需要使用能够逗人开怀的语词，使人们竞相奔向这极度的喜悦，事后方能咀嚼出极度欢愉之下的有用鉴戒。"②这是喜剧的意义，也是马基雅维利对于葛兰西的意义。

四、创造性阐释

马基雅维利的人性论和政治观为葛兰西的实践哲学带来无尽的启示，葛兰西也在对马基雅维利的阐释中实现自我思想的更新与创造。在葛兰西看来，既然善、恶是现实社会通过法的形式或群众的舆论对人性的一种外部的设定，真实的人

---

① "Clizia" [M], Machiavelli, Opere Letterarie, a cura di Luigi Blasucci, Milano, 1964, p.71.
② 转引自《马基雅维利的喜剧》，刘小枫、陈少明主编，华夏出版社 2006 年版，第 6 页。

性可以被引导和重塑,作为政治家,作为无产阶级政党,就应当正视真实的人性,为实现文化领导权的需要,引导和教育人性去顺应和实现现实政治的需求。这是一场上层建筑内的革命,葛兰西将这些启示导入上层建筑内的第一环节——政治,论证了在政治中对于原则、方法或手段使用的必要性。葛兰西关于市民社会的理论,关于教育的理论和方法都可以从中找到理论的来源。

首先,葛兰西注意到马基雅维利的思想对其实践哲学的重要意义,并将这一问题作为研究马基雅维利的首要问题。在葛兰西看来,"研究马基雅维利首先提出和必须解决的一个问题,就是关于政治是一门独立科学的问题,也就是关于政治学在系统的(有条理的和有逻辑的)的世界观中,在实践哲学中所占的地位的问题。"①对于葛兰西来说,马基雅维利的思想意味着一场精神和道德的革新,其所引入的政治观包含着这样的观点:"政治是一种自主的能动性,它具有与道德和宗教截然不同的自己的原则和规律,——这是一个具有深远哲学意义的命题,因为它悄悄地引入了一种新的道德观和宗教观"。②但是,这样的观点却始终受到各种驳斥而不能成为常识。常识在葛兰西的词典里包含着与哲学相对立的含义。用常识来命名马基雅维利的思想其实暗含着这样的态度,即葛兰西并没有把他的观念看作一种形而上学的哲学体系,在他看来,马基雅维利的观念"只表现为朴素而深刻的生活感(从

---

① 《葛兰西文选》,李鹏程编,人民出版社 2008 年版,第 122 页。
② 《葛兰西文选》,李鹏程编,人民出版社 2008 年版,第 119 页。

而表现出哲学来!），只应作为他的感觉的象征来理解和说明"①。

其次，葛兰西以实践观矫正克罗齐以精神论对马基雅维利政治思想理解的偏差，将之纳入实践哲学和上层建筑思想中。克罗齐在对马基雅维利的研究中，将实践精神阶段视为精神中的一个阶段，实践精神阶段有其自身的独立自主性，同时和整个现实又存在着循环的联系。克罗齐的理论是以绝对精神存在着各个阶段的差别为出发点的，对于这一点，葛兰西是持否定态度的，但他肯定了克罗齐所引进的差别论。在实践哲学中，上层建筑各个层次之间的确存在着差别，实践哲学需要的是正视差别的存在。政治活动可以说是处于上层建筑中的第一阶段或第一层次，而在政治活动中同时也存在着各要素的差别。其中的第一要素恰恰是经常被人遗忘的，"第一要素是，确确实实存在着支配者和被支配者，领导者与被领导者。整个政治学和全部政治艺术都建立在这个基本的并且（在某些特定的一般条件下）不能缩小的事实上。"②这样的事实是客观存在的，"从这一事实出发，必须考虑，怎样才能实行最有效的领导（假设目标是明确的），又怎样才能最好地培养领导者（这正是政治艺术和政治学的首要问题）；另一方面，要是领导者或被支配者俯首听命，就必须懂得怎样寻求抗拒最小或最合理的方法。"③这个要素是任何政治和集体活动的前提和支柱。任何政治或集体活动都无法回避这个客观事实，

---

① 《葛兰西文选》，李鹏程编，人民出版社2008年版，第242页。
②③ 《葛兰西文选》，李鹏程编，人民出版社2008年版，第129页。

不管是在不同的社会集团("社会集团"被认为是"阶级"隐晦的说法)之间,还是在同一个社会集团内部,这样的区别都是客观存在的。马克思主义强调经济基础所带来的差别,葛兰西则在上层建筑的范畴内讨论这种差别,把它作为政治要素中的首要因素,并且指出它们并不会随着国家和阶级的消失而消失,因为这是分工的结果,其中还包含着技术的因素和其他因素。既然这样的事实是客观存在的,统治和服从的原则的制定、方法的使用就是不可避免的,这就是政治活动的根本所在,也是马基雅维利抛开终极意义,赤裸裸地讨论权术的意义所在。马基雅维利献给君主的秘笈,同样可以为无产阶级所用,就像剑术一样,可以用来攻击,也可用来防守。理解这样的思想,对于统治者和市民社会来说都具有极其重要的意义。

第三,葛兰西通过对马基雅维利政治思想的实践论改造,将其关于国家、政党等问题的论述纳入自己的理论体系中,认为马基雅维利的思想既可以为统治者所用,同样也可以为人民大众所用,可以为无产阶级政党所用,从而以实践性和人民性实现了对马基雅维利的彻底改造。葛兰西觉得,马基雅维利本人并不是一个马基雅维利主义者。他所教导的是"那些不谙此道的人",他想从政治上训练和教导这些人,为了达到一定的目的,采取某些手段是必要的,这些手段本身无所谓善恶,并不会因为暴君使用过就被视为邪恶的,暴君可以使用,人民也可以使用。在葛兰西看来,所谓的"不谙此道者"是意大利的民族或人民,是革命阶级,是历史的进步力量。马基雅维利的影响已经发展成一种政治理论和技术,为斗争的双方所用。所以葛兰西说:"从实际情况看,立竿见影的效果是有的,就是打破建立在传统思想体系基础上的统一,不打破便无法使新生力量意识到自己的独立存在。马基雅维利的学说也像实践哲学的政治一样,促使保守的统治集团改进传统的政治技术。"①同样,由此出发,"国家精神"也不能作为抽象的存在,为了"国家精神"无条件地服从是一则神话。在现实中,很多人天真地相信或者假装相信这一点,导致了政治活动的失败。"人们通常认为,既然是同一个集团,就一定会自动地服从,因此不仅认为没有必要证明服从的必要性和合理性,而且还认为这必然是绝对的服从。"②集体或政治活动中的失败常常来源于此,尤其是要求牺牲的行动。绝对的无条件的服从往往会无视人性的真实面貌,这是失败的根源所在。因此,当国家概念成为一种抽象的概念时,政党作为国家精神的基本组成部分,就有必要充当国家精神的具体的载体和实施者。"但党本身却实现了这个职能,它赞扬抽象的'国家'概念,并且用种种办法让人感到,它作为一种'不偏不倚的力量'正在主动而有效地行使这种职能。"③在具体的实践过程中,政治行为对于政党来说,是一种必要的手段。使国家精神具体化,并通过具体的政治行为使其合乎人性地得以贯彻实施,这是无产阶级政党需要了解和掌握的知识和技能。

马基雅维利的人性论和君主论思想对葛兰西哲学思想和政治思想的建立具有重要的启发价值。他对真实的人性、对

① 《葛兰西文选》,李鹏程编,人民出版社 2008 年版,第 121 页。
② 《葛兰西文选》,李鹏程编,人民出版社 2008 年版,第 130 页。
③ 《葛兰西文选》,李鹏程编,人民出版社 2008 年版,第 134 页。

道德的相对性和政治手段等的论述,都启发了葛兰西对相关问题的思索,为其实践哲学的建立提供了营养。更为重要的是,葛兰西用实践观和人民性的思想对马基雅维利的上述思想进行了批判性改造,将思考、重塑马基雅维利思想作为建立实践哲学的首要问题,从而将之纳入市民社会和文化领导权建设的范围进行考察。这对于全面理解和认识马基雅维利的思想具有重要意义,也为我们理解葛兰西的思想提供了一条崭新的路径。

第四节 皮兰德娄论

在众多的皮兰德娄研究文献中,葛兰西的评论文章历来被视为经典,其原因在于他不落窠臼的独特视角。葛兰西跳出了纯文学的圈子,从历史、文化、道德和政治等不同的角度评析了皮兰德娄作品的艺术特性和文化价值,为皮兰德娄研究建立了新的研究高度和解读视角。葛兰西撰写了大量研究皮兰德娄的专文,可见他对皮兰德娄的关注和兴趣。这与皮兰德娄作品的思想内容有关。通过葛兰西对皮兰德娄的研究,可以发现两者在思想内涵以及世界观等方面的相同之处。因此,葛兰西从皮兰德娄那里发现了契合自己思想的内容,因而对之进行了大量阐述,他对皮兰德娄的关注"远远超出一个戏剧批评家的实际责任"。[①]葛兰西对皮兰德娄及其作品的解读同样是基于自身的文化观念,基于文化战略的需要,因而更

---

① Robert S. Dombroski, On Gramsci's Theatre Criticism, Boundary 2, Vol.14, No.3, The Legacy of Antonio Gramsci(Spring, 1986), p.107.

多地侧重于皮兰德娄作品在历史文化、思想道德上的价值,同时也并未忽视对其艺术价值的发掘,因此在众多批评中脱颖而出。"皮兰德娄的重要价值,在我看来,是属于思想和道德方面,而不是属于艺术方面的"①,这是葛兰西对皮兰德娄作品的总体评价。这一评价与葛兰西在文化上、政治上的思想动机和需要是联系在一起的,反映出葛兰西一以贯之的文艺主张。有些学者认为作为戏剧批评家的葛兰西关注的不是戏剧本身,而是"告诉普罗大众资产阶级伦理生活的缺点以及社会进程的倒退和抵抗。"②也就是说,葛兰西的戏剧评论总是以领导权争夺为主要目的的,戏剧成了葛兰西的政治武器。

一、皮兰德娄的文学实践

葛兰西在 1927 年 3 月 19 日给亚齐塔娜的信中谈及他在狱中生活的四个构想时,就将研究皮兰德娄戏剧作为一个重要组成部分:"研究皮兰德娄以及在他的大力倡导下形成的意大利戏剧趣味的改变。"③而且据葛兰西自己介绍,他早在 1915 年至 1920 年间,就已写了大量有关皮兰德娄戏剧的文章,这些文章足以编一本 200 页的小册子。并且,葛兰西认为,他对皮兰德娄的批评"是独具只眼而力排众议的:当时人们对皮兰德娄戏剧不是宽纵容忍便是公开嘲笑"④。由此可以看出皮兰德娄在葛兰西心目中的重要地位和价值。那么,皮

---

① 《论文学》,吕同六译,人民文学出版社 1983 年版,第 120 页。

② Robert S. Dombroski, On Gramsci's Theatre Criticism, Boundary 2, Vol.14, No.3, The Legacy of Antonio Gramsci(Spring, 1986), p.92.

③④ 《葛兰西文选》,中央编译局国际共运史研究所编译,人民出版社 1992 年版,第 548 页。

兰德娄戏剧的哪些因素引起了葛兰西的如此重视呢?这就需要我们对皮兰德娄戏剧的艺术技巧、思想内容和审美风格及其在意大利所引起的重要影响进行深入分析,以此发掘葛兰西对皮兰德娄戏剧作品"独具只眼"的批评的现实基础。

皮兰德娄的作品无论是在形式还是在内容上都给传统观念带来强烈的冲击甚至颠覆。使皮兰德娄享誉世界的是他在戏剧创作上的成就,但葛兰西所关注的远不止于他的戏剧,而包含了皮兰德娄整个的创作、创作背后世界观的表达及其所带来的社会文化意义。皮兰德娄尽管出生于富有的资产阶级,但他把关注的目光更多地投注在下层劳动人民的生活状况上,如早期作品《西西里柠檬》和《被抛弃的女人》等。这些作品多采用真实主义的手法,用科学的方法观察,客观地表达人民生活的原貌,记叙西西里岛人民贫困落后的生活。尽管葛兰西在评论中未曾具体分析这些作品,但就其文学思想来看,皮兰德娄早期的文学创作同样具备葛兰西一直提倡的"民族的—人民的"文学的特点,即皮兰德娄对意大利本土底层人民的关注。

皮兰德娄早期真实主义的作品并不突出,但他对社会现实有着敏锐而又清醒的认识。随着社会的变化和自身生活的动荡,皮兰德娄渐渐觉得写实主义已不足以表现社会和人性的真实。于是他逐渐将笔触深入人物的心理,故事和人物也超越了写实的界限。在一系列的小说创作之后,皮兰德娄找到了最能体现他的创作理念和世界观的艺术形式——戏剧。在皮兰德娄看来,戏剧是最直观、最通俗的艺术形式之一,最能够融入和表达情感、观念,因而皮兰德娄的观念是通过他的文学创作以及戏剧演出来表现的。正如他自己所说,他的兴趣不在于单纯描写人物形象,也不在于讲述故事,他之所以创作,是出于"一种更加深刻得多的精神的需要",他的戏剧"无不浸透着一种特殊的生活含义"和一种"普遍的价值"①。也就是说,他的戏剧最本质的特征在于它所承载的哲理性,作者想要通过它表达自己对于社会和人生的哲学思考。

皮兰德娄的文学创作存在一个将观念转化为艺术的过程。"他力图把当代哲学的'辩证法'引进到大众的文化中来,同亚里士多德—基督教的'现实的客观性'的观念相抗衡。"②他充分利用戏剧这一艺术形式的一切可能性,将自己关于客观现实的辩证观念展现出来。他在戏剧作品中不断地认识和解释认识现实的新的方式,反复地求证和寻找合理的生存方式,呈现出一种哲学思辨的味道,散发出抽象思辨的艺术活力。但戏剧毕竟是戏剧,作为一种形象艺术,有其特有的艺术特点;皮兰德娄毕竟是戏剧创作者,而不是哲学家,他的哲学理念不是通过哲学思辨的方式直接以理念的形式展现出来,而是通过人物的性格和对话、故事情节的设置,将戏剧作为外衣,以人们尤其是老百姓能够接受的形式展现出来。尤其是借助人物的对话来展示作者的哲学观,说话成了戏剧表演的主要表现手段,这显然更有利于表现人物的心理和思想。主角的大段独白有时就是一段完整独立的论证,传统的戏剧舞台是以情动人的地方,但在皮兰德娄这里,成了理性论证的场

---

① 转引自吕同六:《地中海的灵魂——意大利文学透视》,社会科学文献出版社 1993 年版,第 184 页。

② 葛兰西:《论文学》,吕同六译,人民文学出版社 1983 年版,第 120 页。

地。这样的对话并不表现为生硬的说教,而是符合角色的身份和性格,符合情节的发展,使得作品既具有生动的戏剧性,又富有发人深省的哲理性,将哲理性和戏剧性有机地融合在了一起。一些人物形象甚至已经不是单个现实人物,而是某个现实中并不存在的虚幻的角色,如代表作《六个寻找剧作家的角色》。所谓的这六个角色就并非现实中的人物,而是剧作家在剧本中杜撰的角色。人物的性格也往往是迥乎寻常的,由于这样的性格,他们与他人、与环境的关系常常格格不入,充满了紧张和疏离感,在人物和环境的冲突中故事情节得到了推动,呈现出强烈的怪诞的风格,开了怪诞派戏剧的先河。

在将观念转化为艺术的过程中,皮兰德娄戏剧对传统戏剧形式进行彻底革新。皮兰德娄几乎每一出戏的结构,都采用了别出心裁的巧妙构思,他突破了舞台时间和空间的限制,打破了观众与演员之间的界限,打破了戏剧舞台和观众席之间的界限,打破了传统戏剧和舞台为观众所营造的幻觉,即在戏剧理论中所称的"第四堵墙"。在传统戏剧中,"第四堵墙"一直采用把观众和演员隔离开来的方式,这也是戏剧赖以生存的条件之一。它给观众营造了戏剧所特有的幻觉。而皮兰德娄的戏剧是反幻觉运动的代表之一,既体现在形式上,也体现在戏剧内容中。皮兰德娄的戏剧很多采用"戏中戏"的形式,如代表作《六个寻找剧作家的角色》就是一部典型的"戏中戏"结构,某剧团的导演与演员们在剧场排练,这是外围的"戏",突然闯进来六个人,他们自称是被剧作者废弃的角色,想要重新获得舞台的生命,请求导演安排他们的戏份,于是原来的排演被中断,导演和演员成为观众,戏中戏就这样展开了。

皮兰德娄戏剧反幻觉的方式不仅体现在剧本和表演形式上,同样体现在戏剧的内容上,体现在故事情节的设置和人物形象的塑造上。他的故事情节往往打破现实和虚构的界限,人物形象也是真实和虚构兼而有之。皮兰德娄通常不去塑造人物的典型性格,这些形象通常与传统的刻板模式迥然不同,有别于观众心目中一贯的人物类型,他们没有明显的正反之分,也没有鲜明的个性,但却具备复杂的思想和强烈的感情,他们的个性行为丰富而且充满了想象性,随时都可能发生意想不到的变化,他们的独特性使得他们不能像传统的角色那样,成为一种固定的模式,由别的戏剧套用或者模仿。但即使他们不具备典型性,甚至有的没有姓名,反而更能够给观众的心理带来冲击,让观众更能够感觉到他们有血有肉的存在。

皮兰德娄独特的戏剧理念和世界观就寄予在这些独特的人物形象上,像《六个寻剧作家的角色》中有两套角色,一套是现实生活中的导演、演员等,一套是剧本中的角色,两套人物之间产生互动,演绎了一个家庭中六个成员不同的痛苦际遇。在《亨利四世》中,主人公为了生存,不得不在正常和疯癫、理智和疯狂间游走。这些故事情节看似荒诞,但其实正是客观现实的隐喻,人们与所生存的环境格格不入,在这样的环境中无法找到真实的自我,找不到自我的价值和归属。真正的自我和社会的自我分裂开来,他们永远相互冲突,导致的结果是社会的自我压制了真正的自我。人们只能用社会的自我作为假面具将真正的自我掩盖,将个人的真情实感和自由意志禁锢起来,个人成为社会控制下的傀儡。在内心的主观世界和外部的客观世界的战争中,在理想和现实的冲突中,最终以主观的理想的屈服而告终。然而灵魂总是不甘心地在寻找出口,在现实和幻觉之中,哪一个才是真实的,人生和戏剧的界限被模糊和刻意地混淆,人生如戏,戏如人生,这是皮兰德娄的思考和疑惑,同时引发观众去思索和怀疑,他并没有提供道路和答案,伴之以深深的悲观和无可奈何,并将这些悲观无奈、彷徨痛苦的精神状态用黑色幽默的手法展现出来。"他的关于客观现实的辩证观念,用人们能够接受的形式展现于观众面前,因为他以浪漫主义为外衣,体现在迥乎寻常的性格里,体现在反对理智和常理的荒诞的冲突中。"①

综上所述,皮兰德娄的戏剧无论是从形式还是内容上看都荒诞不经,与现实迥异,但是作者所要表达的恰恰正是对客观现实的揭露和批判,作者所秉持的正是现实主义的态度,从而使作品具备无法否认的现实意义。"换言之,他从人的社会生存与自我意识这两个方面把现实世界深刻的社会危机与精神危机赤裸裸地暴露了出来。"②怪诞的剧情将人物置于荒唐的处境中,人物的心理活动,人物对处境所做的哲理性解释被直接表现出来,直接表现于戏剧的舞台上,这是一种心理的现实主义,也是戏剧史上一种崭新的尝试。皮兰德娄曾说过:"精神活动逐渐地从以表面语言解释它的活动中解放出来……它是自由的、自然的和直接有形的活动。"③他借人物之口,宣扬自

① 葛兰西:《论文学》,吕同六译,人民文学出版社 1983 年版,第 120 页。
② 吕同六:《地中海的灵魂——意大利文学透视》,社会科学文献出版社 1993 年版,第 198 页。
③ 皮兰德娄:《六个寻找剧作家的角色》,吴正仪译,上海译文出版社 2011 年版,第 8 页。

己关于社会、人性等所持的独特的观念,宣扬相对主义和不可知论的观念。

二、哲学分析

　　葛兰西对皮兰德娄的关注非常早,他在早期为杂志 *Avant*! 撰写的戏剧评论中就对皮兰德娄褒奖有加,并且他也认为自己为他的名声起到了推动作用。[①]皮兰德娄为何会受到葛兰西如此关注?葛兰西一再强调,皮兰德娄作品最重大的价值不是属于艺术方面的,而是属于文化方面,属于思想和道德领域。葛兰西曾经把皮兰德娄比作戏剧领域冲锋陷阵的勇士,把他的作品比作"无数枚手榴弹,在观众的头脑中砰然爆炸,使陈旧的庸俗的习气摧毁廓清,情感和观念分崩离析。""路易吉·皮兰德娄的最大贡献在于,他至少让生活的形象摆脱传统的刻板模式,突然闪现于我们眼前"[②]。在葛兰西看来,皮兰德娄最重要的身份不是小说家和戏剧作者,而是作家和导演的双重身份,是一位精神环境的革新者。葛兰西如此评价皮兰德娄并不是轻视其作品在文学方面的价值,而是更侧重于他的作品(主要是戏剧这一艺术形式)所带来的观念,以及这些观念给传统所带来的冲击,给社会和人民所带来的影响。这是葛兰西一直以来最为关注的命题。

　　即使如此,在葛兰西看来,哲学家皮兰德娄却并不存在,"所谓的皮兰德娄主义纯系某些以批评家自居的人随心所欲

---

　　①　Robert S. Dombroski, On Gramsci's Theatre Criticism, Boundary 2, Vol. 14, No. 3, The Legacy of Antonio Gramsci(Spring, 1986), p.107.
　　②　葛兰西:《论文学》,吕同六译,人民文学出版社 1983 年版,第 129 页。

制造的公式和抽象的判断，完全脱离他的具体的戏剧实践；这种提法常常包含着人们不愿意公开承认而又用心险恶的思想上、文化上的动机。"①他们之所以总结出一整套哲学，并不是基于皮兰德娄具体的戏剧作品，而是出于自身的政治上、文化上的动机。葛兰西否定了皮兰德娄的哲学家身份，肯定了其文学家尤其是戏剧家的身份。而实际上，葛兰西最为重视的是其作为文化的批判者的身份。对他而言，皮兰德娄最重大的意义是其通过作品表达的历史、文化批判意识。这种意识通过转化为艺术的内容和形式来传达，而不是通过哲学的逻辑的理性争论的方式。

皮兰德娄戏剧所表达的上述观念在葛兰西看来，虽然难以赋予其一个系统的贯穿始终的特性，但还是具备某些特点。"他的世界观无疑是反基督的，而且同资产阶级真实主义和小资产阶级传统戏剧'人道主义'的、实证主义的世界观大相径庭。"②"不过，显而易见，在皮兰德娄身上有这样一些观念，它们一般地说同某种世界观相联系，可以大体上称之为主观主义世界观。"③葛兰西所概括的这种世界观，在皮兰德娄的作品中很多通过人物的对白直接表现，散发着强烈的主观色彩。比方说在《六个寻找剧作家的角色》中父亲的语言就常常直接表达作者的观念。"哦，先生，您要知道，人生充满了无数的荒谬；这些荒谬甚至毫不害臊地不需要真实做外表，因为它们是真实的。""我是说，事实上一切反常的东西都被称作疯狂，疯狂使臆造出来的似是而非的东西变得像真的一样。请允许我

---

①③　葛兰西：《论文学》，吕同六译，人民文学出版社 1983 年版，第 121 页。
②　葛兰西：《论文学》，吕同六译，人民文学出版社 1983 年版，第 120 页。

提醒您注意,如果这就叫疯狂,他也就是你们职业中唯一的理性。"①这里表达的是真实与荒谬、理性与疯狂之间的辩证关系。

这些对白实际上表现了皮兰德娄对于真实的认识,这些认识与葛兰西对现实的看法不谋而合。皮兰德娄在对真实进行怀疑的同时,也有新的更为深入的理解。他从相对主义的角度,把真实看作一个相对概念,从来就不存在绝对的真实,所谓真实,只是相对而言的。真实已不仅是对客观现实的再现,因为客观现实往往是荒诞不经的,充满着变幻莫测的因素,因而根本是不可认识的,这时所谓的真实就无从谈起。真正的真实就只有从人的内心寻找。"事情就坏在这里! 坏在说话上! 我们大家都有一个内心世界;每个人都有一个特殊的内心世界! 先生,假如我说话时掺进了我心里对事物的意义和价值的看法,而听话的人照例又会用他心里所想的意义和价值来加以理解,我们怎么还能够互相理解呢? 我们自以为了解了,其实根本就不了解!"②"先生! 对我来说,全部悲剧就发生在这里,这是良心的悲剧。我们大家都认为'良心'只有一种,其实不然,有许多种'良心',人们的良心各式各样,形形色色,应有尽有的。这个人有这个人的'良心',那个人有那个人的'良心',彼此天差地别! 我们还幻想似地认为'某种良心'永远是大家行动的准则。并非如此啊! 并非如此! 当你

---

① 皮兰德娄:《六个寻找剧作家的角色》,吴正仪译,上海译文出版社 2011年版,第 15 页。

② 皮兰德娄:《六个寻找剧作家的角色》,吴正仪译,上海译文出版社 2011年版,第 29 页。

的某一行动使你陷入一种不幸的困境,突然遭到人们的冷嘲热讽时——我并不是说人人都会遇到这种处境——你就会发现,人们用这唯一的准则以这次行动来判断你的一生,仿佛你的一辈子都断送在这件事情上了,因此而羞辱你,这是多么的不公平!"①"每个人都演着一个自己选择的角色,或者别人为他指定的生活中的某一个角色。"②人和环境之间总是存在着各种矛盾和冲突,这些矛盾和冲突无法调和,这就体现出生存的荒谬,体现在人物的内心则内化为心灵的各种冲突以及人性的分裂。这些看法在某种程度上契合了葛兰西对现实世界以及人性的理解。

皮兰德娄的这些看法虽与葛兰西存在某种共鸣,但作为一位思想家,葛兰西还有自己的看法。在皮兰德娄看来,我们每个人都由无数个组成,这无数个也不是一成不变的,而是变幻无常的,真实的人性恰恰就体现在每个人人性中的许多面,尽管它们往往是分裂的、矛盾的。其中的每一个都无法同另外许多个共享裨益,分担责任,而意识的一致性却告诉我们,我们每个人必须是那一个,每个人看待别人时往往只看到其中的一个方面,或者只是某一刻静止状态的情况。这就带来了许多误解和责难,人与人之间的关系也充满了疏离和隔膜,人与人之间的沟通和理解注定是艰难的。这些观念揭示了人们在社会中的痛苦悲剧的症结所在。敢于挑战传统,开启民

① 皮兰德娄:《六个寻找剧作家的角色》,吴正仪译,上海译文出版社 2011年版,第 41 页。

② 皮兰德娄:《六个寻找剧作家的角色》,吴正仪译,上海译文出版社 2011年版,第 45 页。

智当然有其积极作用，但是皮兰德娄把它们看作无法解决的
永恒的人性和社会的问题，这在葛兰西看来，显然不是科学的
认识。皮兰德娄借剧中人物之口，长篇大论地宣扬相对论和
怀疑主义，也被葛兰西认为在某些时候，是一种诡辩的辩证
法，不能摆脱地地道道的唯我主义，总的来说是一种主观唯心
主义世界观。

三、文化分析

葛兰西通过对两种不同戏剧的比较，发现皮兰德娄戏剧
在批判性等方面超越以往意大利戏剧的卓越之处，并分析其
所具有的文化意义。葛兰西比较了这样两种不同类型的戏
剧，一种是描写地方的或乡土的生活的方言戏剧，另一种是反
映资产阶级知识分子生活的超越地区界限、用文学语言所写
的戏剧。葛兰西的比较是放在民族的和人民的这个着眼点
上的。

在葛兰西看来，戏剧不能只被作者作为工具来表达作为
一位知识分子的意识和主张。有些戏剧看似描写的是老百姓
和他们的生活，实则只是作者借以表达知识分子立场的工具，
披着老百姓外衣，长着一颗知识分子的脑袋。而在皮兰德娄
的戏剧里，无论是从历史还是地理的角度，描写的人物就是生
活在西西里的老百姓，他们的思维方式和行为方式，都是属于
一位西西里的老百姓的，他们也许不是基督教徒，也许对某一
种哲学不了解，但这不等于在人民的精神生活中不存在哲学
观，虽然没有用理论的方式表达出来，但在人民内部也有着属
于人民的哲学观和辩证法，文艺作品源自于此并将之展现，这

其实就是葛兰西一贯的文艺主张,而皮兰德娄做到了。因此,对于葛兰西来说,皮兰德娄最重大的价值是其文化上的意义。"在整个现代文学的范畴内,皮兰德娄作为精神环境的'革新者'的作用,远远超过艺术作品的创造者:他在推动'意大利人'摆脱偏狭的地方观念方面,在号召对传统的和 19 世纪的'情节剧'采取现代的'批判'立场方面,是未来主义无法比拟的。"①因此,在有些学者看来,《狱中札记》显示出"葛兰西认为皮兰德娄是一个能够改变意大利文化的剧作家"。②当然,皮兰德娄远不止是一位地方性的方言作家,他的文化价值当然也不只限于表现地方的乡土文化和对于意大利西西里大众的文化影响,他同时是一位意大利的、欧洲的、世界的作家。他的历史批判对整个文化领域都产生了深远的影响。在当时的戏剧界充斥着狭隘的地方主义和平庸的资产阶级气息,毫无生气,皮兰德娄的戏剧犹如给死气沉沉的戏剧界扔了一枚炸弹。挑战传统的戏剧形式,摧毁僵化的教条主义,挣脱狭隘的地方主义,嘲弄市侩主义,为民众开阔眼界,摆脱陈规陋习、世俗偏见,改变群众的精神趣味和审美趣味。

在葛兰西看来,皮兰德娄的戏剧不仅在道德内涵上承载着作者的观念,而且还承载着皮兰德娄的文化批判意识。这不仅表现为戏剧形式和内容的革新,而且表达了皮兰德娄对于文化的批判,对于民族的人民的世态习俗的批判。这种批判对大众文化、对人民的思想和生活、对整个社会风气都产生

① 葛兰西:《论文学》,吕同六译,人民文学出版社 1983 年版,第 127 页。

② Robert S. Dombroski, On Gramsci's Theatre Criticism, Boundary 2, Vol.14,No.3,The Legacy of Antonio Gramsci(Spring, 1986),p.107.

了不可估量的影响。这些方面与葛兰西所认同的文艺观有共同之处,即戏剧不仅是制造幻觉、娱乐大众的作用,更为重要的是用理性去激发大众思考和判断。首先,皮兰德娄的戏剧善于用大众易于接受的方式表现。皮兰德娄发挥了他作为一位西西里本土作家的优势,用富有民间色彩的形式表现乡土生活,用方言写作。葛兰西甚至断言,"当皮兰德娄采用'方言'写作地方题材时,他便真正成为艺术家"①,充分肯定了他的文学作品在民族性和人民性方面所具备的独特价值。当然,这些方言作品同时也渗透着作者的民俗观。虽然皮兰德娄的世界观整体上是反基督教的,但他的民俗观念渗透到文字中,却散发着一层淡淡的基督教迷信的色彩。

单就美学角度来看,葛兰西对皮兰德娄的评价是消极的,这一方面取决于"克罗齐的影响",另一方面则因为受环境限制的他"对皮兰德娄的创作并不熟悉。"②所以,葛兰西一再强调,"就皮兰德娄的文学活动而言,其文化价值超过美学价值,即'文化历史'的因素应该胜于'艺术历史'的因素。"③在这里,他其实强调的是皮兰德娄的文学活动。皮兰德娄不仅是一位戏剧文学的创作者,同时是一位剧团领导人和导演,是一位优秀的舞台艺术指导,随剧团到各地演出,亲身参与了戏剧的舞台实践活动,对表演技巧、舞美设计都有独特的见解。"这就是说,皮兰德娄的戏剧不止同作家的剧本的艺术—文学

① 葛兰西:《论文学》,吕同六译,人民文学出版社1983年版,第121页。
② Niksa Stipcevic, Gramsci e i problemi letterari (Milano: Mursia, 1968), p.92 ff. 转引自:Robert S. Dombroski, On Gramsci's Theatre Criticism, Boundary 2, Vol. 14, No. 3, The Legacy of Antonio Gramsci (Spring, 1986), p.108。
③ 葛兰西:《论文学》,吕同六译,人民文学出版社1983年版,第127页。

价值相联系，而且同他本人的舞台实践活动联系得十分紧密。"①皮兰德娄的这些经历使他能够调动戏剧的一切可能性，来发挥其多方面的艺术个性。在创作戏剧作品时文字的表达只是其艺术个性的一个方面。在参与舞台实践，作为剧团领导人、导演时，他唤起演员身上的戏剧表现力，指导他们如何表演，他整合演员表演和舞美装备之间的关系，这些全都融入了皮兰德娄本人的艺术个性，融入了他对戏剧和人生的独特理解，这才是属于皮兰德娄的整个的艺术创造，他的戏剧效果才得到了充分的发挥，皮兰德娄通过这些使他的戏剧对民众的情感和思想生活产生了极具冲击力的影响。所以，人们甚至认为："皮兰德娄的剧本是数不清的炸弹，它们在观众的思想中爆炸开来，使平凡的事实趋于毁灭，使人的感觉和固定的思想方式发生动摇。"②

在皮兰德娄的戏剧作品创作和舞台实践两方面，葛兰西更强调后者的重要性，并将之与莎士比亚作了比较。葛兰西认为，如果皮兰德娄只是作为一个剧作家，而不参与戏剧的舞台实践工作，那么，他的戏剧对于我们来说，"顶多是一般的'剧情提纲'而已，即从某种意义上讲，他更接近于哥尔多尼以前戏剧中存在的'幕表'、戏剧'台词'，而不是富有永恒魅力的'诗歌'。"③这样的情况的确会发生，但是仅仅在某种意义上。这也是戏剧这一艺术形式的特殊性所在。莎士比亚的戏剧作

---

① 葛兰西：《论文学》，吕同六译，人民文学出版社 1983 年版，第 127 页。

② 皮兰德娄：《六个寻找剧作家的角色》，吴正仪译，上海译文出版社 2011 年版，第 9 页。

③ 葛兰西：《论文学》，吕同六译，人民文学出版社 1983 年版，第 128 页。

品由不同的剧团领导人、导演和演员处理，会呈现出迥然不同的风貌。莎士比亚的任何一部悲剧都可以成为舞台演出的脚本，但是，莎士比亚的戏剧文学作品本身"可以超脱舞台演出而具有独立的艺术生命"，"是可以超越于剧院和舞台演出之外的诗歌和艺术"①。与之相比，皮兰德娄的情况就不同了。"在绝大部分情况下，他的戏剧唯有在舞台上'演出'的时候，唯有当皮兰德娄作为剧团领导人和导演主持演出的，方能获得美学的价值——为了理解这一切，需要足够的智慧。"②莎士比亚戏剧作品的价值毋庸置疑，但葛兰西为了强调皮兰德娄艺术实践的重要性，对其戏剧作品的评价未免失之偏颇，对其艺术价值的评价过低。

遗憾的是，虽然葛兰西在入狱初期就把皮兰德娄戏剧作为他狱中研究的四个专题之一，但由于环境的限制和资料的匮乏，使得他深入研究的愿望未能最终实现，其中有些观点只是开了个头，或只是只言片语，未能深入下去，有些观点也存在失之偏颇之处，但尽管如此，葛兰西关于皮兰德娄戏剧的简介依然独到而又精辟，被公认为皮兰德娄研究的经典文献。但是，葛兰西对皮兰德娄的批评也反映出他自身的问题："从严格的文学角度来看，他的批评因为无法摆脱克罗齐的美学理论而有瑕疵。"③这一点让他无法走出社会学的方法与美学方法之间的悖论，葛兰西的批评最终总会滑向"批评家的政治学"④，但他

---

① ② 葛兰西：《论文学》，吕同六译，人民文学出版社 1983 年版，第 128 页。

③ Robert S. Dombroski, On Gramsci's Theatre Criticism, Boundary 2, Vol. 14, No. 3, The Legacy of Antonio Gramsci(Spring, 1986), p.115.

④ Evan Watkins, "Historical Criticism and Contemporary Poetry," Contemporary Literature, 22, 4, 1981, pp.556—573.

又总是无法摆脱克罗齐美学方法的影响。

第五节　克　罗　齐　论

　　在葛兰西的思想图景中，克罗齐是举足轻重的人物之一。尽管葛兰西对克罗齐思想并没有一个系统的评价，大多散见于他的各种笔记当中，而且常常是只言片语，点到即止，没有深入和展开论述，但纵观葛兰西的整个思想体系，从基本的哲学本体论到美学中的一些基本问题，从历史与哲学的关系到人民的宗教信仰和精神生活等，追根溯源，无不深受克罗齐思想的影响，早期的葛兰西在对克罗齐思想的吸收和批判中建立了自身的观点，以至于"克罗齐在评价 1947 年的《狱中书简》(Lettere dal carcere)时也表示：他同意葛兰西对文学的判断，甚至暗示葛兰西是个克罗齐主义者(Crocean)"。[1]虽然克罗齐是唯心主义者，但是克罗齐的精神历史观对葛兰西起到了重要作用，"它为葛兰西提供了一种对形而上学历史叙述（命运决定着未来）的人道主义修正，同时也为之提供了对当时流行的庸俗马克思主义历史观（经济决定历史）的修正。"[2]换句话说，葛兰西通过克罗齐重新回归了人的主观能动性，这也就为葛兰西提供了实践哲学的理论基础。因此，葛兰西终其一生都在与克罗齐对话，以至于有学者甚至这样断言："葛

---

　　① 　William Q.Boelhower, Antonio Gramsci's Sociology of Literature, Contemporary Literature, Vol. 22, No. 4, Marxism and the Crisis of the World(Autumn, 1981), p.575.

　　② 　Steven J. Jones, Antonio Gramsci, Routledge, 2006, p.18.

兰西的文论思想,是在清除和批判克罗齐唯心主义文艺观的基础上建立起来的。"①克罗齐的美学思想作为他哲学体系的一部分,是他心灵哲学和历史观的基础,而葛兰西的美学思想是直接导向他的实践哲学的。他曾说过,他从来不做无关痛痒的美学研究。作为一名政治家,葛兰西以最大的热情投身于改革社会现实的实践活动中,因此他的美学导向实践哲学,而他的实践哲学最终仍旨归政治、文化和社会革命。因此,葛兰西的思想往往是在克罗齐的思想基础上往前推进,或者对他的思想进行颠倒的利用。不过葛兰西在对克罗齐的思想进行吸收和批判的过程中,也存在着某些曲解甚至过于武断的评论。

一、内容和形式

葛兰西探讨内容和形式的问题,其实是为了讨论意大利的文学的现实问题。如同前文所强调的,葛兰西从来不做纸上谈兵的美学研究,讨论文学的内容和形式的关系只是一个引子,导向意大利的历史和文化现状,在葛兰西那里,文学的形式和内容不仅具备美学的内涵,而且还可以从中推导出知识分子与民众的关系。另外,葛兰西从中还揭示出民主和历史的含义,并且从这个角度来研究浪漫主义的实质,不失为一个独特的颇具启发性的视角。因此,我们讨论葛兰西对克罗齐的批评,首先要从内容和形式的关系这个问题入手。

正如克罗齐所言,内容和形式问题是美学中争辩最激烈的问题之一。克罗齐对这个问题的观点是他美学思想的主要

① 孙晶:《文化霸权理论研究》,社会科学文献出版社2004年版,第98页。

脉络,直接为他的心灵哲学奠定了理论基础。首先,他把形式看作心灵的活动和表现,而内容则是还没有经过审美活动表象的印象或情感。值得注意的是,克罗齐甚至不把艺术作品的成品看作艺术的形式。他认为在主体的心灵中,已经完成了对这个艺术作品的全部创作过程,全部的艺术过程包括形式和内容都存在于主体的心灵中。无论是把审美的事实看作单纯的印象,还是看作印象和表现之和,都是不科学的。审美活动是情感或印象通过心灵的表现得到形式,而不是把一定的形式外加在内容上。审美的过程就"如同水摆在滤器里,再现于器的另一端时,虽还是原水,却已不同。""所以审美的事实就是形式,而且只是形式。"①其次,克罗齐认为,艺术中的艺术性其实就是通过内容和形式的关系表现出来的,依靠它们关系的统一表现出来,这种统一不是折中主义,而是情感和意向的审美的先验综合。情感需要意象作为载体,意象需要情感来充实自己,它们之间互相需要,无法分割。认识到艺术的形式和内容,即情感和意向之间水乳交融的关系,那么关于艺术究竟是内容还是形式的表达就不那么重要了。克罗齐之所以如此强调形式的重要性,其实是为了肯定艺术的自治,即艺术有必要区别于其他心灵的活动形式而独立存在,艺术拥有专属于自身的独特性和领地,因此,克罗齐才把自己直觉的美学称为"形式美学"。第三,克罗齐根据形式和内容之分将一部艺术作品分为"诗歌"和"结构"两个部分。诗歌表现情感等感性的一面,结构则表现思想、道德等理性的一面。可见,形

---

① 克罗齐:《美学原理　美学纲要》,朱光潜译,外国文学出版社 1983 年版,第 23 页。

式在克罗齐的美学中占据极其重要的地位。形式又存在于人的心灵之中,一切事物都存在于心灵的形式里,所以说克罗齐关于形式和内容的思想其实是他整个心灵哲学和历史学的引子。①

首先,与克罗齐将形式作为一切艺术的本体性质的观点不同,葛兰西认为相对于形式,内容更为重要。葛兰西认为内容和形式是不可分割地融为一体的,但这并不等于两者是完全等同的。如何看待内容和形式以及它们之间的关系,在文艺批评中可以表现出许多不同的倾向,葛兰西更侧重于内容,而且形式也包含一定的历史内容。他说:"'内容'与'形式'除了'美学的'含义,又具有了'历史的'含义。'历史的'形式,系指一定的'语言',而'内容',则指一定的思想方式,这方式不只是历史的,而且是'朴实率真',饱含深意,但不哗众取宠。"②他所理解的内容是作品所反映出的特定的文化和世界观,而他对内容的重视意味着为争取特定的文化而斗争。这种文化就是葛兰西再三强调的新文化,就是属于人民的民族的新文化,而不是仅仅属于知识分子阶层的文化和世界观。

---

① 克罗齐举了散文和诗两种文学体裁充分论证了形式的重要性。他认为,诗如果缺乏形式,就不再是诗。因为所有人的心灵中都存在诗的素材,每个人心中都可能存在诗意。只有形式才使诗成为诗。但是散文就不一样。散文的内容对于它的存在不可忽视。对于它们的分别,克罗齐并没有从不同的艺术门类这个角度加以理解,而是认为它们的分别在于情感和理智之间的不同。诗代表情感,散文代表理智。思想家和科学家的著作在文学上的平庸无可厚非,可艺术家的艺术作品如果表现平庸,它就失去了它的全部价值。这就有力地论证了艺术在于它的形式。诗和散文、艺术和科学之间表现了直觉和理性的关系,它们之间是一种双度的关系,即第一种可以离开第二种,而第二种却不能离开第一种而独立存在。人类所有心灵的活动都存在于这两种形式之中,并且在它们的双度关系中运动。

② 葛兰西:《论文学》,吕同六译,人民文学出版社1983年版,第25页。

按照葛兰西的论述,可以这样认为,内容相对于形式而言是第一性的,内容的改变会直接影响到形式的改变。如前所述,这里的内容不单纯指作品本身的内容,而包括作者的文化态度。民族的人民的因素集中体现在文学的内容之中,民众对于文学的欣赏也主要是针对内容而言的,而知识分子对于文学的欣赏则倾向于审美的层面,倾向于形式。正如前文所述,文学对于民众而言,现实意义往往大于美学意义,民众更关注的是作品内容中道德、思想、文化的方面。这样,看似是形式和内容的关系,实则是文学的美学意义与道德、文化意义的关系,葛兰西将形式与内容及其关系的探讨巧妙地转化成知识分子与民众之间关系的研究。因此,相比较克罗齐对形式的论述,葛兰西对内容更加重视的文艺批评更富有民主精神。

其次,针对克罗齐根据形式和内容之分将一部艺术作品分为"诗"与"非诗"(或者称为"诗歌"和"结构")两个部分的观点,葛兰西以《神曲·地狱篇》第十歌为例,对此观点进行批驳。葛兰西认为,《地狱篇》第十歌的前一部分用极富感性的笔调描绘了法利那塔和卡瓦尔康蒂的悲剧,用克罗齐的理论来衡量,这部分显然属于诗歌。但是到了后一部分,主要内容是法利那塔的说教,那么,从克罗齐的划分方式来看,这一部分就成了结构。葛兰西认为,在一部诗作的同一个篇章里,同时出现诗与非诗,用克罗齐的理论来解释显然难以自圆其说。对于这种分法,葛兰西持反对意见。在他看来,诗歌和结构共同构成了艺术作品,它们之间早就融为一体、不可分割,内容和形式也是如此。

第三,与克罗齐将形式心灵化的做法不同,葛兰西认为,仅仅从美学的角度对内容和形式提出要求是不够的,还需要从历史和现实的角度对其含义提出新的要求,需要将其置于意大利民族历史特有的情况中予以考察。或者说,克罗齐理论中的形式和内容观是"元历史的,规范性的,与此相反,葛兰西的形式内容观则是历史化的。"克罗齐的形式内容观是"先验的,静止的"而葛兰西的则是"开放的,辩证的,因此也是不断变化的。"①葛兰西说:"在某些情况下,由于克罗齐美学观,尤其是他的关于艺术的'说教'、'内容'自外于艺术、文化史不可混同于艺术史等观点的影响,这些问题以很糟糕的方式提了出来。人们还不能具体地理解,艺术始终同一定的文化或文明休戚相关,为改革文化而进行的斗争势必导致改变艺术的'内容'。"②而且,意大利缺乏自己民族独有的语言,因此形式的重点是在语言方面,意大利需要民族的语言。针对意大利文坛华而不实的文风,对内容的要求则侧重于生活态度以及表达的方式,这其中也就包含了一定的思想方式和世界观,即用真实的态度对待生活,既有深刻的反思又不失热情,并用自然的语言方式表达出来,以纠正华而不实的文风。

第四,在葛兰西看来,形式和内容其实是统一的,这样,创立清新质朴而又富于表现力的文风既成为葛兰西对克罗齐观点的批评内容,也是葛兰西提出的建立新文化的任务之一。同一个作家的作品由于文学体裁的不同,作品可能会呈现出迥然不同的文风,而这些不同的文风对意大利人民的世界观

① William Q. Boelhower, Antonio Gramsci's Sociology of Literature, Contemporary Literature, Vol.22, No.4, Marxism and the Crisis of the World, p.590.
② 葛兰西:《论文学》,吕同六译,人民文学出版社 1983 年版,第 22 页。

具有着重要影响。葛兰西以邓南遮为例，比较了他的文学作品和书信风格的不同。书信因为较为私人，阅读的对象属于少数人或者就是作者本人，往往文风朴实，感情真实，语言直接明了；而他的文学作品面向的是大众，则表现得矫揉造作，浮华虚假。之所以出现这样的情况，与作者的态度密切相关，对老百姓也产生了负面的影响，使得他们以为写作就是装模作样，文学就是用这种方式来表达。用葛兰西的话说，老百姓对文学的理解被"歌剧化"了。这里的"歌剧化"就是故作热闹、缺乏真情实感的意思。有人认为，这仅仅是一种趣味而已，并不能说明什么问题，但葛兰西认为，趣味一般指的是个别人的喜好，如果人数众多的话，就不仅仅是趣味的问题，而是涉及一种文化现象，一种社会问题，而这样的现象在当时的意大利已蔚然成风。因此，这与其说是民族的审美趣味，不如说是民族的文化出现了问题。

克罗齐的文风正是葛兰西倍加推崇的文风。在他眼里，克罗齐最突出的优点就是他清新通俗的文风。这主要是指克罗齐的科学散文。科学散文往往容易流于枯燥冗长，但克罗齐的科学散文短小精悍，虽然简短却不失精炼，而且通俗易懂，没有学究气，容易领会。葛兰西用诸如"平静、庄重、沉着自信"这些形容道德的词汇来肯定这种文风。克罗齐通过这些文章向世人散布他的世界观和文化观，哲学在这里不再显得那么高高在上，晦涩难懂，而是以常识和良知的形式出现，使得老百姓容易接受，克罗齐的著作也得以广泛流行，受到老百姓的欢迎。有时候，克罗齐关于一些问题的看法并不是直接以著作的形式出现，而是自然地出现在报刊中，甚至无形地渗透到老百姓的生活中,即使有些人并不曾注意克罗齐作为作者的存在,但他却"润物细无声"地影响着人民的思想和生活的影响。由此,葛兰西认为不管是文学,还是哲学,其内容都是作者传播文化的一种方式,无论其内容如何,其形式都需要质朴自然才能被老百姓广泛地接受,文化不是知识分子的专利,需要向人民推广,使之成为人民的文化,才能最大限度地发挥它的力量。

总之,葛兰西从自己的思想体系出发,对克罗齐关于形式与内容问题的观点进行批评,将这一问题与知识分子与民众的关系,与建立意大利的新文化联系在一起。他不仅对克罗齐将形式和内容心灵化的做法进行实践论的改造,运用具体作品对克罗齐将艺术分为诗与非诗的做法提出商榷,而且还提出了内容重要于形式的观点,并结合邓南哲和克罗齐的科学散文等对内容进行了论述,将文风与新文化建设联系起来,成为其文化领导权思想的组成部分。

二、浪漫主义

从内容与形式之关系的角度出发,葛兰西谈论了他对浪漫主义的理解。对于浪漫主义的理解,历史上有过不少不同的定义。葛兰西另辟蹊径,从历史的、民主的角度而不是纯粹的文学的角度对其进行了诠释。葛兰西首先从历史的角度入手将其分离出来。葛兰西所称的浪漫主义确切地说指的是浪漫主义文艺思潮,它发生在法国资产阶级大革命时期,继而成为席卷整个欧洲的文学思潮和运动。从历史的角度看,法国大革命发生在资产阶级兴起的时代,资产阶级在政治上推翻了封建君主专制,在思想上追求"自由、平等、博爱",追求个性的解放和民主的思想。浪漫主义思潮正是这一运动在文学的表现。

一方面,葛兰西主张,研究浪漫主义应突破纯文学领域的局限,而将之扩大到整个人民生活,将之与现实生活联系起来。较文学而言,浪漫主义思潮在情感上表现的重要性更大一些。因为情感可以渗透在生活的方方面面,它和人民生活的关系更加深入和广泛,文学只是情感表现的一种方式而已,它对于现实生活的反映也只是有限的一小部分。因此,对于浪漫主义的研究绝不仅仅限于文学的范围,而必须把文学史置于更广阔的文化史中,将其与悠久的民族的历史联系起来。

另一方面,葛兰西认为,浪漫主义最特殊的内涵是民主精神。葛兰西所说的民主精神指的是知识分子与民族、与人民之间的联系。知识分子和群众联成一体,能够了解人民,理解他们的愿望和感情,和人民形成一个思想上、精神上的民族统一体,这才是意大利需要的民主精神,也是浪漫主义文学的特殊性所在,即浪漫主义文学所反映的民主精神。因此,从这个意义上讲,意大利并不存在真正的浪漫主义文学。公众认可的意大利浪漫主义文学仅仅是从纯粹的文学的角度而言的。

总之,葛兰西在批判克罗齐关于内容和形式的观点的基础上,对浪漫主义思潮的内涵和主要表现进行了新的提炼和概括,并赋予其民主性和现实性内涵。

三、历史与哲学的同一性

葛兰西实践哲学的文艺批评的建立,不仅吸收了马克思主义的实践观,而且还吸收了克罗齐的历史与哲学的同一性观点,并对后者进行了批判性改造。由于克罗齐对形式的充分重视,心灵的形式在克罗齐的哲学里,具备无所不包的能力。一切都可以存在于心灵的形式中,历史自然也包括其中。历史的发展同样也是一种心灵的存在形式,所以说,真正的历史存在于人的心灵之中,它是精神的运动和发展的过程。所以克罗齐宣称,历史其实就是运动的哲学,历史和哲学实际上是同一的,而导致它们同一的联结因素即心灵,确切地说,是心灵存在的形式。"精神的自我意识就是哲学,哲学就是它的历史,或者说,历史就是它的哲学,两者在本质上是同一的。"①这就是克罗齐的历史与哲学的同一性观点。葛兰西对此进行了深入分析,吸收了其合理成分,提出了自己的独特观点。

首先,在葛兰西的实践哲学里,历史和哲学也是同一的,但是使它们同一的关键不是心灵而是行动。在葛兰西看来,哲学本身既包含了思想方式,也包含了行为方式。这一观念与克罗齐不无关系。克罗齐把宗教看作思想和行动的综合,人们对宗教的信仰塑造了他们的世界观,进而成为指导人们生活的行为准则。葛兰西依据这一思路推理出每个人都可以成为哲学家,因为每个人都在实践着,而每一种实践本身已经包含了一定的世界观,这世界观就是每个人的哲学。人的思想和行为推动了历史的前行,构成了历史的发展过程。"时代的哲学不是某一哲学家的哲学,某一知识分子集团的哲学,某一大部分人民群众的哲学,而是所有这些因素的组合体,它在

① 克罗齐:《历史学的理论和实际》,傅任敢译,商务印书馆1982年版,第249页。

一定的方向中发展着并改进着,同时程度越来越深地成为沿着这一方向集体行动的准则,也就是成为具体的和完全的(完整的)'历史'。"①所以说,历史和哲学是同一的,在此,葛兰西赋予了历史和哲学行动的意义。从这个意义上说,不仅历史与哲学是同一的,连政治与历史、哲学都是同一的。这就扩大了克罗齐的观点,并赋予这一观点以现实性内容。

　　其次,葛兰西和克罗齐在历史和哲学的同一性问题上结论相似,内部的逻辑关系和推理过程也有相同之处,只不过葛兰西运用实践哲学对克罗齐的心灵哲学进行改造,提出了实践哲学的哲学与历史的同一性问题,并将之贯穿到自己的理论建构和批评实践中。克罗齐在论述历史、哲学这些范畴时,并没有忽视行动的力量。他倡导用一种活历史来代替过去刻板的历史学,而摆脱历史学使之过渡到活历史则要依靠行动的力量。这里的"行动",克罗齐是从最宽泛的含义上理解的,包括一切哲学的、历史的活动。克罗齐把这些活动分为四个领域:"政治或经济活动、称作文明的或道德的或宗教的活动、艺术的活动、思维的或哲学的活动。"②显而易见,这些活动容纳了思维和行为两种方式的活动。这些活动一方面是历史—哲学的活动领域,另一方面又超越了历史—哲学所研究的对象,因为这些活动中行动的力量促使历史—哲学已不仅仅是单纯的学科,而是富有生命力的作为思想和行动的历史。在克罗齐看来,思想和行为的关系呈现出运动的统一性和同一

_____

　　① 葛兰西:《狱中札记》,葆煦译,人民出版社 1983 年版,第 28 页。
　　② 克罗齐:《作为思想和行动的历史》,田时纲译,中国社会科学出版社 2005年版,第 30～31 页。

性。尽管克罗齐的哲学向来被称为心灵哲学,但思想并未表现出高于行动的优越性。相反,思想只有作为行动的时候,才是积极的;思想就是生活的职能;思维活动的展开是在提出问题和解决问题中,也就是在实践中展开。认识在实践中产生,两者之间互相需要并不断地互相转化,在互相转化的循环中精神得到滋养和成长,见证了哲学——历史的运动。葛兰西把克罗齐的唯心主义的内容向前推进,为实践哲学所用。他让思想成为能动的创造性的因素,思想可以成为人们感受现实的方法,成为一种积极的行为准则,与现实发生着各种关系,而历史就存在于现实和改变它的人们的相互关系中。

第三,葛兰西还对克罗齐历史与哲学同一性观点的论证修辞手法和过程进行批评,指出其中存在的概念混淆等问题,并将之与知识分子的历史任务结合在一起。历史是自由的历史,这是黑格尔的说法,也是克罗齐历史和哲学同一性观点的理论来源。在黑格尔的唯心主义思想里,历史就是绝对观念的外化的过程。历史的发展就是观念不断发展变化的表现,由此推导出了历史和精神的同一性。克罗齐就是在此基础上推导出历史和哲学的同一性。历史等同于精神,精神等同于哲学,自由等同于精神,这些都是克罗齐理论的核心要义。但就在这里,葛兰西尖锐地指出了克罗齐其实是在玩弄现代批评语言的技巧,他的史学理论从形式上看属于思辨史学,可实质上却是一种新型的修辞诗学。问题在于,哲学范畴的"自由"和政治范畴的"自由"是两种不同含义的概念,哲学范畴的自由是一种思辨的自由,是历史自身的辩证法;政治范畴的自由是一种意识形态,是统治阶级用以贯彻领导权的统治工具,而克罗齐却将其混同。在葛兰西看来，历史的发展不可能是纯粹的哲学意义上的自由发展，它必然需要实践主体的主动地参与，将自由的意识进行传播，这种传播依靠知识分子利用国家机器等统治工具把握领导权，依靠民众阶层的集体参与，需要知识分子组成领导阶级能够领会和表达群众的所思所想然后付诸行动。

从上述观点不难看出，葛兰西对克罗齐历史与哲学同一性观点的批评具有独特的思想基础，反映出他对马克思主义唯物史观的吸收和理解。在克罗齐的历史和哲学同一性理论中，哲学作为精神是从精神内部外化出来的；而在葛兰西关于历史和哲学的同一性关系的论述中，哲学是从现实的实践中产生的，而且是通过领导权的把握，继而通过对自由意识的传播实现的。依靠这些才可能实现从必然王国到自由王国的过渡。从这个意义上讲，葛兰西的历史、哲学和政治是具备同一性的东西。总之，葛兰西的哲学与历史同一性观点和克罗齐的观点相比，既具有深厚的理论基础，又具有现实性的维度。

四、宗教与精神生活

葛兰西曾经把克罗齐称作"世俗社会的教皇"。如此之高的评价有两层含义：一是克罗齐的影响力足可以与教皇媲美；二是克罗齐的影响力最大的范围不在宗教，而在世俗生活。在意大利，教皇具有极高的社会地位和极大的社会影响力，这种影响力不局限于宗教范围，而是包含了文化、生活、意识形态等诸多方面。不仅如此，教皇还拥有一个成熟而又严密的组织，这个组织发挥的政治力量仅次于国家的政府，可以说它就是国家权威的反照。教皇通过这些集中的组织活动,成为意大利大多数农民和妇女的精神领袖。通常说来,一个世俗的文化学者对人民很难达到如此强大的影响力,然而克罗齐却做到了。克罗齐对于宗教的说教是持反对态度的,作为一个伦理学家,他倡导人们摆脱宗教而生活,摆脱宗教从外部强加的对人的精神的统治,从内心发展自己的自由精神。从这一点上看,他与葛兰西是共通的。对于人们摆脱了宗教以后拿什么作为自己的精神寄托,从何处获取自己的精神生活及其如何发展等问题,克罗齐提供了自由主义的方法,而葛兰西对此却持批判的态度,提出自己的观点。

克罗齐对于文化的社会作用所持的是一种自由主义的态度,葛兰西认为这种态度或思想很难得到实施,因而不具有可操作性和现实性。克罗齐主张用文艺作品真善美的力量去影响大众,但这依赖于作品自身的影响和大众的自由选择。他认为在任何时代都不存在一个统一性,即能够定量和定性的一致性。社会的参与不应该理解成某种一致的观念的共鸣,它只是毫无差别地向四面八方传播,获得四面八方的回应。这实际上就是不主张任何真实的政治革命和文化革命,只是单纯依靠文化的影响,用自由主义的方法来获得自由的理想。克罗齐这种思想自有其依据:"少数人生来就是政治家,极少数人是情愿并善于统治的统治者,实际上多数人不是政治家而是政治或统治的材料。"[1]自由方法让公民凭借言论、结社、新闻等自由制度行使权力,人民受文明教育的影响自由地选

---

① 克罗齐:《作为思想和行动的历史》,田时纲译,中国社会科学出版社 2005 年版,第 196 页。

择是否行使权力。既然没有外来的强制的干预，自由观念的实施实质上就依赖于个人的道德观念。克罗齐主张的自由观念实质上是与道德的观念相吻合的。

社会的改革进步完全依靠文化自身的力量和大众的道德力量，这在葛兰西看来，无疑是一个乌托邦的神话。他觉得克罗齐的这些思想过于知识分子化和理想化，是无法被广大民众所理解和认同的，失去了实践的基础，它的实施也会变得不现实。教皇及其教义就连老百姓生活中的小事都可以提供意见，所以老百姓在实际生活中很难摆脱对于宗教的依赖。葛兰西认为，社会的改革首先要进行文化的改革。文化的改革需要建立新的属于人民的文化，但这不仅仅是文化内部的行动。要将文化的改革真正地贯彻实施，要使人民真正获得民族的人民的文化，知识分子阶层就必须掌握文化领导权，进行一系列彻底的文化的革命。但是，葛兰西也继承了克罗齐有关宗教的部分观点，主要包括两个方面：第一，他们均认为"宗教是人类通往自律和'一个现代世界的概念'的成熟阶段"，这也就是说他们均肯定了宗教的积极意义以及成就，但它们的区别在于通向下一个阶段时克罗齐希望通过自由的文艺来引导，而葛兰西则强调通过压制下的工人经验来引导；第二，他们均认为所有的政治献身（commitment）均"包含了一种信仰的元素——也就是说，是积极的信奉（conviction）和献身，而不是填补当代科学不足的手段"，也就是说，他们都强调了信仰的积极作用而非作为科学的消极的配角。①

---

① John Fulton, Religion and Politics in Gramsci: An Introduction, Sociological Analysis, Vol.48, No.3(Autumn, 1987), pp.201—202.

除了继承克罗齐的观点以外,葛兰西还从政治价值的角度肯定了宗教的意义。一方面,他认为宗教虽然是一种空想,但是它却一直以神话的形式起着调节实际生活中的矛盾的作用。这种作用体现在两个方面,其实是同一个问题的两个方面,就是关于平等的意义。宗教在这里主要是指基督教。葛兰西认为,在基督教的教义里,每个人都是上帝的儿子,大家的本性是一样的,因此存在着一般的人,所有人的本性都是一样的,所有人都是平等的,这样的教义让人们认识到了平等的精神,让每个人在人群中感受到了自由。因为大家存在着一般性,别人就是自己的一面镜子。这无疑是宗教带给老百姓的积极意义。另一方面,他对宗教的赞赏还体现在,他"敬重罗马天主教廷的历史组织以及在欧洲社会长期持久的领导权"①,这也就是说葛兰西将天主教作为领导权成功的典范,是值得马克思主义、社会主义借鉴的实践。但是,葛兰西同时也意识到宗教是马克思主义在常识领域的主要对手之一,是夺取领导权过程中最主要的障碍。

总之,葛兰西认同了宗教对人民大众精神生活的影响及其文化意义,对克罗齐关于宗教与人民精神生活的论述进行了深入分析,对克罗齐所提出的自由主义态度进行了批判,指出了克罗齐的方案所具有的乌托邦性质,并从政治价值的角度指出宗教对于社会文化革命和新文化建设所具有的多重价值,丰富了他的文化领导权理论。

---

① John Fulton, Religion and Politics in Gramsci: An Introduction, Sociological Analysis, Vol.48, No.3(Autumn, 1987), p.202.

五、克罗齐的文化意义

作为一名影响世界的意大利学者，克罗齐在世界文化中的影响力是不同凡响的，他可以成为意大利人的骄傲。因此，如何评价克罗齐的文化意义，是葛兰西批评克罗齐的又一重要问题。对于这个问题，葛兰西从不同的角度和方面进行了论述。

首先，葛兰西肯定了克罗齐的世界性价值。葛兰西从克罗齐的文化影响的范围的角度认为，克罗齐作为一位意大利知识分子却拥有世界文化主将的意识，自觉地肩负世界文化领袖的责任和义务，始终面向世界传播文化，在他的作品以及文化活动中，一直采取的是一种中立的立场，表现具有世界意义的内容，"在种种民族的要求和关系当中，他着重表达那些更带有普遍性的、同远远逾越民族范畴的欧洲文明（即通常所称的西方文明）相联系的那些关系和要求。"[1]克罗齐的作品是面向世界文化精英的，得到了世界知识界的普遍认可。他作品的英文版多于德文版和意大利文版。因此，葛兰西把克罗齐称作文艺复兴的最后一位代表。他还特别提到克罗齐关于战争的著作《战争散记》，从中总结出克罗齐对于战争的立场，"克罗齐总是在战争环节中看到和平环节，在和平环节中看到战争环节，并竭力阻止对两个环节之间调节和妥协的任何可能性的破坏。"[2]这也为意大利文化的世界性作出了积极的贡献，使得第二次世界大战后的意大利与德国的知识界之间恢复了交流。

与此相关，葛兰西认为克罗齐作为一位面向世界的知识

<hr>

[1] 葛兰西：《论文学》，吕同六译，人民文学出版社1983年版，第134页。
[2] 葛兰西：《狱中书简》，田时纲译，人民出版社2008年版，第428页。

分子，他的世界性恰恰来源于他的民族性，这正是他内在的原则。在此基础上，葛兰西也将向世界传播意大利民族文化作为自己毕生的努力方向。由于历史原因，意大利民族不论在政治上，还是在思想、语言、文化上都长期呈现出分裂状态，人们的思想观念在这样的状态中只会日益趋向保守和狭隘。要解决这样的问题，就迫切需要意大利的民族文化与世界性的文化观念接轨、沟通，以此冲破保守固有的文化观念，接受更加先进和丰富的文化元素，来丰富和发展意大利的民族文化。正是本着这样的理念，葛兰西认为克罗齐为意大利人民打开了一扇通往世界文化的大门。给意大利传播世界文化，向世界展示意大利文化，克罗齐以此为己任，把这视为自己作为文化精英的责任和义务。所以说，克罗齐的世界文化意识正来源于他内心深处深厚的民族情感。在此，葛兰西也昭示了一位知识分子的责任和义务，不是拘于书房的为自己的学术态度，而是走出书房，以民族为己任，成为面向世界传播文化的思想者和行动者。

基于这样的观念，葛兰西又对克罗齐不同的文化身份和文化活动进行评价。在他看来，克罗齐拥有多重的文化身份，诸如文艺理论家、美学家、哲学家、历史学家，等等。但是，在这些身份中，葛兰西认为克罗齐最重要的、贡献最大的身份是他作为文化活动家的身份。葛兰西所说的文化活动具体是指克罗齐对于生活伦理的传播，对于人们生活方式和行为准则的观念的传播。克罗齐希望用这些观念取代宗教，倡导人们能够摆脱宗教的束缚，拥有更加理想的精神生活。从这个评价我们不难看出葛兰西的一贯倾向，他对于克罗齐的文化影响,更看重的是他通过文化的论争和传播产生的现实意义,而不是作为理论家的克罗齐理论所产生的影响。这也体现了葛兰西对知识分子的作用和使命再三强调的重点:知识分子的文化不是专属于知识分子集团的,而应传播给广大的人民群众;知识文化也不仅局限于理论和书本上的东西,而是包括更广阔的和更有活力的文化活动。

总之,葛兰西深刻认识到克罗齐哲学的文化意义,深刻认识到文化对于整个历史和现实的重要性。克罗齐认为历史的存在栖息于心灵的形式,那么推动历史发展的力量依靠的也是心灵的力量。心灵的力量来自文化的发展,因此文化对于历史的作用就显得尤为重要。这些思想启发了葛兰西对克罗齐文化价值的思考。葛兰西对克罗齐文化价值的思考与他一贯强调的文化领导权思想和通过文化革命建立意大利新文化的革命构想是一脉相承的。有学者曾这样概括葛兰西对克罗齐哲学的批判性改造:"葛兰西对克罗齐的批判,以这样的一个总体判断为基础:即克罗齐是自 19 世纪 90 年代以来修正主义知识分子的领导,他从黑格尔哲学出发,将实践哲学再次抽象化了,他对历史的看法就只能满足于一种抽象的伦理政治史,提倡一种'消极革命',强调对现实进行改良。因此,必须实现对克罗齐哲学的再颠倒,使克罗齐哲学中的有益成分真正成为实践哲学的重要内容",具体就是实现"哲学与政治的统一,使哲学与大众集体意志的形成统一起来"①。这一概括总体上是符合葛兰西对克罗齐哲学批判的实际情况的。

---

① 仰海峰:《实践哲学与霸权:当代语境中的葛兰西哲学》,北京大学出版社2009 年版,第 44～45 页。

第四章　文学的社会功用：
功能的多维性

　　特里·伊格尔顿曾经指出："'马克思主义美学'问题归根
到底是马克思主义政治问题。"①因此，马克思主义的文学思想
归根结底也可以归结为政治思想，葛兰西的文学思想就是如
此。作为一名经历曲折复杂的革命家、思想家，葛兰西对文学
问题的论述都是结合具体的社会政治问题而展开的，是为了
当时的无产阶级革命服务的；他的"民族的—人民的"文学观，
他对通俗文学、科幻文学和民间文学等文学作品的论述，他的
文学批评实践等，都是为了完善他的文化领导权思想而展开
的。值得注意的是，葛兰西的文化领导权思想和瞿秋白所提
出的"革命的大众文艺"思想有共通之处，可以比较、参看。同

---

　　①　特里·伊格尔顿：《沃尔特·本雅明或走向革命批评》，郭国良译，译林出版社 2005 年版，第 123 页。

时，葛兰西还从他的实践哲学、广义文化观和知识分子论等思想出发，对文学诸问题进行了讨论。因此，全面、系统研究葛兰西的文学思想，还须讨论葛兰西对文学的社会功用问题的看法，须将之与葛兰西的文化领导权思想、与他的教育观等思想结合起来。葛兰西虽然多次将文学作品的政治性与文艺性区别开来，强调文学作品艺术性的独立性价值，但他对文学问题的论述最终还是落实在他对政治问题的讨论上。他还通过政治家与艺术家把握现实的方式的区分，指出艺术家对现实的把握要永远落后于政治家，因此，在葛兰西看来，政治家"从来不会对艺术家表示满意，也不可能成为艺术家"，"艺术家是时代的落伍者，赶不上时代的步伐，永远被现实运动抛在后面"[1]。这些言论表达了葛兰西对艺术家以艺术的方式把握和反映现实的不满；而且，受广义文化观的影响，葛兰西还经常用"文化"来代指"文学"，或用"文学"来代指"文化"，因此，葛兰西对文化的讨论有时候也暗藏着他对文学问题的看法，反之亦然。因此，全面、正确地理解葛兰西的文学思想须将之置于葛兰西思想体系的整体中以确立其所处的位置，这样才能得出比较准确的看法。

第一节　文学的政治功能

学术界历来认为，"文化领导权"理论是葛兰西思想中最为精彩的篇章，是居于"统摄"地位的核心理论，他的所有理论

---

[1]　葛兰西：《论文学》，吕同六译，人民文学出版社 1983 年版，第 16 页。

都可以被认为是围绕这一理论而展开的。而且这一术语在20世纪产生的影响如此巨大，以至于许多学者开始谴责葛兰西的追随者们对此术语的滥用①。葛兰西一向主张"把文学史作为更加广泛的文化史的一部分或一个方面来研究"②，由此，他将桑克蒂斯的《意大利文学史》看作"意大利文明史"，并认为那些与通俗文学紧密结合在一起的、在整个民族普及的"世俗宗教""应该名副其实地成为'文化'，即应该产生某种道德、生活方式、个人与社会的行为准则"③；而且，"新文学的前提，不能不是历史的、政治的和人民的前提"④。由此可见，葛兰西的文化领导权理论与他的文学思想之间的密切关系是不言而喻的。葛兰西提出的这种文学研究方法受到了意大利文学批评家桑克蒂斯《意大利文学史》和克罗齐等人的影响。在葛兰西看来，文学研究在某种程度上就是文化研究，文学研究不仅要揭示文学的艺术审美特征，而且还要揭示文学与社会政治的、历史的、文化的等社会整体性历史现实状况之间的关系。因此，"只有联系着文化史，也就是将文学纳入复杂的社会历史进程，才能明了文学何以如此。"⑤因此，对葛兰西文学思想的全面理解必须将之与其文化领导权思想结合起来，反之亦然。葛兰西的文化领导权理论与他的文学思想是彼此渗透的，在

① Christie Davies, Review of International Folkloristics: Classic Contributions by the Founders of Folklore, ed. Alan Dundes, Folklore 112/1:115.
② 葛兰西：《论文学》，吕同六译，人民文学出版社1983年版，第27～28页。
③ 葛兰西：《论文学》，吕同六译，人民文学出版社1983年版，第2页。
④ 葛兰西：《论文学》，吕同六译，人民文学出版社1983年版，第18页。
⑤ 周兴杰：《批判的位移：葛兰西与文化研究转向》，中国社会科学出版社2011年版，第136页。

他的理论体系中，文化领导权理论正是文学的政治功能的集中体现。

一、"文化"的内涵

关于文化的功能，葛兰西借用"卡塔尔希斯"理论作为讨论的起点。卡塔尔希斯，原是净化的意思。最初是亚里士多德在悲剧学说中使用的术语，用来表示悲剧可以净化情感中卑鄙的热情。观众在欣赏悲剧演出时，常常会受到这种净化。之后，净化逐步成为美学中的术语，基本保留了原来的意思，表示艺术的一种功能，艺术作品可以净化人们的情感，过滤掉卑鄙的情感因素，提高人们的道德水准。葛兰西将净化的功能应用到实践哲学中，将净化的功能从情感方面扩展至道德、政治的层面，扩展至上层建筑的领域，从而成为整个实践哲学的出发点，也是文化领导权理论的出发点。"术语'卡塔尔希斯'可以用来表明从纯粹经济的（或感情的—利己主义的）因素向道德—政治的因素的过渡，也就是向更高地改造基础为人们的意识中的上层建筑过渡。这也意味着从'客观之物向主观之物'和从'必然向自由'的过渡。由压迫人的外界力量构成的基础把人吸收掉，使人陷入消极，变成自由的工具，变成创造新的道德—政治形式的手段，变成新的创意的源泉。这样一来，据我看，'卡塔尔希斯'因素的确定就成为全部实践哲学的出发点；卡塔尔希斯过程是与完成每一个辩证发展阶段的综合的链条相吻合的。"①

---

① 葛兰西：《狱中札记》，葆煦译，人民出版社1983年版，第51～52页。

　　葛兰西将文化领导权视为无产阶级夺取政权的革命战略。无产阶级通过对文化领导权的夺取，进而获得对整个国家的领导。从文艺学美学的角度看，他的文学思想同样是建立在其基础之上的。在这里，我将之作为葛兰西文学思想社会功用的一个方面展开论述，目的是为了强调文化（文艺）在政治以及整个人民生活中的地位和作用。如何让文化（文艺）在特定的时代、特定的社会状况和民族文化中用最有效的方式发挥其最强大的作用，构成了葛兰西文学思想的中心议题。对此，有些研究者用"文化霸权"来概括葛兰西的相关理论。文化霸权与领导权之间的区别在于，霸权更强调强制的一面，而领导权更强调文化在意识形态中所起的教育作用，正是国家通过对市民社会的教育，使得市民在一定程度上自觉地接受和同意主流的意识形态，两者可谓殊途同归。无论是何种方式，最终目的都是为了霸权的建立，将市民社会纳入国家的控制之中。葛兰西的文化领导权理论奠基于他的实践哲学观，源于他对于哲学的独特的理解，其中市民社会、意识形态、知识分子构成他文化领导权理论的关键词，葛兰西在这些概念中注入了自己独创性的观念和见解。因此，正确地、全面地理解葛兰西"文化领导权"中"文化"概念的内涵，是正确地、全面地理解其文化领导权问题的关键。关于文化的内涵和外延，学界历来有各种解释。葛兰西对"文化"并未给出一个明确的定义，但从他对文化的态度，我们可以了解"文化"在文化领导权理论中的内涵和地位。根据葛兰西对文化的阐述，并且与他的实践哲学观相联系，与文化领导权理论相联系予以理解，不难发现，葛兰西对于文化的理解主要包含了以下三方面内容。

　　首先，从文化的内容看，葛兰西所理解的"文化"是一种广义的文化，具备广阔的包容性，包含了哲学、道德、宗教、民俗等诸多方面的内容；既包含了精英文化，也包括民间文化。而且，葛兰西所指的文化更侧重于这些内容中意识形态的部分。葛兰西说："我们需要使自己摆脱这样的习惯，即把文化看作百科全书式的知识，把人看作仅仅是塞满经验主义的材料和一大堆不连贯的原始事实的容器，这些材料和原始事实必须在头脑中编排保存，就如同字典的条目一样，使得它的所有者能够对外部世界的各种刺激作出反应。这种形式的文化缺失是危险的，特别是对无产阶级来说。"[①]因为这正是与领导权的建立联系最紧密的部分。所以，也有一些学者将葛兰西的文化领导权思想称为意识形态领导权理论。

　　其次，从文化的构成看，葛兰西认为文化包括意识形态，意识形态是文化的一部分，是文化之中政治色彩最浓厚的部分，在意识形态中凝聚着强烈的阶级意识。马克思对于意识形态所持的基本上是一种批判的态度，认为它是统治阶级用来控制被统治阶级，维护和巩固自身统治而制造的幻象，带有欺骗和麻醉的性质，相当于在文化上的统治工具。在葛兰西这里，意识形态摆脱了否定性的含义，成了一种中性的概念。葛兰西认为，意识形态是"一种在艺术、法律、经济行为和所有个体的有机体的生活中含蓄地表现出来的世界观。""这种世界观分布在哲学、宗教、常识和民间传说各个层次的意识形

---

　　① 葛兰西：《葛兰西文选》，李鹏程编，人民出版社 2008 年版，第 4～5 页。

式当中。"①当然,葛兰西也未脱离经济基础来讲意识形态。他用"历史的联盟"来称呼物质力量和意识形态的共同体:"在这里物质力量正好构成内容,而意识形态则构成形式;划分形式和内容只具有教学法的意义,因为没有形式的内容的物质力量在历史上是不可思议的,而没有物质力量的意识形态也会成为个人幻想的结果。"②因此,葛兰西是在物质力量的基础之上来讨论文化与意识形态之间的关系的。

第二,从文化的功能看,葛兰西充分强调文化的实践创造功能,文化已不再是一种固定不变的客体,而是自身可以发挥能动性的不断发展变化的包容体,是人们认识自我的方式和途径:"文化是与此完全不同的东西。它是一个人内心的组织和陶冶,一种同人们自身的个性的妥协;文化是达到一种更高的自觉境界,人们借助于它懂得自己的历史价值,懂得自己在生活中的作用,以及自己的权利和义务。"而且,"这些东西的产生不可能通过自发的演变,通过不依赖于人们自身意志的一系列作用和反作用"③。文化对于社会、对于人民具有巨大的能动功能,但是这种功能需要依靠人的自觉,需要无产阶级的自觉才能将其充分发挥出来。这就为文化领导权理论铺垫好了理论上的基础。可以说,葛兰西的文化领导权理论是"文化"与"无产阶级"为了实现自己各自目的的媒介。

葛兰西通过对"文化"内涵的界定,将文学作为文化的重

---

① 葛兰西:《狱中札记选》,伦敦1971年英文版版本,第328页。转引自孟登迎:《意识形态与主体建构》,中国社会科学出版社2002年版,第95～96页。

② 葛兰西:《狱中札记》,葆煦译,人民出版社1983年版,第64页。

③ 葛兰西:《葛兰西文选》,李鹏程编,人民出版社2008年版,第5页。

要组成部分以发挥其政治功能。葛兰西的这一思路与瞿秋白在 20 世纪 30 年代提出的"革命的大众文艺"思想有可资比较的地方，与毛泽东的相关思想也比较接近。葛兰西与瞿秋白虽未曾谋面，但作为两国共产党的早期领袖人物，他们的思想资源、革命经历和所思考问题的相同或相似，促成了两人思想观点的一致性，其中最为重要的就是他们关于大众文艺与无产阶级革命之间关系的看法。在瞿秋白看来，大众文艺在塑造普通工人、农民和城市贫民的世界观、人生观等方面具有重要作用，因为他们的知识水平不高，欣赏通俗流行的大众文艺是他们精神生活的重要内容，《七侠五义》、连环画、《火烧红莲寺》等通俗小说、电影等对他们的精神世界具有重要的影响作用和建设功能。因此，要清除封建主义、市民主义、资产阶级思想等对普通民众心理的影响，建立无产阶级的世界观、人生观和革命精神就必须借助大众文艺通俗易懂、受众面广泛、易于接受的优点来建设"革命的大众文艺"，这样，如何利用大众文艺传达革命思想以实现无产阶级的革命任务，也就成为"争取文艺革命领导的具体任务"[1]。这些看法与葛兰西的文化领导权思想是比较一致的。[2]除了瞿秋白之外，葛兰西关于文化领导权的思想与毛泽东的相关思想也有可资比较的地方。毛

---

[1] 瞿秋白：《欧化文艺》，《瞿秋白文集·文艺编》第 1 卷，人民文学出版社 1985 年版，第 492 页。

[2] 关于葛兰西文化领导权思想与瞿秋白文学思想之间的比较有些一些优秀成果，本书从略。参看刘康：《瞿秋白与葛兰西——未相会的战友》，《读书》1995 年第 10 期；王铁仙：《瞿秋白的大众文艺论与葛兰西的文化霸权思想》，《华东师范大学学报》2005 年第 5 期；张志忠：《在热闹与沉寂的背后——葛兰西与瞿秋白的文化领导权理论之比较研究》，《文艺争鸣》2008 年第 11 期等。

泽东对无产阶级文化领导权的论述,对知识分子的论述等,与他都有相似之处。①这说明葛兰西对这些问题的论述是具有普适性的,见解十分深刻,值得我们借鉴。

总之,"文化"概念在葛兰西的文化领导权理论中占据核心位置,具有基础性意义。葛兰西没有陷入以往学者关于"文化"的多样性解释的泥淖之中,而是从文化的包容性、多样性、能动性和创造性等特质入手,讨论了文化在社会各阶层中的不同表现形式,将文化与物质力量和意识形态联系起来,强调文化的实践功能,为他的文化领导权理论奠定了基础,也为我们进一步理解他的文学思想指明了方向。更重要的是:"通过使文化批评远离庸俗的对经济关系的过度强调,葛兰西的著作拓展了从自身权益出发来思考其他形式的文化和社会关系的可能性,包括性别、种族、性取向、宗教、环境等等"②,从这一点不难看出葛兰西对纷繁的 20 世纪文化批评诸流派所产生的重要影响。

二、"国家"的内涵

葛兰西的文化领导权同样是建立在他的实践哲学的基础之上的,而且就其内容来说,其实就是实践哲学的任务,即无产阶级革命的成功,建立新型的社会主义国家。这一点是葛兰西文化领导权理论的宗旨所在。葛兰西在阐述他的实践哲

---

① 这方面论著可参看黄卫星:《葛兰西与毛泽东"文化领导权"思想比较》,《清华大学学报》2012 年第 3 期;[奥]哈纳芬:《葛兰西和毛泽东关于知识分子在革命发展过程中的作用》,《哲学译丛》1998 年第 3 期;葛扬:《社会进步的文化动力观——葛兰西与毛泽东之比较》,《社会主义研究》1997 年第 4 期等。

② Steven J. Jones, Antonio Gramsci, Routledge, 2006, p.5.

学观时,谈到实践哲学肩负着两项基本任务:"战胜最精微形式中的现代的思想体系,以便能够组成自己的独立的知识分子集团,并教育具有中世纪文化的人民群众。"①第一个任务是建立有机知识分子集团,第二个任务则是这个集团对人民群众的教育。将这两个任务贯彻实施,建立知识分子文化上的领导权,就是文化领导权的概括。实践哲学有其历史的发展过程,而文化领导权理论是葛兰西在特定的历史时期和特定的环境中所提出的革命设想,是针对意大利特有的历史和现实特点而提出的理论和实践的革命策略。因此,理解葛兰西的文化领导权理论,还要正确理解葛兰西对"国家"的认识。

　　葛兰西通过对认识的客观性问题的论述,提出他的"国家"概念。葛兰西在他对实践哲学的讨论中,提到认识的"客观性"问题。对于这个问题,他引用并同意马克思的观点。这种客观性表现为"人们在思想意识的形式中,在法律的、政治的、宗教的、艺术的、哲学的形式中,认识物质的生产力之间的冲突。"②但是,在葛兰西看来,认识的客观性远不限于物质的层面,生产力与生产关系以及它们之间的关系固然体现了认识的客观性物质的一面,但是,要研究任何有意识的认识,还需结合上层建筑及其意义才能完整地理解认识的客观性。在此,葛兰西拓宽了马克思对于客观性的理解,不仅仅停留在经济基础的层面,而是扩展至整个上层建筑的层面。在此基础上,葛兰西对国家概念也提出了一系列富有新意的观点。他把国家理解成两个层面:一个层面是政治社会,即一般意义上

---

① 葛兰西:《狱中札记》,葆煦译,人民出版社 1983 年版,第 74 页。
② 葛兰西:《狱中札记》,葆煦译,人民出版社 1983 年版,第 58 页。

的国家,代表着一系列强制和暴力统治的国家机器;另一个层面即市民社会。

葛兰西认为,统治阶级对于国家的统治和治理,仅仅依靠强制和暴力的国家机器,也就是仅仅停留在政治社会的层面是不够的,还需要把握市民社会层面的领导权,也就是通过文艺作品、学校教育、民间风俗等意识形态上的灌输和渗透使被统治阶级自觉地在精神上服从领导。这两者都是统治阶级维持统治必不可少的环节。政治社会通过强制实行文化政治领导权,那么,市民社会则依靠教育和同意实行文化领导权。市民社会也是葛兰西理论中的核心范畴。这一概念并非葛兰西的首创,而是源于马克思。但在黑格尔和马克思那里,市民社会是从经济基础的角度所划分的领域,主要是指经济的结构关系。但在葛兰西这里,他将市民社会的领域转移到了上层建筑,将之理解成意识形态所影响的整个精神生活。对市民社会概念的重新理解,为葛兰西的一系列理论研究开拓了新的思路。

葛兰西通过对国家概念的拓宽揭开国家统治的秘密,目的在于为无产阶级推翻资产阶级的统治提供理论武器,由此提出关于阵地战的革命战略。西方资本主义国家的市民社会已经发展得相当成熟和强大,如果把国家政权比作前沿战壕的话,那么市民社会就是它后面一系列坚固的堡垒。就算无产阶级摧毁了外围的防御体系,后面的堡垒会更加坚固,意识形态在人民中的力量依然充满了强大持久的生命力。所以说,对于西方资本主义国家来说,无产阶级在夺取政权之前首先要取得文化上的领导权。葛兰西形象地用"阵地战"来比喻，就是说首先要立足于市民社会，占领意识形态的领地，取得文化上的领导权，然后再夺取资产阶级政权。葛兰西以当时的俄国为例，在这样的国家，国家政权高度集中，市民社会则非常薄弱，无产阶级只要攻破资产阶级政权，就能迅速成为统治阶级，这样的革命战略可以称作"运动战"。运动战和阵地战这两种方式是由不同的国情决定的，也是从历史中总结出来的经验教训。

　　总之，葛兰西在对文化进行论述之后，对文化领导权在国家统治过程中的重要作用给予重视，由此对"国家"的构成进行分析，将之分为政治社会和市民社会两个组成部分，并对其特点进行剖析，提出了"阵地战"和"运动战"的观点，认为通过教育将主流的意识形态内容灌输给市民社会，将文化领导权与无产阶级革命和国家政治统治结合在一起。所以，英国学者波寇克说："在反对所有以简略的手法（国家是统治阶级主体手中公平的镇压工具）来说明国家概念时，葛兰西是以市民社会的生产关系来考察国家的角色和国家的出现。"[1]但是，值得注意的是，虽然葛兰西详细阐述了国家与市民社会之间的关系密不可分，但是葛兰西的言外之意还包括："市民社会必然能以某种方式与国家脱离并被单独征服，否则提出领导权争夺便丧失了意义。"[2]也就是说，葛兰西明明知道两者关系紧密，可领导权理论的核心就是打破这种紧密联系，为夺取政权

---

　　① 波寇克：《文化霸权》，田心喻译，台湾远流出版事业有限公司1991年版，第30页。

　　② Walter L. Adamson, Hegemony and Revolution: A Study of Antonio Gramsci's Political and Cultural Theory, Berkeley and Los Angeles, California: University of California Press, 1980, p.215.

创造条件。

三、有机知识分子

通过文化革命或文学革命(新文学)所建立的文化领导权任务由"谁"来实施呢? 葛兰西通过对历史和意大利现状的分析,得出了这样的结论:需要产生新的社会集团的知识分子来实施这项任务。所以有学者说:"对文化领导权的强调使葛兰西特别关注知识分子在政治生活中的作用。"[1]但需要指出的是,葛兰西所谓的"知识分子"并不是从前不存在、现在刚刚产生的知识分子,而是从不同的角度理解的新的知识分子,也就是关于"有机知识分子"概念。"有机知识分子"是从社会关系的角度所理解的新生阶级的知识分子。

葛兰西关于知识分子的讨论,是与其文化领导权理论紧紧联系在一起的,文化领导权需要通过知识分子来建立,知识分子需要通过文化领导权来行使权力。无论是在西方马克思主义视域里,还是对于之后的文化研究,葛兰西关于知识分子的一系列理论都具有独创性和启发性。他对于知识分子的理解与他的实践哲学中的关于人的理解、关于理论与实践的关系的理解其实是一脉相承的。文化领导权需要知识分子来实施,但这里的知识分子并不是传统意义上的知识分子,而是葛兰西提出的新型的知识分子概念。在此,葛兰西提出"有机知识分子"这一独创性的概念,以与传统知识分子概念相区别。

首先,葛兰西对知识分子的界定提出一个全新的角度,即

---

① 刘莘:《葛兰西:文化领导权及其诠释》,《探索》2007 年第 2 期。

从特定的社会关系来界定知识分子，知识分子概念的外延得到了极大的拓宽。葛兰西对知识分子这一界定表明，"知识分子并不只是知识的生产和传播阶层，在其知识生产与传播背后，有其特定的经济基础和政治职能，不同社会历史阶段，知识分子范畴有不同的含义。"①关于知识分子的定义，历来有各种不同的界定，这些界定都用一个统一的范畴来界定知识分子的内涵，用一种特定的固定的本质性的规定，使之与大众区分开来。通常意义上的知识分子指的是专门从事某种脑力劳动的一部分人。葛兰西指出了传统的知识分子的定义在方法上的错误。这些定义方式最关键的错误就在于是从知识分子的本质上找特点，而葛兰西认为最合理的角度是从知识分子在社会体系中的关系上去探寻标准。这样的方法其实适用于任何一个社会阶层。因为任何一个社会阶层都独处于一定的社会关系的总和之中，他们的本质不是先天的、与生俱来的，而是由于处在特定的社会关系中而形成的。工人的本质不在于他在劳动，而是他在一定的社会关系中劳动。确定一个人的工作性质，衡量的标准不是他从事的活动是什么，而是他的活动实施着怎样的社会职能，他的职业职能的重心是什么。例如，一个人煮鸡蛋或者缝补衣服，并不能说他就是一个厨师或者裁缝。

那么，知识界是一个独立自主的社会集团，还是所有的社会集团都拥有自己的知识集团？基于葛兰西的理论逻辑，既然人人都可以是知识分子，知识分子总是处于特定的社会关

---

① 仰海峰：《葛兰西论知识分子和霸权的建构》，《吉林大学学报》2006 年第 6 期。

系中,那么,无论是历史的各个阶段还是客观现状,所有的社会集团都会给自己创造专属的知识集团,用以更有效地实施经济职能或政治功能。这些知识集团的产生是为了服务于其所属的社会集团,但在不断的发展过程中逐渐成为这个领域的专家,在政治方面,则成为统治集团的管家。例如,企业主或资本家培养技术人员、经济学家;传媒业产生相应的记者、编辑;政治集团产生政治、社会方面的学者以及文化、宣传的工作者。这些知识阶层是在历史的过程中为了适应其依属的社会集团逐步形成和发展的。不同的领域会提供产生各种不同领域专家的优势。"例如,意大利乡村资产阶级基本'产生'国家管理和自由职业者,而城市资产阶级优先'产生'工业技术人员";"北部意大利产生'技术人员',而南部意大利产生官吏和自由职业者"①。

由此,葛兰西扩大知识分子构成的范围,将与经济基础结合密切的工业技术人员也纳入新型知识分子的范围。值得注意的是,传统知识分子范畴往往侧重于哲学、艺术、文学方面,那些哲学家、艺术家、文学家才理所当然地被视为知识分子。但在工业技术高度发展的现代社会里,从事与经济基础结合最紧密的工业技术人员应当成为知识分子的新型基础,这才是知识分子集团的基础。这个基础的建立强调了知识分子的价值不仅在于研究和传播知识,实践的功能同样重要。这也是葛兰西实践哲学一再强调的重点,知识本身就是一种权力,哲学不仅是思想更是行动准则,知识分子的使命是将知识和

① 葛兰西:《狱中札记》,葆煦译,人民出版社1983年版,第424页。

生产实践相结合，他们不单单是精神的建设者，而且还是生活的建设者和实践者。作为统治集团的知识分子，他们更不能限于是某一领域的专家学者，而是作为专家和政治家结为一体的领导人。在建立文化领导权的任务上，他们肩负着举足轻重的使命，他们是一切社会集团的联系者，同时应不断地对自身进行改造，以适应和巩固统治集团的发展，从而同化和巩固市民社会的意识形态。社会集团与自己的知识集团联系得越有机和紧密，其对意识形态的贯彻就越快速和有力。

葛兰西主张，要通过教育将工业技术人员发展成知识分子的新型基础，发展成实施文化领导权的生力军。因为这些知识分子的知识中心主要在技术方面，而在文学、艺术、哲学方面也许不是很精通，所以对他们进行人文主义的教育是必须的。用人道主义的思想和文艺作品去熏陶他们的情操，进一步完善他们的人文素质，树立人道主义的世界观，从而进一步与市民社会联系在一起，他们之间的关系其实是你中有我、我中有你的，知识分子与人民的关系也不是单向的教育和被教育的关系，而是互相教育的关系。所以说，葛兰西特别重视通俗文化，重视民族的人民的文学，归根结底都是为了更有效地建立统一的文化领导权。建立文化领导权，有机知识分子既要与其所依附的社会集团紧密联系，同时又要与人民团结在一起，对其进行道德和文化上的领导。那么，如何针对市民社会实行文化领导权，这就需要对人民进行文化上的教育和影响。因此，葛兰西的教育理论指的是广义的教育。

其次，葛兰西通过对知识分子和非知识分子、脑力劳动与体力劳动的区分，提出"人人皆是知识分子"的观点，为文化领导权的实施奠定群众基础。在葛兰西看来，知识分子和非知识分子之间的区别也仅仅在于知识分子作为一个职业范畴所行使的社会职能而已。实际上，从劳动本身的角度来看，体力劳动者与脑力劳动者并没有严格的区分，事实上既不存在纯粹的体力劳动者，也不存在纯粹的脑力劳动者。没有任何智力干预的劳动是不存在的，劳动中体力劳动和脑力劳动也不能完全地区分开。所以说，任何人的劳动都包含了智力因素，都包含了自身的世界观。从这个意义上说，虽然不是每个人都实施着知识分子的社会职能，但每个人都是知识分子，都具备了教育和被教育的可能性。葛兰西据此打破了关于知识分子传统的先验的规定，重新对知识分子的概念进行了界定和拓宽，其用意即在此，即每个人都有自己的世界观，都可以背负起新的世界观和思维方式，这就为葛兰西所倡导的建立新文化，实行文化领导权奠定了人力和智力上的基础。

葛兰西的有机知识分子理论有效打破传统知识分子观所设立的精英文化与大众文化之间的藩篱。有些学者将知识分子与大众对立，将精英文化与大众文化对立，知识文化与生产实践、与大众之间的关系是疏离甚至对立的。在他们看来，批判的根源就在于资本主义工业生产。人在分工日益细密的机器化大生产中被工具化、物化，而资本主义对大众的剥削和操纵远不仅仅限于工业生产，大众文化是其在精神上操纵大众的重要手段。大众文化迎合的是大众的本能式的低层次的快感和趣味，遵循的是快乐原则，它使大众获得一种虚假的满足，起到的作用是麻痹他们的精神世界，弱化独立思考的能力，消解他们的反抗意识和批判意识，揭开大众文化温情脉脉的面纱,他们在绝望中激愤,从而走向形而上的道路,希望从艺术里找到救赎的力量。与此不同,葛兰西反其道而行之,走向了完全不同的思想轨迹。精英主义给知识界筑起了一道高不可攀的围墙,而葛兰西的有机知识分子理论却极力褪去知识界神秘的光环。在他看来,正是资本主义工业的发展诞生了技术工人这个阶层,逐步成为一支独立的队伍。他们与生产界之间的关系既互相依靠又相互独立。工业生产日新月异的发展,对他们知识技术的进步也起到强有力的刺激和促进作用,随着知识技术业务方面的不断提高和组织性的不断加强,这支队伍日益壮大,从而成了资本主义社会有机知识分子的生力军。正是他们,作为生产集团和市民阶级的能动的中介,起着不容低估的作用。

　　按照葛兰西的论述逻辑,传统知识分子和有机知识分子是可以相互转化的。有机知识界可以将传统知识分子吸纳进来,使其与一定的社会集团结合,发挥出相应的社会作用。无产阶级可以用这样的方法吸纳更多的知识分子,为市民社会的教育工作作出贡献。与之相反,如果有机知识分子脱离了一定的社会集团,脱离社会,脱离实践,囿于封闭的纯理论世界,那么他自然也会走向传统知识分子的世界。另外,城市的有机知识分子是随着工业的发展同时成长的,而农村的知识分子又是如何发展,他们的属性又是怎样。葛兰西也对此进行了分析。乡村的知识分子由于没有所依附的社会集团,所以他们大部分是传统型的。对于农民来说,知识分子这种身份更像是一种典范和理想,通过成为知识分子而改变自己的身份和命运,通过成为知识分子晋升到更高的社会阶梯,进入城市生活或者成为国家官员,改进整个家庭的结构。虽然乡村知识分子更大程度上属于传统型,但他们的发展程度却是与知识界的运动不无联系,并且依赖于整个知识界的发展。

第三,从葛兰西的论述可以看出,葛兰西对有机知识分子和传统知识分子的划分是与经济基础和其社会职能尤其是政治职能是相联系的。有机知识分子是随着现代社会的产生而形成和发展的。现代社会的产生使得资本主义工业生产日益发达,社会分工日益细密,各种社会集团逐步建立并发展,有机知识界由此得到相应的发展。与此相比,传统知识分子则主要指的是前工业社会里与旧的经济基础相联系的知识分子,随着历史的发展一路传承下来。与有机知识分子相对的是他们通常被视为一个相对独立的社会集团,他们的身份往往是学者、艺术家或哲学家。虽然他们自身并没有确立严格的组织,也独立于其他的社会集团,但他们感到自己继承了知识界绵延不绝的历史传承性,他们与历史上的杰出知识分子属于同一个世界,如克罗齐就会感觉到自己和亚里士多德、柏拉图存在着稳定的关系。因此,在他们身上,活跃着一种行会的精神,他们感受到自身具备特殊的本质,以此与普通大众区分开来。他们会经常带有道德和智力上的优越感,法兰克福学派是这方面典型的代表。他们的精英意识使他们总是超然物外,将精神世界、文化世界视为超越现实的乌托邦,甚至是用来救赎现实的避难所。对于通俗文化、大众文化,他们所持的也是批判和否定的态度、排斥和抵抗的姿态,如阿多诺将艺术理解成绝对的精神,坚决守卫艺术的独立性、自律性和否定性,将其理解成一种否定性的力量。

葛兰西通过对历史的考察，看出传统知识分子与人民、与生产实践或者国家管理都存在着一定的距离，他们根本无法承担文化革命的任务。葛兰西举了一系列失败的教训来证明这个事实。最典型的例子是意大利的文艺复兴和新教国家的宗教改革。文艺复兴运动无疑是文化上的辉煌，可是它最终只是局限于贵族集团，没有跳出宫廷的小圈子，没有深入民间的文化和生活，所以无法对市民社会产生影响。路德的宗教改革虽然深入民间，但是却忽视了文化的熏陶，最终也无法完成文化的革命。18世纪法国启蒙运动比德国的宗教改革更加全面，它深入群众并以世俗为基础，但企图用世俗的思想体系来取代宗教，使得文化上无法取得高度的繁荣。葛兰西从这一系列历史的教训中总结出这样的结论：一是文化领导权不能脱离群众，必须由有机知识分子来执行，深入广大的人民群众，深入人民的世俗生活；二是必须致力于建立更高层次的文明，这种文化比平均的人民文化稍高一些，建立民族的人民的文学，用人道主义的大众文化、民俗文化来逐渐影响和改造市民社会。

总之，葛兰西的"有机知识分子"的观点，既是事实又是理论，揭示了资产阶级统治之所以如此稳固的秘密，是历史和现状的事实证明的潜在的规则，这是葛兰西文化理论的重大贡献之一。有机知识分子是完成葛兰西文学思想政治诉求的领导者，因而这方面的论述也是其文学思想的有机组成部分。然而，葛兰西的用意决不仅仅止于揭示，他是一位实践的革命者，如果把揭示的这个秘密称为资产阶级武器的批判，那么无产阶级在夺取政权之前，先要完成的是对市民社会的文化领导权的建设,同样依据的是这样的理论,利用其作为批判的武器,将工业技术人员充分地联合和改造,使之成为新型知识分子的基础,对广大的市民社会阶层进行文化的渗透和教育,从而建立属于无产阶级的人民的文化领导权。

第二节　文学的教育功能

葛兰西在论述文化领导权时认为,文化领导权引导的关系并不是完全意义上的政治上的领导与被领导关系,更大程度上是文化上的教育与被教育的关系;葛兰西还将文学家称为"民族的教育者",突出了文学在提高人民大众文化和思想方面的重要作用。因此,教育成为实现文化领导权最为核心的任务,由此,教育问题也成为葛兰西所关注的重要问题,他的教育观构成了他的文艺观的重要组成部分。不过,葛兰西在探讨教育的时候,并未把教育仅仅理解成实现文化领导权的任务,而是将其含义予以拓展,讨论了作为广义的教育范畴的内涵和意义。知识分子对于民众之间的教育关系只是其中的一部分。葛兰西并未系统地表述自己关于教育的观念,他的教育观散见于《狱中书简》《狱中札记》等著作中。他的教育观不仅包括教育理念,还包括许多实际的、具体的教育措施和改革建议。这些理念和措施不是泛泛而谈,而是针对客观存在的现实问题提出的,包含具体的细化措施,具有强烈的现实针对性。他对儿童教育、学校教育、教育与学习的关系等问题的论述至今仍具有重要价值。

一、广义教育观

　　葛兰西从教育的角度讨论知识分子与民主社会、哲学与历史之间的关系,将哲学与历史都纳入动态的互动关系之中,具有创新意义。从文化领导权的角度看教育,体现在哲学家和环境的关系上,可以将之看作教员和学生之间互动的学习关系。哲学家想要改变所处的社会文化环境,而环境又同时对他起反作用,促使他不断地进行反思。正是这种互动关系产生了哲学的思想成果。从这个意义上说,一个哲学家的个性不仅属于他个人,而是体现在他与环境之间的互动关系之中。这种关系的运作需要一定的政治环境作为保障,保障哲学家能够自由地思想和表达自己的思想。这样的环境会促进哲学和生活的统一,而哲学与生活的统一又会优化环境的民主,这是一种良性的循环。"这样,现代知识分子在政治方面的最有力要求之一原来就是所谓'思想自由和表达思想(出版和集会)的自由'的要求,因为只有在那存在着这种政治条件的地方,教员—学生的关系才能在更广泛的意义中实现,而且在事实上才能'在历史上'体现新型的哲学家,这样的哲学家可以成为'民主主义哲学家',也就是确信他的个性不仅限于他的肉体上的个人,而且也表现在改变文化环境的积极的社会的相互关系中。"①哲学家与环境之间的这种互动的教育关系其实也是哲学和历史之间相互关系的反映。这一思想符合葛兰西一以贯之的实践哲学的要义,哲学绝不仅仅被视为哲学家个人的主观的抽象的思维成果,而是与政治、历史一体

———————
　　①　葛兰西:《狱中札记》,葆煦译,人民出版社 1983 年版,第 34 页。

的、包含着思想与行动的哲学。甚至有些葛兰西研究者认为，葛兰西的教育理论主要是在于将教育看成是"以破除常识为目的的政治教育。"①这种说法虽然有失偏颇，但不可否认的是，以领导权争夺为最终目的的教育理论必然是政治的。

葛兰西还从个体所处的社会关系的角度来看待每个人的个性问题。他认为每个人都有属于自己的个性，人是个性和共性的结合体，但个性是在与他人的交往中凸显的，个性在集体中会表现得更加突出。葛兰西收到了他的儿子德利奥的照片，是德里奥和其他的小孩在一起拍的。葛兰西觉得在和别的小孩一起时，德利奥的个性表现得更为突出。由此表达了他关于个性的一些看法。"我觉得恰恰因为在小组中他的个性凸显并显得更真实自然；每个人都具有特性，每个人都具有个性，但是小组是同质的、群众形式，它在个体中显现，并更好地启发个体。"②在这里，葛兰西把小组看作群众的形式，实际上也和他关于人民的观念暗合。这种从社会关系的角度来看待教育问题的思路颇有新意。

葛兰西所谈的教育是一种广义的教育，而不是狭义的学校的教师和学生之间的关系。葛兰西说："教育关系不能仅仅归结为专门的'学校的'相互关系，在这些相互关系的范围内年轻的一代同成年人接触，并从他们那里接受经验和历史上必要的财富，把本人发展和'培养'到历史上和文化上更高的

---

① Walter L. Adamson, Hegemony and Revolution: A Study of Antonio Gramsci's Political and Cultural Theory, Berkeley and Los Angeles: University of California Press, 1980, p.140.

② 葛兰西:《狱中书简》，田时纲译，人民出版社 2007 年版，第 292 页。

水平。这些相互关系存在于整个社会之中，并适用于每一个个人在他同其他个人的关系中，使用于知识分子阶层与非知识分子阶层之间、统治者与被统治者之间、杰出人物与追随他们的群众之间、领导者与被领导者之间、先锋队与主力之间的关系。"[1]在葛兰西看来，教育几乎存在于一切可能存在的关系之中，比如每一个个人和其他个人之间，个人与外部世界之间，整个社会不同机构之间、不同阶层之间，每一个个人自身内部与自我之间，各种艺术门类之间以及艺术自身的繁殖，不管是从纵向的时间的角度，还是横向的各种关系的角度；不管是抽象的理念世界，还是具体的客观事物，教育的关系都无所不在，存在于一切活动中。而且，这种关系无一是单向关系，都是双向的互动关系。"教员与学生的关系是积极的关系：他们的地位可以变换，因此每一位教员同时就是学生，而每一位学生同时就是教员。"[2]

　　葛兰西提出广义的教育观，与他的独特身份和所处环境有关。作为一个兼具多重身份的人，葛兰西从各种不同的角度，用不同风格的阐述赋予教育极其宽泛的内涵，并且这种阐述绝不是泛泛而谈，常常是针对特定的现实问题提出主张，对症下药。作为一个身陷囹圄与儿子分离的父亲，葛兰西只能通过书信来表达对儿子成长的关心，从他对儿子成长的建议中，我们不难发现他对教育的看法，对于儿童教育、女性解放以及个人的成长都有着属于个人的见解，这些见解饱含着个人的情感，浸润着对儿子的深深思念和不能在其身边伴其成

---

　　[1][2]　葛兰西：《狱中札记》，葆煦译，人民出版社 1983 年版，第 33 页。

长的焦虑。作为一个政治家和革命的实践者,葛兰西将教育作为无产阶级实现文化领导权的重要手段;针对社会现状,葛兰西提出了教育存在的一系列问题和改革的措施,这部分内容是他文化领导权理论的重要组成部分:"每一种'领导权'领导权的关系,必然也是教育的关系,他不仅在一个民族内部,在构成这个民族的一些力量之间表露出来,而且也在国际的和世界的范围内,即在民族的和大陆的文明的组合体之间表露出来。"①知识分子的教育问题,与环境之间的关系问题等,都为葛兰西所关注。

葛兰西讨论的教育是一种广义的教育,教育的主体不限于人和教育机构。国家自身就是一个教育的主体,教育由此也具有了鲜明的政治色彩。教育的对象则是总体的人。"其目的始终是建设一种新型的更高级的文明,使广大人民群众的'文明'和道德规范符合经济的生产结构不断发展的需要,从而在体质上形成一代新人。"那么,如何使每一个人通过被教育,自觉地在思想和行为上步调一致,融为一体,成为一代新人呢? 这需要一个从强制到自由的过程。强制是教育的必由之路。自由是教育的目的和效果。强制主要依靠的是法律的力量。在用法律对市民进行约束和教育的同时,葛兰西提出了一些另外的建议:"应该把法律的概念范围扩大,把今天不归法律管而属于市民范围的那些活动也包括进去;市民社会的这些活动虽然不受'法令'的约束,也没有强制的'义务',但仍通过习惯、思想方式和行为方式、道德等方面的演变,施

---

① 葛兰西:《狱中札记》,葆煦译,人民出版社 1983 年版,第 34 页。

加一种集体的压力而获得客观上的效果。"①也就是说,将教育的范围和方式扩大化,不仅通过法律的强制,同时也通过对市民社会范围的活动进行约束,通过教育使市民感受到来自习惯、道德等方面的集体的压力,从而自觉地遵守。"强制"和"同意"是文化领导权理论中的关键字眼。正如在文化领导权理论中所述,霸权与领导权之间的区别在于,霸权更强调强制性,而领导权更强调文化在意识形态中所起的教育作用,正是国家通过对市民社会的教育,使得市民在一定程度上自觉地接受和同意主流的意识形态。无产阶级想要攻占市民社会这一块重要领地,教育的作用在这里不言自明。

　　总之,葛兰西在其实践哲学和有机知识分子论等观点的基础上,将教育与各种具体、现实的社会关系结合起来,将教育关系延展至社会的各个领域,突破了狭义教育所强调的教与被教的关系,并将国家也看成一个教育机构,突出国家在民众教育中的重要作用及其所承担的义务和责任,同时也强调民众自身的自我约束力在教育过程中的作用,提出他的广义教育观,进而将教育与国家意识形态结合在了一起。

二、儿童教育

　　葛兰西高度重视文艺作品对儿童教育的重要性。葛兰西在许多信札中给自己的儿子推荐一些文学名著阅读,也就是希望这些作品能对儿子的成长起到教育重要。葛兰西在《狱中书简》中的多封信件中,都表达了对儿子的牵挂,谈到了对

---

　　①　葛兰西:《葛兰西文选》,李鹏程编,人民出版社 2008 年版,第 186 页。

于他们的教育问题,在此过程中表达了他的教育观念。这部分观念不是通过理论阐述的方式,而是浸透着浓厚的情感的感性色彩,从中可以提炼出他的儿童教育主张。儿童教育对于整个民族的文化来说自然是相当重要的环节。儿童时期受到的教育对一个人一生的影响十分深远。葛兰西在回忆自己的母亲在他儿时教他的歌谣,母亲和他一起时充满温情的记忆,使他联想起来总是感受到一种有益的力量。在他看来,这种教育是潜移默化地代代相传:"一切灵魂和灵魂不死的问题,一切天堂和地狱的问题,归根结底只是考察如下简单事实的方式:我们的任何行动,都是根据自己的价值观传给他人,父传子,上一代传给下一代,处于永恒的运动之中。"①对于儿童的教育,葛兰西强调应顺应他们的自然天性。要了解孩子的教育方向,就必须陪伴在孩子的身边,了解他们的成长状况。要想对其教育方向作出客观的判断,既不能因为情感而过于主观,也不能把孩子当作一件物品来对待。"对孩子们教育方向的最佳判断,应当并且只能由在他们身边了解他们、能跟踪其成长全过程的人们作出,只要后者不被情感蒙住眼睛,并因此丧失任何标准,沉迷于对孩子的审美静观,从而孩子被不言明地贬低为一件艺术品。"②葛兰西主张将孩子视为一个活生生的完整的人,对于儿童的教育应做到以下几个方面。

首先,应将孩子看作一个完整的综合的个体,有各方面的需求和发展倾向,过早地对其定性,强调某一方面的发展都是不合理的,对其身心的全面发展和需求都是不利的。由此引

---

① 葛兰西:《狱中书简》,田时纲译,人民出版社 2007 年版,第 325 页。
② 葛兰西:《狱中书简》,田时纲译,人民出版社 2007 年版,第 233 页。

发葛兰西关于学校教育的一些看法。孩子的职业倾向固然与他们的爱好和特长不无关系，但是在学校教育中，过早人为地创造职业方向是一件不利于孩子发展的事情。"优秀学校的目的是引导孩子们对所有活动的和谐发展，直至形成的个性凸显深刻而持续的倾向，因为它们是在全部生命力发展的最高水平上产生的。"①葛兰西的妻子曾给他讲述两个儿子的兴趣爱好，而事实证明，儿子们的爱好在其年龄段是不稳定的。从儿童时期的爱好预测其未来的发展方向，葛兰西对此是持否定态度的。在他看来，每个人都有各方面的发展需求和潜力，教育所要做的是引导所有能力的和谐发展，形成完整的自我和良好的综合素质之后再实施专业化的发展。葛兰西说："我认为，他们每人都存在着所有倾向，无论是指实践，还是理论，或是想象，正像所有孩子一样，甚至应沿着这个方向正确地引导他们，同时争取所有智力和实际能力的和谐，在整体的完整的形成个性的基础上，那些能力将水到渠成地实现专业化。"②一个人的性格和能力是多方面的综合，个人既是集体的一分子（这里的集体的含义是广义的，包含了群众、民族等含义），同时又要保持其个性和独立性，成为共性和个性的统一体。"现代人应当是那些民族性格化身的综合：美国工程师、德国哲学家、法国政治家，从而可能说造就文艺复兴时期的意大利人，列奥纳多·达·芬奇的现代典型，成为群众—个人和集体—个体的结合，虽然保留很强的个性和个人独

---

① 葛兰西：《狱中书简》，田时纲译，人民出版社 2007 年版，第 387～388 页。
② 葛兰西：《狱中书简》，田时纲译，人民出版社 2007 年版，第 455 页。

特性。"①

其次,对孩子的教育方式,既要顺应其自然的天性,又不能忽视强制的训练。一方面,葛兰西希望能够顺应儿童的天性,希望孩子尽可能接触自然的事物。在他的记忆里,自己的童年与自然的关系很亲近,大自然的一草一木,各种小动物的趣事,都给他的童年带来了很多乐趣,他在给儿子的信件中多次给他讲述这些故事。同时,葛兰西又反对一味让孩子按天性的自发力量去发展。在他看来,人本身就包含着一个发展的过程,这个过程是历史的被强制的产物:"而我认为人完全是通过强制(不仅在其贬义及外在暴力上理解)才实现的历史产物,我就这么想:否则就会陷入某种形式的超验论和内在论。"②有些人(包括葛兰西的家人)认为在儿童的内部存在着一种潜在的力量,即他作为一个成人的潜在力量,所以不能强制他,需要顺应他将这种力量发挥出来。葛兰西批判了这种观念,认为这种潜在力量的说法缺乏科学性。"人们认为是潜在力量的东西,主要是生命的最初几日、几月和几年的形象与感觉不成形、无区分的整体,而形象和感觉并不像人们想象得那样永远美好。"对于儿童,强制性的培育是必不可少的,"放弃对儿童的培育,意味着只允许其个性发展,从一般环境中杂乱地接受所有生活动因。""逐渐形成被社会,即被历史腐蚀的'野蛮君子'新类型。"③

第三,在教育孩子的过程中,教育者本身应具有诚实的品

① 葛兰西:《狱中书简》,田时纲译,人民出版社 2007 年版,第 455 页。
②③ 葛兰西:《狱中书简》,田时纲译,人民出版社 2007 年版,第 234 页。

格,应尽可能地将孩子视为成人一样对待,诚实而有理性地对待他,这样会让他获得尊严感。"我认为像对待具有理性的成人那样对待孩子们,同他们可以严肃地谈论特别严肃的事情;这会给他们留下十分深刻的印象,使他们性格坚毅,但尤其避免孩子的成长受环境印象随意性和偶然会面机械性的影响。"①葛兰西入狱后,家人对孩子隐瞒了父亲入狱的事实,葛兰西对这种做法不以为然。为此,葛兰西以自己的亲身感受强调了教育者态度的诚实对孩子的重要影响。在葛兰西的童年时代,他的父亲也曾经被捕,家人用善意的谎话对他解释了父亲的长时间外出,单单是对葛兰西的年龄来说,这种谎言已经不起作用,为此他感到了深深的伤害:"至于我自己,我记得很清楚,每当我发现有人用欺骗的手段向我隐瞒甚至能使我痛苦的消息时,我是怎样感到委屈,变得沉默不语,过着孤独的生活。我快十岁时,确实经常使妈妈感到头疼。我是那样热衷于追求相互关系中的坦率和诚实,甚至有时不惜恶作剧地大闹一场。"②三十年后,类似的事情再次发生,葛兰西在给家人的信中说:"我不知道为什么要对德里奥隐瞒我坐牢的事,这恰恰没有考虑到他有可能间接地知道此事,而这种方式是孩子最不喜欢的,他会开始对他的教育者产生怀疑,并开始按自己的方式来想问题和安排自己的生活……我想对孩子们最好要像对待懂道理的大人那样,同他们严肃地谈论最严肃的事。这样能使他们产生很深刻的印象,砥砺他们的性格,特别是能避免孩子的教育机械地受外界环境和偶然环境的影

---

① 葛兰西:《狱中书简》,田时纲译,人民出版社 2007 年版,第 289 页。
② 朱佩塞·费奥里:《葛兰西传》,吴高译,人民出版社 1983 年版,第 18 页。

响。奇怪的是，大人们忘记了自己曾经是小孩，不考虑自己的亲身经历。"①"我认为任何一种教育方针，即使不好的教育方针，也比两种对立教育制度之间的干扰要好得多。"②两种教育制度的对立严重的话会引起对立的情感冲突，那对儿童的成长来说则是灾难性的。

第四，更强调对儿童坚强意志的锻炼和培养。通常人们习惯用聪明、善良等词汇来评价一个人，但葛兰西认为这些评价并不能客观地表现一个人真实的情况。而且，对于教育者来说，这些表现了他们在教育儿童中更为重视的方面，对儿童的评价往往会对他的价值观产生重大的影响，直接影响他成长的倾向性。"一般来说，在评价一个人时，我总避免根据人们常说的聪明、天生美德、精力充沛等等，因为我知道那些评价意义不大，并带有欺骗性。我觉得比那些更重要的是意志力、对纪律和工作的热爱，持之以恒，不是对儿童，而是对指导儿童，并有责任让他们具有上述习惯，还不破坏他们的自发性的成人，我更重视此类判断。"③显然，葛兰西更重视的是意志和个人的努力，对他而言，这些才是一个人最坚实的品质，这些品质对孩子的将来具有根本意义，它们才是教育者培养和锻炼孩子应该具有的品质和习惯。由此葛兰西还特别谈到了女性的教育问题。由于不平等的现实环境，妇女要想在竞争中取胜，就得拥有比男子更坚强的意志，付出比男子更多的努力，这是由不平等的教育环境和社会环境造成的。所以，从这

---

① 朱佩塞·费奥里：《葛兰西传》，吴高译，人民出版社1983年版，第18页。
② 葛兰西：《狱中书简》，田时纲译，人民出版社2007年版，第289页。
③ 葛兰西：《狱中书简》，田时纲译，人民出版社2007年版，第317页。

个角度看,教育者应当受到教育,这种对女性不利的教育环境也应得到改变。

第五,十分强调家庭环境对于儿童教育的重要性,因为家庭是儿童教育的主要场所。一个家庭内部成员的相互关系以及他们的素质,都是影响孩子的重要因素。葛兰西的妻子朱丽娅身患严重的身心衰竭症,葛兰西分析其造成的原因,认为家庭教育的影响是重要原因之一。"我对你说过,朱丽娅可能成为这种不负责任行为的最大受害者。朱丽娅确实已成为这种类似捉迷藏游戏的家庭关系制度的最大牺牲品,我觉得它直接源于拜占庭主义和古老落后保守的家庭教育。在家庭组合的相互关系中,每人都攫取指责他人的权力,每人都想当巨头,决定他人能知道什么和不能知道什么,等等。这一切都被利他主义和无私温情所掩饰,却是傲慢自大、纯粹的利己主义,压制他人的个性。"①这种家庭关系的特征绝不仅仅指的是朱丽娅的家庭,可以发现,许多家庭都存在着这样的问题。葛兰西用犀利的笔触揭开了这种家庭关系表面上看似温情的面纱。

总之,葛兰西结合自己的成长经历和生活阅历提出儿童教育的看法。他将儿童看成一个活生生的完整的个体,主张顺应儿童成长的自然规律进行教育,在教育中培养儿童的自制力和约束力,要求教育者在教育儿童中应具有诚实的品格,以此培养儿童的尊严感和责任感,并将家庭环境纳入儿童教育领域,突破传统儿童教育对儿童的片面评价,注重培养儿童

---

① 葛兰西:《狱中书简》,田时纲译,人民出版社 2007 年版,第 233 页。

的意志力、锻炼儿童的精神品质等观点,都是新颖而启人深思的。

三、学校教育

教育活动的展开和进行需要一定的场所和组织者,这就需要设置教育机构。学校和各种文化活动组织都属于教育机构,其中,学校是最主要的。葛兰西讨论这些教育机构的教育问题,并不局限于谈这些教育机构本身的问题,而是把它们置于社会的宏观背景中,置于被教育者成长的过程中,从各个角度展开讨论。针对当时社会学校教育所面临的各种问题,葛兰西都进行了分析并提出自己的解决方案。因此,葛兰西关于学校教育的看法具有鲜明的针对性和现实性。

20世纪初期"法西斯哲学家"乔凡尼·强提尔(Giovanni Gentile)设计出一套教育改革方案,鼓励职业教育而贬低通识教育,并且意大利法西斯政府1923年开始实施这一方案。①葛兰西所提出关于学校教育的看法,正是与当时社会学校教育所面临的这一严重危机有关。一方面,葛兰西首先分析了这一危机产生的原因,认为其根源在于对各种学校的分类缺乏科学的依据和原则,缺乏成熟的计划性。另外知识界的干部政策也存在着组织上的问题,由此带来学校组织、教学大纲等一系列问题。"另外还可以说,今日正在爆发的学校危机,正是以下的事实所决定,这个分化与孤立的过程是乱七八糟进

---

① Joseph A. Buttigieg, Education, the Role of Intellectuals, and Democracy: A Gramscian Reflection, in Carmel Borg el. (ed.) Gramsci and Education, Boston: Rowman & Littlefield Publishers, Inc. p.122.

行的，并没有根据明显和精确的原则，也缺乏深刻研究过的和有意识地规定的计划；教学大纲与学校组织的危机，即是形成现代知识界干部政策总的方向危机，只是更广泛与一般的有组织危机的一个方面与后果。"①在当时，学校教育产生了两种倾向，一是不以实际的职业需要为目标的纯教育倾向，二是广泛推广专业化的职业学校，预先决定学生们未来的职业命运。在教育的过程上，现存的两种倾向无论哪一种对于学生的成长都是不科学的。

另一方面，面对这些危机，葛兰西进行梳理和提出建议。葛兰西对学校进行分类，概括了不同学校的特点以及不同的教育方式等。"学校根本分为古典的和职业的，是合理的图式：职业学校适用与劳动群众，古典学校适用于统治阶级，也适用于知识界。"②工业的发展造成对新型的城市知识分子的需要，应对这种需要出现了技术学校。因此，"应当在城里普通文化统一初级学校的基础上，在保证发展手工劳动（在技术、工业领域）能力与发展脑力劳动能力正确结合的人文的、普及教育的学校的基础上，来实现危机的合理解决。由这种类型的统一学校，通过积累职业路线的经验的道路，然后转移到专门化学校之一，或者转移到生产工作上。"③这里的"统一学校"也可以称为人文学校，是发展学生的基本思维能力、综合素质的教育。引导他们到达一定的成熟阶段，之后再进行专门化的学习。与此同时，根据每一种实践活动设立适应它

---

①②　葛兰西：《狱中札记》，葆煦译，人民出版社1983年版，第436页。
③　葛兰西：《狱中札记》，葆煦译，人民出版社1983年版，第437页。

们的专门化的学校。另外，教育不仅限于学校内部，还应在学校外部成立研究院，提供各种领域的教育研究活动，使从事职业劳动的社会成员可以继续进行各种形式的文化活动。

葛兰西还对学生各个阶段学习的时间做了设想，将统一学校的全部学习时间估算在十五六年。为了收到预期的教育效果，他建议将教育的所有因素考虑在内，例如家庭教育可以作为学校教育的补充，尤其是在知识界的家庭或者城市家庭中，"应当分设幼儿园和其他设施网，在儿童到达学龄之前已习于遵守某种集体纪律，儿童获得学前的知识和习性"①；统一学校作为寄宿学校组织，以便学生在课余时间可以受到老师和优秀学生的帮助。这些建议考虑细致而富有前瞻性，直到今天仍具有借鉴意义。在此基础上，葛兰西对学校教育及其存在问题进行了详细阐述，并针对现实问题提供了具体的规划和措施。

首先，对统一学校的一系列问题提出改革的意见。当时统一学校的学费是由家庭承担的，葛兰西建议由国家负担学生的生活费用。"教育与造就新的一代的全部事业，由私人的变为国家的，因为只有在这种形式上，才能普及整个一代；因为只有这样才能不划分集团或等级。"在葛兰西看来，国家需要加大财政对教育的投入，实现教育均衡，从而使学生能平等地拥有接受教育的机会，无差别地提高全民族的科学文化素质。"规定义务学校学习的时间，取决于一般经济条件，因为这些条件能够对青少年提出要求。"②在小学学习的内容中，葛

---

① 葛兰西：《狱中札记》，葆煦译，人民出版社1983年版，第441页。
② 葛兰西：《狱中札记》，葆煦译，人民出版社1983年版，第439页。

兰西特别加上了"法律与义务"这门课程，其目的在于让学生早点接触关于国家和社会的概念，使得学生将这些概念纳入自己的新的世界观。

其次，十分强调学校教育过程中，学生所具有的独立性和创造性学习精神。葛兰西将学校教育的过程分为三个阶段，即从记忆和教条起主要作用的阶段、主动的阶段和创造性的阶段等。这三个阶段既是对于教育而言，又是对于学习而言；而且它们的顺序也不能仅仅是时间上的先后顺序，而是教育和学习的循序渐进。学习和教育的过程并非只是表面上数量和质量的过渡，即在教育过程中，并不完全是随着年龄的增长，知识和道德愈发成熟。这中间需要理性的自我纪律和道德的独立自主的培养和支撑。一个人的本能和原始的情绪还在与之作斗争，所以在学习和教育中应该大力造就理性的自我纪律和道德的独立自主。不管是在学校还是在社会实践领域，都离不开这种基本品质。每一个统一学校都需是主动的学校，力图造就应该具备的品质，创造性学校是主动学校的完成。在创造性阶段，继续发展独立自主的个性，逐步将之与社会责任感结合在一起。"由此可见，创造性学校并不是发明者和发现者的学校，它是研究和认识技能发展的一个阶段，它教授给他们以方法，而不事先早已规定的、带有强制目的用任何代价提供独创性与新发明的计划。"①在这个阶段中，教师充当的只是友好的领导者，主要靠学生自愿、主动和独立地去掌握方法。这个阶段是一个创造的过程，意味着进入成熟理性的

---

① 葛兰西：《狱中札记》，葆煦译，人民出版社1983年版，第442页。

阶段,也为选择职业积累了有机的前提。

第三,对当时日益繁盛的职业学校教育提出批评,指出职业教育背后所隐藏的政治统治动机,并提出改善的设想和策略。当时,职业学校日益增多,被广泛地推广,且类型多样,分类也越来越细,对于这种现象,葛兰西是持反对态度的,他深入地阐述了原因。职业性学校的目的明确,直接指向实际利益,甚至凌驾于纯教育性的统一学校之上。葛兰西认为,在这个时期,学习或大部分学习应该是(或者学生看来)无私的,即是不追求直接实际的或过分实际的具体目的;学习应该是教育性的,甚至是"启发的",即是充实具体知识的。过于急功近利的学习显然不利于人的成长。这是葛兰西针对教育和成长而言的。

更为深刻的是,葛兰西还指出了当时职业教育背后所隐藏的政治统治因素。这种现象表面上看似乎是民主的,传统学校用以培养领导阶级,职业学校专门培养工人阶级,但是如果每个社会集团都有其类型的学校,那么领导或者生产的职能就会在这些阶层中被永恒化,那么社会差别、阶级之间的差别就会永恒地固定于不变的形式上。这实际上是统治集团巩固统治、加固差别的隐蔽的文化策略,并且用被统治者同意的貌似民主的方式表现出来。"政治民主力图使统治者与被统治者相互关系和谐化(指被统治者同意基础上的统治),保证每个被统治者有可能逐渐发展其能力与为达到这一目的所需要的一般技术修养。"葛兰西也给出了如何"打破这种阴谋"的药方:"为要打破这种阴谋,需要的不是职业学校类型的数量,不是他们的阶级复杂化,而是设立统一类型的准备学校(中小学校），他引导青年走向选择职业的边缘，同时形成他的个性，能够思想、研究、领导和控制那种当领导的人。"①这一建议是具有启发意义的。同时，葛兰西对学校的态度也"体现了他的民主政治理论以及他的社会哲学，在这些理论中，大众的参与以及大众的表征（representation）是任何未来民主的基本要素。他的提升学校教育的教育理念并非为了改革，而是为国家和市民社会等机制中的社会规范创造新的可能性。"②也就是说，只有当大众接受了更全面的教育才可能参政议政，因此教育与葛兰西的民主思想息息相关。

总之，葛兰西对当时社会学校等教育机构存在的各种问题及其原因进行了总结和分析，提出了学校分类的科学性原则和方法，认为不同的学校应设置不同的教育目标，采用不同的教育方法，将训练学生的独创能力作为教育的核心精神，突出国家在教育组织活动中所应承担的义务和责任，并指出当时职业教育的功利性特点，揭示出其背后所隐含的政治统治动机，具有鲜明的现实针对性，值得重视。

四、教育与学习

教育和学习相辅相成，是一个问题的两个方面。葛兰西在讨论教育的同时也讨论了学习的诸方面问题。在葛兰西看来，学习不是为了达到具体的职业目的，至少它们之间不是直

---

① 葛兰西：《狱中札记》，葆煦译，人民出版社 1983 年版，第 452 页。

② Stanley Arnowitz, Gramsci's Theory of Education: Schooling and Beyond, in Carmel Borg el. (ed.) Gramsci and Education, Boston: Rowman & Littlefield Publishers, Inc. p.113.

接的利害关系，而是通过掌握并消化现代欧洲文明的文化遗产，从一个人的内在需要方面来培养、发展其个性。葛兰西强调教育机构应在教育过程中培养学生的公民意识，并以公民意识为基础培养学生的人格个性和劳动观念，以及主动学习的兴趣和能力。学校教育儿童认识世界，树立现代的世界观，掌握世界观的基本要素，征服自然界并为社会公共利益所利用，那么，劳动的观念就显得尤为重要。这种劳动的观念必须是依据内心信念自发产生的，是作为必然性的自由，而不是来自外部的强制性要求。"以劳动为基础的，以人的理论—实践为基础的事物的社会与自然秩序之间的平衡"①，才是小学教育的基石。这些观念对于我们今天的小学教育都是极具参考价值的观念和做法。葛兰西所提到的问题，其价值和重要性是毋庸置疑的。由此出发，葛兰西特别强调了以下学习内容和学习方法。

首先，学生学习的内容应将文化知识与民俗习惯结合起来，实现教育与教养的结合。葛兰西说："在小学中奠定与教育的基础的，有以下两种因素：来自自然科学领域的初步知识和公民关于权利义务的首要概念。科学知识应当服务于引导儿童步入真实的社会，是他们认识国家生活和公民社会中权利和义务的总体。"②当然，这些内容不是以灌输的方式教给学生，学生在接受的时候也并非一张白纸。所以这些知识总是和儿童的某些观念在斗争。这些观念主要来自他们生活在其中的民俗传统观念。"来自自然科学领域的初步知识进入儿

---

① 葛兰西：《狱中札记》，葆煦译，人民出版社 1983 年版，第 446 页。

② 葛兰西：《狱中札记》，葆煦译，人民出版社 1983 年版，第 445 页。

童有民俗精神渗透环境中所接受的世界与自然魔力概念的斗争,这也正如权利与义务概念进入对个人主义的和由地方利益狭窄性所产生的野蛮行为倾向的斗争,野蛮行为也是倾向之一。"①儿童的意识不是某种个人化的东西,他反映出的是他所属的市民社会中那一部分的意识,是社会和文化的相互关系,和学校的教学内容和教学计划会有所不同。先进文化中肯定的东西和民俗文化中奉为真理的东西也会有所不同,教育如果无视这一点,就会造成教育和教养的脱节。要做到一致性,只有依靠教员的实际工作,依靠社会整体的积极配合。比如实行新的教学计划,放弃考试等。这些观点放在今天都很大胆,然而它们所反映出的问题是一致的。

其次,特别强调严谨的学习态度和科学的准确性在学习过程中的作用,高度重视机械训练和学习对锻炼学生的注意力和忍耐力的重要性。葛兰西是通过对语言的学习来说明这一问题的。他特别专注于具体事物,重视准确性。这种严谨的态度和对于准确性的偏好,使他对语言学兴趣浓厚。以语言的学习为例,学习一门语言不仅是为了掌握和应用这门语言,而且还是为了通过语言了解这种语言背后所有的文化,同时也是对于自身习性的修炼。"人们学习和练习拉丁文和希腊文不是为了说那些话,不是为了做使役、翻译员、买卖人。学习这些语言是为了具体研究这两个作为现代文明必要前提的民族的文明,即是为了本身自觉地认识自己。"②有人认为学习语言的文法需要付出很多机械的练习,但正是这种机械重

① 葛兰西:《狱中札记》,葆煦译,人民出版社 1983 年版,第 445 页。
② 葛兰西:《狱中札记》,葆煦译,人民出版社 1983 年版,第 448 页。

复的练习使儿童得到了精神集中、吃苦耐劳的训练,这些习性对于学习,对于将来成为优秀的学者是必不可少的。学习也是一种技能,既然是一种技能,就需要反复的练习,痛苦和枯燥无味都是必须的,没有捷径可走,这是对学习的客观认知,也是对于学习态度的正确的认知。仍以拉丁语的学习为例,在分析细节的时候会面对很多死板的东西,但死板的东西中蕴藏着活生生的东西,这是必经之路。语言中的每一个词语都是不同的人在不同的时代的概念和形象。"人们研究用某种语言所写的书的合乎语言规范的历史、政治史、操这种语言的人们的活动。由所有这一切有机的总体中形成了对青少年的教养,就是因为以下的事实:它实际上通过了(就让仅仅根据文献说)所有各阶段上的整个这条道路等等。"①而且,所有这些不是出于纯粹教养的动机墨守成规地注入他的头脑的,而是一种潜移默化的教养和训练。葛兰西非常重视方言的学习,建议孩子们从小就要学习他们的地方语言——撒丁语,以便更好地吸收撒丁文化。他在给自己的妹妹的信中建议让孩子们说撒丁语:"我希望你们让他说撒丁语,不要在这方面使他不高兴。我认为没有从小就让埃德梅娅自由地说撒丁语是个错误。这损害了她的智力的发展,限制了她的想象力……我诚心诚意地劝你不要犯这种错误,要让你的孩子们吸收他们想要吸收的全部撒丁文化,能够在他们诞生的自然环境中自然地发展。"②

　　第三,提出了继续学习、终生学习的设想,以弥补学校教

---

① 葛兰西:《狱中札记》,葆煦译,人民出版社 1983 年版,第 450~451 页。
② 朱佩塞·费奥里:《葛兰西传》,吴高译,人民出版社 1983 年版,第 285 页。

育的有限性和局限性。进入社会从事职业劳动,并不意味着就结束了教育阶段,他们仍然需要在一定的领域进行多种形式的智力活动,葛兰西提出建立研究院来实施这种职能。"在日常生活与文化、脑力劳动与体力劳动新的相互关系的条件下,研究院应当成为统一学校毕业后面临职业工作的那些分子的文化组织(就知识系统化、智力发展与形成而言),应当对他们形成规定与大学成员联系的手段。从事职业劳动的社会成员,不应该陷入智力的消极状态;他们应该自行拥有(在集体创造精神、而非个人创造方面、并且在执行为社会必要与有益所承认的有机的社会职能方面)研究与科学活动一切领域中的专门化研究所,他们能在那里工作,能找到他们乐于参加的任何形式文化活动必要的参考书。"[1]这就将学习活动从学校延伸至了社会,人们在社会生活中可以通过不断学习来提升自身的素质。这样的观点和措施不管是在当时还是在当今社会,都是富有建设性的意见。

第四,通过对语言学的研究提出他在研究方法方面的心得。众所周知,葛兰西在图灵大学的专业即语言学,而且一直都未曾放弃语言学研究尤其是标准意大利语的研究,甚至有学者认为葛兰西的实践哲学不是源于马克思和列宁,而是源于他的语言学研究。[2]因此在监狱中的葛兰西经常用语言学研究来举例。"研究方法是经过几世纪的努力才逐步完善起来的。例如,在自然科学中,一切努力都耗费在使人的思想逐步

---

① 葛兰西:《狱中札记》,葆煦译,人民出版社1983年版,第443页。
② Peter Ives and Rocco Lacorte, Gramsci, Language, and Translation, Plymouth: Lexington Books, 2010. p.2.

摆脱偏见，拜托神的和哲学的先天论，从而达到泉水是来自雨水，而不是来自大海的结论。在语言学方面，是怎么经过传统的经验论的尝试和失败才达到历史的研究方法，以及例如德桑克蒂斯在写意大利文学事实所遵循的准则和惯例是如何经过繁重的研究和体验才逐步成为真理的。这是学习中最有生命力的部分，正是这种创造精神使我们掌握了渊博的知识，使我们在知识界新生活的烈火中得到了锤炼。"①研究方法不是一成不变的，它是经过多年的学习研究实践积累和检验出来的，因而蕴含着生命力和创新精神，这才是我们在学习过程中尤其需要重视和把握的内容，比起思想的教育，方法的培养同样重要。

　　总之，葛兰西在论述教育的过程中，对学习的内容和方法等问题也提出了自己的看法。他将学习作为个体实现自我素质、提升自身素养的重要途径，主张将学习知识和社会风尚习惯结合起来，引导学生认识真实的社会和生活，强调科学的严谨性和准确性在学习过程中的重要作用，并将学习的创造性与学习方法和研究方法结合起来。葛兰西的教育思想与他的实践哲学、人学思想等观念是密切相关的，与他的文学思想一同构成了他的无产阶级文化领导权思想，因而其教育观是现实性、革命性和政治性的统一，值得重视。

第三节　文学的心理功能

　　"理智上的悲观主义，意志上的乐观主义"，是葛兰西形容

---

① 　朱佩塞·费奥里：《葛兰西传》，吴高译，人民出版社1983年版，第78页。

自己的经典名言。因此,对理智、情感、意志等心理方面的问题,葛兰西也有诸多讨论。关于葛兰西对心理问题的研究,历来就鲜有文章述及。葛兰西虽在信中声称自己对精神分析并未专门研究过,但他的某些论述也表达了对个体精神问题和文学心理功能等问题的见解。残酷的现实迫使他不得不面对这些问题并寻求解决之道。这是一条异常艰难的自我抗争之路,从中可以了解到葛兰西对于情感、理智、意志及其相互关系的见解。

一、生活经历与个体心理

葛兰西对心理问题产生兴趣,与他复杂的生活经历有关。与家人长期分离、常年孤军奋战的葛兰西,在生活中也鲜有交际。他相信个人孤独的力量,并以此为自豪,甚至一度刻意为之;"然而,在过去这种'决裂'几乎令我自豪,一直我不仅不竭力避免,反而尤以促使。其实,那时主要是为个性形成和争取独立所必需的进步事实;如果不断绝某些情感的练习,就不可能实现。"①同时,他又饱受孤独的折磨,本能地渴望交际,尤其是参与到政治、文化活动中去时,人与人之间的交往和互动,人与现实之间的互动更是非常重要的因素。"今天不是这样,主要是更具活力的东西;由于不是由我来改变文化领域,而是我在相同领域感到孤独,这个领域本身就应该激起情感联系。"②除了狱中的非人生活使他饱受身心的折磨之外,他挚爱的妻子也身患严重的身心衰竭症。在分析朱丽娅的病情时,

———————

①②　葛兰西:《狱中书简》,田时纲译,人民出版社 2008 年版,第 334 页。

葛兰西自称对精神分析没有广泛而准确的认识，但仍然利用个人的反思得出了一些关于精神分析的结论。这些结论据他所说，"没有经过可靠批判和科学构想的检验"，仅仅是在解释他对朱丽娅疾病的态度①。这些经历是葛兰西对心理问题进行研究的契机。

葛兰西多次提到弗洛伊德，并声称他对弗洛伊德并没有深入研究，"很可能精神分析比旧精神病学更具体，或至少迫使医生更加具体地研究一个个病人，即考察病人而不是疾病；此外，弗洛伊德正如隆布罗索所谓，即想要把那些经验观察标准变成一种一般哲学，但这意义不大。"②从他的叙述看，葛兰西对弗洛伊德了解得的确不够深入，而且抱有一种怀疑态度。究其原因，应该是他对人的意志的肯定和乐观。而从弗洛伊德的理论来说，弗洛伊德对个人的自由和幸福是持怀疑和悲观态度的。他将人最基本的驱动力解释为性和侵犯的本能，把人性理解成受本能驱使的能量系统，人类的思想和行为被无意识中的隐蔽的力量所掌控，从而从根本上判定了人是不自由的。

葛兰西曾多次宣称自己是一个理智上的悲观主义者，意志上的乐观主义者，意志是他生命中最强大的东西，也是他所认为的人类乃至民族最坚韧的内在力量，可以超越外在的事物。他在给妻妹的信中谈及妻子的病情时说道："我觉得生活的公式，无论以语言表现，还是通过一个民族的习俗显现，只具有唯一价值：用以鼓动幻想者并为其辩护，旨在把这些幻想

① 葛兰西：《狱中书简》，田时纲译，人民出版社 2008 年版，第 412～413 页。
② 葛兰西：《狱中书简》，田时纲译，人民出版社 2008 年版，第 315 页。

变成具体意志：实际生活从来不能靠环境启示或公式决定，而是源于内在根源。""对朱丽娅的情况来说，提示挣脱束缚是正确的，即是说启发她在自身探寻她的力量和她生活的理性"①。从这些论述可以看出，葛兰西所说的"生活的内在根源"指的就是个体意志和理性的力量。

对于葛兰西来说，他的思想、意志和他的行动甚至整个生命都是统一的。他一再强调意志在他生命中的重要性，并且相信人的顽强意志是历史的动力，是人的道德力量的源泉，也是他个人在艰苦的环境中支撑下去的力量所在。"我觉得，在将要延续多年的这种条件下，由于那样的心理经验，人应当达到高度的斯多葛式的冷静，并且深刻认识到人的道德力量的源泉就在自身，一切取决于自己、其能量、其意志，取决于对自己的目的及（为实现目的及）使用手段的执着，因而从不失望并且不再陷入常人所说的悲观主义和乐观主义——那些平庸的精神状态。我的精神状态是对这两种情感的综合和超越：我是理智的悲观主义者，但又是意志坚定的乐观主义者。我想，在任何情况下，即使做最坏的假设，也要使所有意志力活跃起来，并能克服任何障碍。"②"我曾梦想过，我的思想和意志一直是我生活中的唯一行动指南。"③葛兰西的态度昭示着这样的观念，即人无论在何种境遇中，即使在最坏的情况下，仍然是自由的，哪怕是在潜在的意义上。因为人拥有意志，可以

---

①　葛兰西：《狱中书简》，田时纲译，人民出版社 2008 年版，第 39 页。
②　葛兰西：《狱中书简》，田时纲译，人民出版社 2008 年版，第 232 页。
③　陶里亚蒂著，拉焦尼埃里编：《陶里亚蒂论葛兰西》，袁华清译，人民出版社 1983 年版，第 59 页。

用意志支配自己做出积极的行为，意志是个人用以掌控自我、对抗困境的最强大的武器。人总是生活在一定的环境之中，这里的所说的环境包括外部的环境和内在的精神环境。尽管外部的环境不能够完全由个人选择和掌握，我们总有改善的机会；即使不能够改变外部的环境，作为一个功能完备的个人，我们还可以对内心的环境有所作为，对自身的情感、理智、精神状态等进行组织和调整，尽最大可能地争取个人的自由。意志保障了个人自由的可能性。实际上，葛兰西用自己在狱中的生活亲身证明了这些观点。在狱中恶劣的条件下，在法西斯处心积虑的折磨下，在自己每况愈下的健康状况面前，葛兰西尽一切可能争取自己的健康，争取进行研究和学习的条件。

　　当然，葛兰西对于意志的绝对信仰并不是一成不变的，他并不是一位唯意志论者。"你不要以为个人的孤立会使我绝望或陷入任何其他悲剧式的境地。实际上我从来就没有感到需要外部的精神力量来支持我坚强地活下去，甚至在最坏的情况下也是这样。……然而，过去我几乎为自己的孤立到骄傲，而现在我觉得纯粹依靠意志生活是卑劣的、枯燥的和狭隘的。"①在一个人的生活中，情感的介入是不可避免的事。对故乡的思念，与家人的亲情，与战友的感情，尤其是在爱情面前，情感的浓烈更是无法抗拒，也对葛兰西的精神世界，对他一贯信奉的意志主义观念带来了前所未有的冲击。"任何事情都是不可分割的，不能只进行一种活动，因为生活是统一的，每

---

　　① 朱佩塞·费奥里：《葛兰西传》，吴高译，人民出版社1983年版，第286页。

一个活动都从另一个活动中得到力量。而爱情给整个生活以力量……使生活出现新的平衡，并激起更大的热情和更强烈的感情。"①切身的感受使葛兰西的思想出现了转变。葛兰西深刻感受到人不可能只生活在个人的精神世界里，更不可能只依靠精神的某一方面生活，无论是意志、思想还是情感。情感和理智在个体身上需要达到平衡，在相互的和谐和冲突中产生源源不断的生命力量。

葛兰西在临终前身体处于极度衰弱的状态，这个时候他感到了自己身体上的变化："人格具有双重性：一部分旁观过程，另一部分承受过程，但旁观的部分（只要这一部分存在，就意味着他有自我控制的能力和恢复的可能性）感到自己处境的不稳定，即预感到它失去作用的时刻必将到来，也就是他将失去自我控制的能力，而整个人格将被另一个新'人'所吞没，产生不同于过去的冲动、行为和思想方式。"②因此，葛兰西认为，意志的力量虽很强大，但人终归是有血有肉的人，肉身的承受能力是有限的，意志始终依附于肉身，不可能超越肉身而单独存在。他说："个性和意志是内在斗争的辩证产物，当对抗被病态过程从内部窒息时，就能够并应当外在化；至关重要的是那种折磨不是抽象的折磨，而是一时的合乎理性的具体震颤。我觉得理性的动因应当是：我们不仅被爱的纽带而且被团结的纽带相联系。一次又一次，什么能是最强大最有效的动因呢？爱是一种不产生义务的自发情感，因为它脱离道

---

① 朱佩塞·费奥里：《葛兰西传》，吴高译，人民出版社1983年版，第167页。
② 朱佩塞·费奥里：《葛兰西传》，吴高译，人民出版社1983年版，第298页。

德领域。"①葛兰西将"爱"作为个体对抗身体折磨的最强大的力量，也是来自自身对生命感受的认识。

二、文学、社会与人的本性

葛兰西所谈个体的思想和意志并不仅仅局限于个人和自我。作为一位政治家，他对精神问题的探讨不可避免地会将其与集体的关系、与社会的关系、与现实结合起来，并且侧重于从社会的角度来探讨人的本性所受到的压制。

"一个人的思想和意志如果能在一个组织中得到体现，成为几十万个有共同信仰和具体工作联系在一起而紧密团结的人的共同思想和意志，它就可以变为不可战胜的现实的核心力量。"②个人的思想和意志需要和他人的结合，需要在一个组织中得以体现，才能够最大程度地体现力量。从狭义的角度来讲，葛兰西在此强调的是政党的重要性，政党应是集体意志的体现；但从个人精神的角度而言，个体精神的健全离不开与集体的互动，拥有共同的信念的组织会让个人的思想和意志发挥出更充足的能量。

葛兰西认为，个体的意志并不能脱离现实而发生作用，只有当个体意志在运动变化的现实中时它才能起到改变和克服现实困难的作用。葛兰西说："行动的政治家是创造者，是唤醒别人的人，但他既不是无中生有地创造，也不是在自己欲望和梦想的混沌虚空里活动。他依靠有效的现实，但到底什么

① 葛兰西：《狱中书简》，田时纲译，人民出版社2008年版，第383页。
② 陶里亚蒂著，拉焦尼埃里编：《陶里亚蒂论葛兰西》，袁华清译，人民出版社1983年版，第60页。

是这个有效的现实呢？它是静止不变的吗？难道它不是在不断运动和变换着的平衡中形成的力量对比吗？运用意志去为那些实际存在和起作用的力量创造新的平衡,同时依靠我们认为是进步的那种特定的力量,给它提供取得胜利的条件——这一切固然是在有效现实的领域里活动,但目的却是为了支配和克服这个现实,至少是有助于支配和克服这个现实。"①因此,个体意志只有参与到现实活动中去,它的能动性才能得到有效的发挥。

　　对于人的本性,在第一章"人学思想"一节中已经有所论述。关于人的本性,葛兰西继承了马克思主义的观点,并且对其进行了自己的阐释。"'人的本性'是'社会关系的总和'这一答案是最为满意的,因为它包含着形成的观念:人在形成,他不断地随着社会关系的改变而改变着,他之所以改变是因为他否定'一般的人'。"②人的本性不是形式的,而是辩证的。人的本性不仅存在于个人的内部,更为重要的是,它体现在人与人之间的关系中,体现在人和物质力量的统一中,体现在人所处的社会关系中,体现在人类全部的历史中。"传统哲学中的'精神'的概念,正如建立在生物学基础上的'人的本性'一样,应该解释为'科学的乌托邦',这种乌托邦是用来代替最大的乌托邦——在上帝身上探索人类的本性(同时把人看作上帝的儿女),它们证明历史发展的延续不断的痛苦,证明理性和感情等等的意向。"③因此,讨论人的精神,就不能不结合特

---

① 葛兰西:《现代君主论》,陈越译,上海人民出版社 2006 年版,第 53~54 页。
② 葛兰西:《狱中札记》,葆煦译,人民出版社 1983 年版,第 39 页。
③ 葛兰西:《狱中札记》,葆煦译,人民出版社 1983 年版,第 40 页。

定的社会状况。

　　具体的社会现实与个体意志之间的关系并非单一的，对于不同的人来说，两者之间结合的状态或效用是不同的，或积极或消极，需要辩证分析。葛兰西说："我认为最重要一点是：心理分析治疗只对浪漫主义文学称作'被欺凌与被侮辱'的社会成员有益，这些人比传统认为得更加更杂。即是说同现代生活水火不相容的那些人（只限于说现代，但每个时代都存在同过去对立的现代性）不能用自己的手段成为对立本身的理由，从而未能超越对立以实现道德的新平静，即实现意志冲动与追求目标之间的平衡。当环境狂热到极度紧张，当巨大的集体力量被煽动，压迫个人直至消逝，以便获得创造意志冲动的最大效率，那么，在一定历史时刻和一定环境中，形势就变成悲剧性的。对于具有非常敏感和追求完美的气质的人来说，形势成为灾难性的。而对于社会落后成员，例如农民，则是必要的、不可或缺的，他们的强健神经可以大范围伸展而不受损害。"①因此，如何寻求个体意识与社会现实之间的平衡，社会现实对不同的个体意识所具有的不同效用，都需要进行具体分析。

　　葛兰西所指的"'被欺凌与被侮辱'的社会成员"并不完全是陀思妥耶夫斯基笔下的意思，葛兰西只是借用这一称呼用来代表具有一定社会地位的社会成员，更确切地说，是这类社会成员身上特有的精神气质。"正如我所说，在每个个体，在不同的文化阶层，必须区分出复杂多样的等级。在陀思妥耶

夫斯基的小说中，'被欺凌与被侮辱的'用于指的是最低贱的等级，是指国家、社会的压迫具有最机械、最外在特征的独特关系；在这种国家中，国家权利和'自然'权利（暂且用这个暧昧的字眼）之间的冲突极其激烈，因为缺少像在西方知识分子对服从国家所起的媒介作用。"①个体总是处于一定的历史时刻之中，处于一定的社会关系之中。社会经历着现代化的变迁，个人必须适应现代生活；作为集体的一分子是每个人无法回避的角色，个人处在集体中就不得不协调与他人的关系，服从集体的意志和力量。那么，在这样的情况下，个人的意志、情感、生活就面临着诸多冲突、压抑、妥协，个人意志甚至被吞噬。"在历史的某一时刻，不仅仅道德理想，而且由公法确定的公民'类型'，均高于一个特定国家活人的平均数。在危机时刻，这种分离变得更加明显，正如在战后发生的分离，一方面因'道德'水准降低，另一方面因有待达到的目标被提高，这一目标用新法律和新道德来表达。在这种或那种情况下，国家对个人的强制增强，部分对整体、整体对每个组成分子的压力和控制增强。许多人容易地解决了问题：他们用庸俗怀疑论克服了矛盾。其他人表面上遵守法律条文，然而，对大多数人来说，问题以灾难方式得以解决，由于引起被压抑的激情病态爆发，必要的社会'虚伪'（既遵循对法律的冷漠解读）只能使被压抑激情更加严重和混乱。"②个人不得不服从法律、社会公共道德，而这些所确定的公民类型的道德水准高于现实水准，人们不得不压抑自己的个人激情，人们在面对这些问题

---

① 葛兰西：《狱中书简》，田时纲译，人民出版社 2008 年版，第 405 页。
② 葛兰西：《狱中书简》，田时纲译，人民出版社 2008 年版，第 413 页。

时,有的采取了怀疑的保留态度,向虚伪妥协。这里的虚伪在葛兰西看来不是贬义的,就像谚语所说的:"虚伪是向美德表示敬意。"但是,一部分人由于自身的气质,对于一个自身气质敏感、追求完美的知识分子来说,这无疑会带来精神上的极大困扰。

葛兰西将人的本性与特定的社会状况尤其是工业社会联系在一起探讨文学的心理功能。"精神分析学(它在战后时期流行很广)是国家和社会机关对单独个人所实行的增长了的精神强制的表现,也是这种强制所造成的病态的危机的表现。"①葛兰西认为,人类生活方式的每一次重大变化,不管是从游牧生活过渡到定居的农业生活,还是从农奴制度过渡到早期的手工生产时期,每一次都要付出残酷的代价。"这种代价表现在人的生活中和由于这种对本能的压制所造成的痛苦中。""每次生活方式的转变,都是通过残酷的强制,通过树立一个社会集团对社会一切生产力量的统治而实现的。"②进入资本主义工业生产的阶段,这种残酷性表现得更加严重。因为它的生产方式以及由此带来的生活方式对人的本能的控制更加严苛,这里的本能指的是人的自然的生命力和需求,包括人的性本能、情感、精神和身体各方面的需求。"工业主义的历史表明,它向来是(而现在则更为明确)经常反对人身里面的兽的本性,使用经常规定的越来越复杂的和越来越严厉的标准以及经过调整的确实而严密的习惯来控制本能(自然的,

---

① 葛兰西:《葛兰西文选》,李鹏程编,人民出版社 2008 年版,第 326 页。
② 葛兰西:《葛兰西文选》,李鹏程编,人民出版社 2008 年版,第 334 页。

也就是兽性的和原始的)的连续的、往往是痛苦的和流血的过程。"①这些控制是从外部强加的,目的是为了争取更大更直接的实际利益,其中实行新的劳动方法泰罗制是一项典型的措施。所谓泰罗制,指的是根据最强壮劳动力制定工时定额的制度。

对于工业社会对个体精神的压制问题,葛兰西也进行了辩证分析。一方面,葛兰西认为新的社会纪律会造成对个体本性的压抑并进而形成社会性伪善。"这些新的方法要求性的本能(神经系统)服从严酷的纪律,换句话说,要求巩固广义的家庭(而不是那种和这种家庭组织),要求加强性的关系的节制和巩固。"②对本能的压制,尤其是对青年群众的正常的性本能的压制带来了精神方面的一系列问题,同时也带来了一系列社会问题。在人们的本能需求和社会要求的冲突中,人民阶层只好被迫奉行美德,但这并非发自内心的遵守,而是不得已的表现,这会造成普遍的社会伪善的情况。另一方面,在葛兰西看来,工业社会的生产制度也不完全是消极的,因为,对美德的长期遵守有可能因为长期练习会形成自然而然的习惯,从而真的确立起美德。强制也并不完全是有害的,个人在某些方面需要自我约束、自我强制的训练,这也是教育和自我教育中不可或缺的重要组成部分。

人的本性与社会之间的冲突是客观存在并且会继续存在的事实。对于现代工业社会对个体精神压制所造成的问题,

---

① 葛兰西:《葛兰西文选》,李鹏程编,人民出版社 2008 年版,第 334 页。
② 葛兰西:《葛兰西文选》,李鹏程编,人民出版社 2008 年版,第 336 页。

葛兰西也提出了自己的解决办法。葛兰西认为知识分子应当充当国家和个人之间的媒介。在国家权利和个人权利之间起到调节的作用。可是，在意大利缺乏这样的知识分子阶层。那么，在面对这些问题时，最终还是要靠个人自身的力量，充当自身的心理医生。"我认为，一位文化人、一位社会积极分子，应当是并且就是自身唯一、最好的心理分析医生。"①"在连续出现的荒谬矛盾中、在不可缓和必然性的重压下，同样可以找到平静，如果能够'历史地'、辩证地思考他们，能够把自己的任务或自己清晰界定的人物同简洁思维相统一。"②这是对于知识分子本人而言的，对广大群众来说，他们还需要知识分子充当媒介。

三、文化与精神的自觉

葛兰西对文学的心理功能的论述，明显受到马克思异化理论的影响。但他并不是完全地继承，而是借用这一理论进行进一步的研究和分析。他的态度也不是纯然地批判和否定，而是在批判的同时仍可从中发掘出积极的方面，比如他对生产劳动中工人的身心状况的分析。虽然工业中的一些基本职业促使工人的劳动机械化，比如抄写工、速记员、打字员等，但是，当工作人员达到一定的熟练程度时，他对工作对象的内容就无需投入理智上的关心，"一旦适应过程完成，在事实上工人的脑子原来不仅没有木乃伊化和枯竭，反而达到完全自

---

① 葛兰西：《狱中书简》，田时纲译，人民出版社 2008 年版，第 405～406 页。
② 葛兰西：《狱中书简》，田时纲译，人民出版社 2008 年版，第 414 页。

由的状态。完全机械化的只是身体的姿势。"①这样,他们的脑子反而可以从劳动中解脱出来进行思维活动。只是,他们思考的结果通常是觉得劳动不能够给他们直接的满足,感到自己进入一只被训练过的猩猩的状态中去,逐渐产生对驯服的怀疑,逐渐从枯燥的生产中产生更广泛更强烈的精神需求。如何满足这些精神需求,葛兰西认为大众文化是重要的方式之一。

葛兰西对文学心理功能的论述与他的广义文化思想相关,他十分注重将个体的内心世界与文化和文艺作品联系起来。葛兰西多次将文化与个人的自我内心联系到一起。"文化的至高无上的问题是赢得一个人先验的自我,同时又是他本人的自我。因此,如果对其他人缺乏预感或完全理解,我们并不感到奇怪。而如果我们对于自己都缺乏充分理解的话,那就绝无希望能真正理解他人。"②这是葛兰西引用的德国浪漫主义作家诺瓦利斯的话。在葛兰西看来,这段文字触及了"正确理解文化,甚至社会主义文化的概念和原则"的问题。"它是一个人内心的组织和陶冶,一种同人们自身的个性的妥协;文化是达到一种更高的自觉境界,人们借助于它懂得自己的历史价值,懂得自己在生活中的作用,以及自己的权利和义务。但是,这些东西的产生不可能通过自发的演变,通过不依赖于人们自身意志的一系列作用和反作用"。"人首先是精神,也就是说它是历史的产物,而不是自然的产物。"③根据这些葛兰西关于文化的论述,我们可以这样认为:葛兰西所理解

---

① 葛兰西:《葛兰西文选》,李鹏程编,人民出版社 2008 年版,第 344 页。
② 葛兰西:《葛兰西文选》,李鹏程编,人民出版社 2008 年版,第 4 页。
③ 葛兰西:《葛兰西文选》,李鹏程编,人民出版社 2008 年版,第 5 页。

的文化与个体的内心是互动的,文化有赖于人的意志的作用和反作用,文化直接体现为一个人对内心的组织;个体对自我精神的体验和调整,包括对情感、意志、理智等一系列的体验和调整,都是与文化之间的互动,都是文化在自我身上的投射,都是文化对个体内心所实施的功能。葛兰西对于哲学的最终目标也很明确:"通过别人更好地认识自己,通过自己更好地认识别人。"①人是哲学的最终目标,这其实也是文化的最根本、最终极的功能和目的。这也是葛兰西讨论文学心理功能的本质所在。

　　总之,作为一个身处苦难、内心丰富、意志顽强的个体,葛兰西从未放弃自己的精神追求,从未放弃在与各种阻碍抗争的过程中的自我教育,表达了对个体精神、情感、意志的看法。葛兰西的上述感受和见解既源于他本人的生活经历和生命体验,同时也与他对现代工业社会对人的精神所造成的压抑的深刻分析有关;他既吸收了马克思异化理论中的有益成分并对之进行了改造,又将自己的广义文化观与他对个体的精神分析结合起来,具有独特的理论内涵。不过,他对意志的过于乐观在精神分析学领域未免有失科学,在这里我们可以看到他对此领域的生疏。葛兰西本人也声称对此领域并不精通,但他对意志的高扬表达了坚强的信念和乐观的精神,给予我们强大的精神力量去对抗人生的困境。同时,葛兰西关于文学心理功能的很多见解也融入了他关于文化研究和文学主张的观念中,并直接影响了他的文学思想的基本方向。

---

　　① 葛兰西:《葛兰西文选》,李鹏程编,人民出版社 2008 年版,第 7 页。

结　语

　　葛兰西的文学研究并非面面俱到的完整的思想体系,而往往是另辟蹊径、不落窠臼,试图寻找独特的视角,或破或立,发表创见,对一些老生常谈的话题也能重新发掘出新意,为汗牛充栋的研究文献锦上添花。而且,葛兰西的文学批评实践也不仅仅是对这些对象的批评和研究,而是借对研究对象的阐发表达自身的观念,在理解与评论中注入自己的思想,如关于戏剧、艺术作品中痛苦的表达方式、文学作品中的艺术表现手法等一系列见解等,都体现了这一特点。他所阐发的内容往往也超越了作品本身的艺术价值,而是指向政治、文化、道德、社会等多方面因素。葛兰西的文学思想虽称不上博大精深、系统严谨,但他对文学的实践功能有着深刻而清醒的认识,这是一般哲学家、革命家所没有达到的。他对文学塑造民族精神、影响广大民众的世界观和价值观的论述,是精辟而独到的。他将文学作品的艺术感染力作为政治革命的重要工具来看待,也是颇具慧眼的。这些思想深化了马克思主义对这些内容的认识,具有独创性价值,至今仍值得我们深入研究和借鉴,从中汲取有益的成分为我所用。总体上看,葛兰西的文学思想具有以下特点:

首先,在精神特质上,葛兰西的文学思想深得马克思提出的"哲学家们只是用不同的方式解释世界,问题在于改变世界"的命题精神,将文学的社会功能发挥得淋漓尽致,在理论上和实践上都践行了马克思的观点,塑造崭新的民族精神和具有独立自由精神的新人,成为葛兰西文学思想的精神所在。马克思用改变世界的实践性力量作为马克思哲学不同于或优越于以往哲学的特征所在。事实上,哲学家们似乎都不满足于解释世界,改变世界才是他们的根本目的。即便是用思想观念或艺术的形式改变世界,改变人们对世界的看法,仍是大部分哲学家孜孜以求的目标,但是真正用思想和行为直接诉诸改变世界的哲学家却寥寥可数。就像马克思的著名箴言所说的那样,"思想根本不能实现什么东西。为了实现思想,就要有使用实践力量的人。"①葛兰西无疑就是一位使用实践力量来改变世界的思想家和哲学家。他的思想本身具备直接的实践的力量。他给我们的贡献绝不仅仅是他的文本,而是在实践上给人们指明了方向。葛兰西的美学不是书斋内的美学研究。或者说,对他来说,美学研究根本就不存在书斋内与书斋外的界限。"我的整个精神结构就是论战性,"他曾经说过,"因而,对我来说,从事'无关痛痒'的思考或为研究而研究都

① 《马克思恩格斯选集》第 2 卷,中共中央马克思恩格斯列宁斯大林著作编译局编译,1957 年,第 157 页。

是不可能的。"①他的美学研究直指文化和社会的革命。文学的社会功用问题正是葛兰西探讨文学思想的旨归所在。文学创作和文学批评成为构筑新的世界观、创造新文化、创造新人的实践活动。要想贯彻新的文化,需要强有力的力量,需要一个统一的文化阶级,以及建立一个独立的知识分子集团来掌握、确立文化领导的权力,履行教育的职能,采取传播新文化的行动。文化和社会的革命最终还是指向人类的解放,将民众从"常识"导向"更高的认识生活的形式",将个人从"被侮辱被损害的"精神状态中挣脱出来,将人类从"特权、偏见和偶像崇拜的锁链"中解放出来。这是葛兰西文学思想的独特性所在。

其次,在思想基础上,以实践哲学为统领的文化观,是葛兰西文学思想的核心所在。纵观葛兰西的一生,可以发现,他是一位知行合一的马克思主义思想家。从某种角度来说,葛兰西并不属于纯粹的哲学家或美学家。他是一位思考者和行动者,一位将自己置身于人民的知识分子,这里的"知识分子"不是传统意义上的知识分子,正是葛兰西所提出的有机知识分子。政治家和思想家的身份在他身上得到高度的统一。在这样的前提下,葛兰西的文学思想体系呈现出自成一体的独特风貌。文学理论与批评实践的对立前提预先就被取消,思想和行动的界限被取消,文学理论就是批评实践,就是思考着、运动着的文学实践。在此过程中,是文化将它们互相联系

---

① 詹·约尔:《"西方马克思主义"的鼻祖——葛兰西》,郝其睿译,湖南人民出版社 1988 年版,第 8 页。

和包容在一起。在葛兰西的词典里，"文化"指的是一个民族对生活和人的观念，是群众的世俗宗教，是某种哲学、道德、生活方式和行为准则的总和，并且一直处于不断的发展和变动之中。文化就像黏合剂，将历史、哲学和政治黏合在一起。因此，从本质上讲，认识本身就是行动，哲学就是历史，历史、哲学、政治和文学在本质上是同一的。这是理解葛兰西文学思想的钥匙和密码。一种广义的总体的文化观统率了葛兰西的文学思想。从这种理念出发的文学观为文学理论带来了独特的视角和方法，为文学批评实践带来了鲜活的源泉和广阔的疆域。

第三，在价值取向上，强大的实践力量和切实的人道主义关怀，是葛兰西文学思想与部分西方马克思主义美学区别开来的根本特征，也是与众多文学思想之间存在显著区别的标志所在。作为一位极富独创性的马克思主义思想家，葛兰西总是在继承中有所创新，旧有的观念、术语一旦进入他的思想体系和言说方式，都会绽放出焕然一新的力量。不少研究者用葛兰西理论来解析大众文化，实际上在葛兰西那里，精英文化与大众文化之间的界限预先就被取消了，取而代之的，即总体上的文化观，其中蕴含的是一种普遍的人道主义。这里的人道主义不是带着知识分子的优越感与所谓的孤独感居高临下地关怀，而是立足于民族的现实，站在人民的立场上，经过深入思考后表达和提出自己的态度和主张。如果说，马克思用哲学揭示了思维的此岸性，葛兰西则是奋战在此岸第一线的斗士。他的思想与实践与现实生活之间的关系更加紧密，他对人民大众的关注更为直接，并将这种人道主义渗透在他的文学观中。"民族的—人民的"文学便承载了这样的观念和功能,成为葛兰西文学思想的基石。正是民族的现实、知识分子和群众的关系,构成了"民族的—人民的"文学的历史与现实的基础。他对通俗文学、科幻文学和民间文学的论述,对但丁、马基雅维利、皮兰德娄、克罗齐等的批评,作为"民族的—人民的"文学观的重要组成部分,丰富、拓展和深化了"民族的—人民的"文学观的理论内容和应用领域。而且,葛兰西的文学观,不拘泥于一般的文学类型。"民族的—人民的"文学不单纯是一种文学类型,它已经超越了文学的范畴,具备了多重意义,体现出强大的社会功能。它是葛兰西立足于意大利特定的社会、历史、文化背景,针对意大利当时客观存在的文学创作的现实情况所开的一剂药方。然而,其中包含的知识分子、民众、文学之间的互动关系,文学与社会学、心理学、民俗学等学科的结合和相互包容,为我们当今的文学创作和研究、文化研究以及社会主义核心价值体系建设等问题都可以提供值得借鉴的积极的意义。

第四,在批评效果上,葛兰西的文学观和批评实践是融为一体的,其批评方式视野开阔而宏达,思想深刻而锐利,涉及面广泛,所揭示的问题具有重要的历史意义和现实意义,从而拓展了传统文学批评的领域、角度和方法。葛兰西的文学批评,确切地说是一种文化批评,因为他更关注作品体现出的文化意义。他从文化的角度研究文学,同时又将文化置于更广泛的历史、现实和社会背景中,对文学作品和艺术家与社会历史之间的深层互动关系进行揭示。本书选取了但丁、马基雅维利、皮兰德娄、克罗齐作为葛兰西批评实践的主要研究对象。之所以选择他们,除了葛兰西对于他们的研究相对而言较为详细之外,更为重要的是,葛兰西通过对他们的研究为我们提供了对于复杂的文学家或思想家的文学鉴赏的方法和角度。这四位研究对象都是意大利当之无愧的文化巨人,他们的思想成就对世人的影响力都是巨大和深远的,他们的思想和文本为研究者提供了博大精深而又源源不绝的思想资源,可谓涉及社会学、文学、哲学、政治学、伦理学、宗教学和教育学等各方面的精神宝库。这些不同精神领域的内容也不是彼此孤立的,而是融汇在他们的作品之内或者作品之间的。将不同的精神领域结合起来研究作品,有助于把握更加真实的文学世界和现实世界。这正是葛兰西文学批评的观点和方法。文学批评可以从不同角度展开,既可以对作品进行美学批评,也可以对作品进行文化批评、政治批评等,以发掘作品所具有的多样性价值及其独特性,从而形成了他以作品的文化价值为核心的多样性、多角度的文学批评方法,并且应用到具体的文学批评实践中。这就使传统的文学批评跳出了纯文学批评的视野,他所提供的视角和方法的价值远远超出了批评本身。

第五,葛兰西的文学思想对于推动当代中国社会主义文化建设还具有重要的指导价值。葛兰西的文学思想具有鲜明的现实针对性和政治色彩,是他的实践哲学在文学领域的运用和发展。随着时代的发展,尤其是文化研究的兴起,葛兰西的文学思想在世界范围产生了持续而深远的影响,这影响也波及中国,对我们当前社会主义文化建设具有重要的指导意义,值得我们吸收和借鉴。20世纪90年代葛兰西研究在我国学界兴起直至成为热潮,就已说明葛兰西的包括文学思想在内的思想观点与中国当时的社会状况有某种契合之处。当前,随着社会主义市场经济的发展,社会主义文化不得不面对大众文化的挑战。如何将大众文学整合到社会主义文化建设中,积极引导和塑造广大民众的人生观和价值观,建构社会主义核心价值体系,是社会主义文化建设的重要内容。在这方面葛兰西的相关论述是颇为独到而深刻的。比如他对有机知识分子的论述,对通俗文学的论述,对市民社会的论述等,都可以启发我们认识当代中国社会的现实状况,进而采取相应的对策,对之进行引导。此外,葛兰西对"常识—哲学"等问题的论述,对于我们当前推进马克思主义大众化的进程也具有重要的启发价值,等等。总之,葛兰西以广义文化观为统领的文学思想对当代中国社会主义文化建设是具有重要影响的,值得重视并进行更为深入的研究。

当然,总体上看,葛兰西的批评实践始终与其政治思想联系在一起,因而他对诸多文学问题的看法、对文学家和文学作品的批评,不可避免地存在着某些曲解甚至过于武断的评论,这给其文学思想和批评实践带来了一些局限。而且,由于种种条件的限制,使得葛兰西的文艺研究中鲜有完整有序的结构体系,呈现出未经打磨的粗糙痕迹。然而,正如葛兰西所言,"为了新世界奠基而最初投下的几块石头尽管粗糙而没有磨光,却比垂死世界的残景和它的绝笔美丽得多。"①上述文学思想就属于葛兰西"在黑暗中投下的石子",它们穿越了黑暗

---

① 葛兰西:《狱中札记》,葆煦译,人民出版社 1983 年版,第 26 页。

的背景,向我们散发出熠熠的光彩。今天看来,葛兰西对于我们的贡献绝不仅仅局限于对于意大利的特定历史问题提供解决方案,而是一个思想者和实践者对于全人类思想文化的贡献。葛兰西通过自己的文学思想昭示了一位知识分子所应具有的责任和义务,我们对其研究的过程,所经历和体验的不仅是思想的历程,更是情感和信仰的洗礼。这或许才是葛兰西文学思想的永恒性价值所在。

参 考 文 献

一、葛兰西著作

中译本

1. 葛兰西:《政治著作选》,毛韵泽译,台湾远流出版社
1982 年版。

2. 葛兰西:《狱中札记》,葆煦译,人民出版社 1983 年版。

3. 葛兰西:《论文学》,吕同六译,人民出版社 1983 年版。

4. 葛兰西:《实践哲学》,徐崇温译,重庆出版社 1990
年版。

5.《葛兰西文选 1916—1935》,中共中央马恩列斯著作编
译局、国际共运史研究所编译,人民出版社 1992 年版。

6. 葛兰西:《狱中札记》,曹雷雨等译,中国社会科学出版
社 2000 年版。

7. 葛兰西:《现代君主论》,陈越译,上海人民出版社 2005
年版。

8. 葛兰西:《狱中书简》,田时纲译,人民出版社 2008 年版。

9. 葛兰西:《火与玫瑰:1908—1926》,田时纲译,人民出版社 2008 年版。

10.《葛兰西文选》,李鹏程编,人民出版社 2008 年版。

英译本

Gramsci, Antonio. Selections from the Prison Notebooks, trans. & ed. Quintin Hoare and Geoffrey Nowell Smith, International Publishers Co., 1971.

——Selections from Political Writings(1921—1926). International Publishers. 1978.

——Gramsci: Pre-Prison Writings. Richard Bellamy, Virginia Cox(ed.). Cambridge: Cambridge University Press. 1994.

——The Southern Question. Bordighera Press. 1995.

——The Antonio Gramsci Reader: Selected Writings 1916—1935. David Forgacs, Eric J. Hobsbawm. (ed.). New York: New York University Press. 2000.

—— Gramsci: Pre-Prison Writings. VirginiaCox, Richard Bellamy(ed.)中国政法大学出版社 2003 年版。

——The Modern Prince and Other Writings. Synergy International of the Americas, Ltd. 2007.

——Letters from Prison. Frank Rosengarten, Raymond Rosenthal.(ed.). Columbia University Press. 2011.

——Selections from Cultural Writings. David Forgas, Geoffrey Nowell Smith(ed.) trans. William Boelhower. Haymarket Books. 2012.

二、相关著作

中文著作

1. [德]弗里德里希·迈内克:《马基雅维里主义》,时殷弘译,商务印书馆 2008 年版。

2. [德]黑格尔:《法哲学原理:或自然法和国家学纲要》,张企泰、范扬译,商务印书馆 1961 年版。

3. [德]卡尔·柯尔施:《马克思主义和哲学》,王南提、荣新海译,重庆出版社 1989 年版。

4. [德]卡尔·柯尔施:《卡尔·马克思:马克思主义的理论和阶级运动》,熊子云、翁延真译,重庆出版社 1993 年版。

5. [德]卡尔·曼海姆:《意识形态与乌托邦》,黎鸣等译,商务印书馆 2000 年版。

6. [德]莱辛:《拉奥孔》,朱光潜译,人民文学出版社 1979 年版。

7. 《马克思恩格斯列宁斯大林论文艺》,人民文学出版社 1980 年版。

8. 《马克思恩格斯选集》第 1、2、3、4 卷,中共中央马克思、恩格斯、列宁、斯大林著作编译局编译,人民出版社 1995 年版。

9. [德]叔本华:《作为意志和表象的世界》,石冲白译,商务印书馆 1995 年版。

10. [俄]梅列日科夫斯基:《但丁传》,汪晓春译,团结出版社 2005 年版。

11. [法]阿尔都塞:《保卫马克思》,商务印书馆 1984 年版。

12.[法]阿尔都塞:《读〈资本论〉》,李其庆等译,中央编译出版社 2001 年版。

13.[法]阿尔都塞:《哲学与政治:阿尔都塞读本》,陈越编,吉林人民出版社 2003 年版。

14.[加]本·阿格尔:《西方马克思主义概论》,中国人民大学出版社 1991 年版。

15.[美]阿雷恩·鲍尔德温:《文化研究导论》,陶东风等译,高等教育出版社 2004 年版。

16.[美]杜娜叶夫斯卡娅:《马克思主义与自由》,傅小平译,辽宁教育出版社 1998 年版。

17.[美]戈尔曼:《"新马克思主义"传记辞典》,重庆出版社 1990 年版。

18.[美]利奥·施特劳斯:《关于马基雅维里的思考》,申彤译,译林出版社 2003 年版。

19.[美]罗伯特·A.戈尔曼:《新马克思主义研究辞典》,社会科学文献出版社 1989 年版。

20.[美]约翰·费斯克:《解读大众文化》,杨全强译,南京大学出版社 2001 年版。

21.[美]约翰·费斯克:《理解大众文化》,王晓珏等译,中央编译出版社 2001 年版。

22.[南]普雷德腊格·弗兰尼茨基:《马克思主义史》上、下卷,三联书店 1963 年版。

23.[斯]斯拉沃热·齐泽克:《图绘意识形态》,方杰译,南京大学出版社 2006 年版。

24.《列宁全集》第 6、8、11、13、16、20、21、27、43 卷,

中共中央马克思、恩格斯、列宁、斯大林著作编译局编,人民出版社 1984 年版。

25.《列宁全集》第 2 卷,中共中央马克思、恩格斯、列宁、斯大林著作编译局编,人民出版社 1953 年版。

26. [匈]卢卡奇:《历史与阶级意识》,杜章智等译,商务印书馆 1992 年版。

27. [匈]卢卡奇:《卢卡奇文选》,李鹏程译,人民出版社 2008 年版。

28. [意]贝奈戴托·克罗齐:《历史学的理论与实际》,傅任敢译,商务印书馆 1982 年版。

29. [意]贝奈戴托·克罗齐:《美学原理:美学纲要》,外国文学出版社 1983 年版。

30. [意]贝奈戴托·克罗齐:《作为思想和行动的历史》,田时纲译,中国社会科学出版社 2005 年版。

31. [意]贝奈戴托·克罗齐:《美学或历史和语言哲学》,黄文捷译,百花文艺出版社 2009 年版。

32. [意]但丁:《神曲·地狱篇》,朱维基译,上海译文出版社 1984 年版。

33. [意]但丁:《神曲·炼狱篇》,朱维基译,上海译文出版社 1984 年版。

34. [意]但丁:《神曲·天堂篇》,朱维基译,上海译文出版社 1984 年版。

35. [意]尼科洛·马基雅维利:《君主论》,潘汉典译,商务印书馆 1985 年版。

36. [意]尼科洛·马基雅维利:《曼陀罗》,徐卫翔译,上海人民出版社 2003 年版。

37.［意］尼科洛·马基雅维利:《论李维》,冯克利译,上海人民出版社 2005 年版。

38.［意］尼科洛·马基雅维利:《马基雅维利的喜剧》,刘小枫、陈少明编译,华夏出版社 2006 年版。

39.［意］尼科洛·马基雅维利:《战争的技艺》,崔树义译,上海三联出版社 2010 年版。

40.［意］皮兰德娄:《寻找自我》,吕同六译,漓江出版社 1989 年版。

41.［意］皮兰德娄:《高山巨人:皮兰德娄戏剧选》,吕同六译,花城出版社 2000 年版。

42.［意］皮兰德娄:《皮兰德娄中短篇小说选》,吴正仪选译,中国文联出版公司 2009 年版。

43.［意］皮兰德娄:《六个寻找剧作家的角色》,吴正仪译,上海译文出版社 2011 年版。

44.［意］萨尔沃·马斯泰罗内:《一个未完成的政治思索》,黄华光译,社会科学文献出版社 2001 年版。

45.［意］陶里亚蒂:《陶里亚蒂论葛兰西》,袁华清译,人民出版社 1983 年版。

46.［意］维科:《新科学》,朱光潜译,人民文学出版社 1986 年版。

47.［意］朱佩塞·费奥里:《葛兰西传》,吴高译,人民出版社 1983 年版。

48.［英］多米尼克·斯特里纳蒂:《通俗文化理论导论》,阎嘉译,商务印书馆 2003 年版。

49.〔英〕吉姆·麦克盖根:《文化民粹主义》,桂万先译,南京大学出版社 2001 年版。

50.〔英〕拉克劳、莫菲:《文化霸权和社会主义的策略:走向激进民主》,尹树广等译,黑龙江人民出版社 1994 年版。

51.〔英〕雷蒙·威廉斯:《关键词:文化与社会的词汇》,刘建基译,生活·读书·新知三联书店 2005 年版。

52.〔英〕雷蒙·威廉斯:《马克思主义与文学》,王尔勃、周莉译,河南大学出版社 2008 年版。

53.〔英〕佩里·安德森:《西方马克思主义探讨》,高铦等译,人民出版社 1981 年版。

54.〔英〕佩里·安德森:《当代西方马克思主义》,余文烈译,东方出版社 1989 年版。

55.〔英〕乔治·霍尔姆斯:《但丁》,裘珊萍译,中国社会科学出版社 1989 年版。

56.〔英〕斯图亚特·霍尔:《表征:文化表象与意指实践》,徐亮译,商务印书馆 2003 年版。

57.〔英〕伊格尔顿:《马克思主义与文学批评》,文宝译,人民文学出版社 1980 年版。

58.〔英〕约尔:《"西方马克思主义"的鼻祖——葛兰西》,郝其睿译,湖南人民出版社 1988 年版。

59.〔英〕约尔:《葛兰西》,石智青校,台湾桂冠图书公司 1992 年版。

60.〔英〕约翰·基恩:《市民社会》,王令愉等译,上海远东出版社 2006 年版。

61.〔英〕约翰·斯道雷:《文化理论与通俗文化导论》,杨竹山等译,南京大学出版社 2001 年版。

62. 冯宪光:《西方马克思主义文艺美学思想》,四川大学出版社 1988 年版。

63. 冯宪光:《"西方马克思主义"美学研究》,重庆出版社1997 年版。

64. 和磊:《葛兰西与文化研究》,中国社会科学出版社2011 年版。

65. 姜哲军、刘峰:《西方马克思主义艺术与美学理论批评》,社会科学文献出版社 2002 年版。

66. 陆梅林:《西方马克思主义美学文选》,漓江出版社1988 年版。

67. 陆扬、王毅:《大众文化研究》,上海三联书店 2001年版。

68. 马驰:《"新马克思主义"文论》,山东教育出版社 1998年版。

69. 毛韵泽:《葛兰西:政治家、囚徒和理论家》,求实出版社 1987 年版。

70. 孙盛涛:《政治与美学的变奏——西方马克思主义文艺基本问题研究》,社会科学文献出版社 2005 年版。

71. 王逢振:《新马克思主义》,中国人民大学出版社 1987年版。

72. 徐崇温:《西方马克思主义》,天津人民出版社 1982年版。

73. 仰海峰:《实践哲学与霸权——当代语境中的葛兰西》,北京大学出版社 2009 年版。

74. 杨小滨:《否定的美学法兰克福学派的文艺理论和文化批评》,上海三联书店 1999 年版。

75. 叶卫平:《西方"列宁学"研究》,中国人民大学出版社 1991 年版。

76. 衣俊卿等:《20 世纪的文化批判西方马克思主义的深层解读》,中央编译出版社 2003 年版。

77. 俞吾金:《意识形态论》,上海人民出版社 1993 年版。

78. 赵勇:《整合与颠覆大众文化的辨证法》,北京大学出版社 2005 年版。

79. 周穗明等:《"新马克思主义"先驱者》,中央编译出版社 1998 年版。

80. 周兴杰:《批判的位移:葛兰西与文化研究转向》,中国社会科学出版社 2011 年版。

英文著作

1. Adamson, Walter. Hegemony and Revolution: Antonio Gramsci's Political and Cultural Theory. University of California Press. 1983.

2. Allman, Paula. El. Gramsci and Education. Carmel Borg, Joseph A. Buttigieg, Peter Mayo(ed.). Rowman & Littlefield Publishers. 2003.

3. Crehan, Kate. Gramsci, Culture and Anthropology. University of California Press. 2002.

4. Davidson, Alastair. Antonio Gramsci: Towards an Intellectual Biography. Merlin/Humanities Press. 1977.

5. Day, Richard. Gramsci Is Dead: Anarchist Currents in

the Newest Social Movements. London: Pluto Press. 2005.

6. Femia, Joseph. Gramsci's Political Thought: Hegemony Consciousness and the Revolutionary Process. Oxford: Clarendon Press. 1981.

7. Fiori, Giuseppe. Antonio Gramsci: Life of a Revolutionary. London: Verso. 1996.

8. Gill, Stephen. Gramsci, Historical Materialism and International Relations. Cambridge: Cambridge University Press. 1993.

9. Holub, Renate. Antonio Gramsci: Beyond Marxism and Postmodernism. London: Routledge. 1992.

10. Ives, Peter. Language And Hegemony in Gramsci. London: Pluto Press. 2004.

11. Ives, Peter. el. (ed.) Gramsci, Language, and Translation. Lexington Books. 2010.

12. Jones, Steven, Antonio Gramsci, London: Routledge, 2006.

13. Machiavelli: The chief works and Others, Volume II, Allen Gilbert, Durham, Duke University Press, 1989.

14. Machiavelli: The prince, Harvey Mansfield, Chicago, University of Chicago Press, 1985.

15. Mavo, Peter. Gramsci, Freire and Adult Education: Possibilities for Transformative Action. Zed Books. 1999.

16. Mcnally, Mark. el. (ed.) Gramsci and Global Politics: Hegemony and Resistance. London: Routledge. 2009.

17. Meenakshi Gigi Durham, and Douglas M.Kellner.(ed.) Media and Cultural Studies: Keywords. London: Wiley-Blackwell. 2005.

18. Morera, Esteve. Gramsci's Historicism: A Realist Interpretation. London: Routledge. 1990.

19. Morton, Adam. Unravelling Gramsci: Hegemony and Passive Revolution in the Global Economy. London: Pluto Press. 2007.

20. Ransome, Paul. Antonio Gramsci: A New Introduction. Prentice Hall. 1992.

21. Viroli, Maurizio: Machiavelli, New York, Oxford University Press, 1999.

22. Williams, Gwyn. Proletarian Order: Antonio Gramsci, Factory Councils and the Origins of Italian Communism 1911—1921. London: Pluto Press. 1975.

23. Williams, Raymond, Problems in Materialism and Culture: Selected Essays, London: Verso. 1980.

24. ——Keywords: A Vocabulary of Culture and Society, New York: Oxford University Press. 1985.

三、相关论文

中文论文

81. 李佃来:《葛兰西与当代市民社会理论传统》,《学术月刊》,2004 年第 1 期。

82. 胡爱玲:《葛兰西实践哲学的政治旨趣》,《郑州大学学报》,2007 年第 3 期。

83. 田时纲:《葛兰西与唯物主义》,《社会科学》,1984 年第 12 期。

84. 田时纲:《葛兰西研究在中国》,《哲学动态》,1990 年第 12 期。

85. 田时纲:《论葛兰西对马克思主义的理解》,《马克思主义研究》,2001 年第 3 期。

86. 田时纲:《简论葛兰西的领导权理论》,《哲学研究》,2001 年第 5 期。

87. 田时纲:《葛兰西的实践哲学与马克思主义观》,《哲学动态》,2007 年第 4 期。

88. 田时纲:《葛兰西是"西方马克思主义者"吗》,《教学与研究》,2008 年第 11 期。

89. 王凤才:《文化霸权与意识形态国家机器——葛兰西与阿尔都塞意识形论辨析》,《马克思主义与现实》,2007 年第 3 期。

90. 王雨辰:《略论葛兰西的马克思主义哲学观》,《山东社会科学》,2004 年第 4 期。

91. 王雨辰:《葛兰西的实践哲学与实践唯物主义哲学研究》,《青海社会科学》,2001 年第 4 期。

92. 夏群友:《论葛兰西的知识分子理论》,《云南社会科学》,2008 年第 3 期。

93. 徐崇温:《葛兰西的实践哲学与马克思的哲学世界观》,《中国社会科学》,1996 年第 3 期。

94. 薛民:《葛兰西以后的葛兰西》,《哲学动态》,1987 年第 7 期。

95. 仰海峰:《葛兰西对克罗齐哲学的批判改造》,《现代哲学》,2005 年第 2 期。

96. 仰海峰:《葛兰西知识分子与霸权的建构》,《吉林大学社会科学学报》,2006 年第 6 期。

97. 仰海峰:《葛兰西的意识形态理论及其当代效应》,《马克思主义与现实》,2006 年第 2 期。

98. 仰海峰:《葛兰西狱前思想发展中的四个阶段》,《南京社会科学》,2006 年第 4 期。

99. 张秀枝:《对葛兰西教育思想的解读》,《前沿》,2008 年第 6 期。

100. 俞吾金:《葛兰西的文化观及其启示》,《复旦学报》(社会科学版),1986 年第 4 期。

英文论文

1. Adamson, Walter. "Gramsci's Interpretation of Fascism". Journal of the History of Ideas, Vol. 41, No. 4 (Oct.-Dec., 1980), pp.615—633.

2. Bates, Thomas. "Gramsci and the Theory of Hegemony". Journal of the History of Ideas, Vol.36, No.2(Apr.-Jun., 1975), pp.351—366.

3. Boelhower, William. "Antonio Gramsci's Sociology of Literature". Contemporary Literature, Vol.22, No.4, Marxism and the Crisis of the World(Autumn, 1981), pp.574—599.

4. Buttigieg, Joseph. "The Legacy of Antonio Gramsci". Boundary 2, Vol.14, No.3, The Legacy of Antonio Gramsci

(Spring, 1986), pp.1—17.

—— "Gramsci's Method". Boundary 2, Vol. 17, No. 2 (Summer, 1990), pp.60—81.

—— "After Gramsci". The Journal of the Midwest Modern Language Association, Vol.24, No.1, Cultural Studies and New Historicism(Spring, 1991). pp.87—99.

—— "Gramsci on Civil Society". Boundary 2, Vol. 22, No.3(Autumn, 1995), pp.1—32.

—— "On Gramsci". Daedalus, Vol.131, No.3, On Education(Summer, 2002), pp.67—70.

5. Chatterjee, Partha. "On Gramsci's 'Fundamental Mistake'". Economic and Political Weekly, Vol.23, No.5(Jan. 30, 1988), pp.PE24—PE26.

6. Davidson, Adam. "Gramsci and Reading Machiavelli". Science & Society, Vol.37, No.1(Spring, 1973), pp.56—80.

7. Dombroski, Robert. "On Gramsci's Theater Criticism". Boundary 2, Vol. 14, No. 3, The Legacy of Antonio Gramsci (Spring, 1986), pp.91—119.

8. Ferrarotti, Franco. "Civil Society and State Structures in Creative Tension: Ferguson, Hegel, Gramsci". State, Culture, and Society, Vol.1, No.1(Autumn, 1984), pp.3—25.

9. Finocchiaro, Maurice. "An Alternative Communism?". Studies in Soviet Thought, Vol. 27, No. 2 (Feb., 1984), pp.123—146.

10. Fulton, John. "Religion and Politics in Gramsci: An

Introduction". Sociological Analysis, Vol. 48, No. 3 (Autumn, 1987), pp.197—216.

11. Gencarella, Stephen. "Gramsci, Good Sense, and Critical Folklore Studies". Journal of Folklore Research, Vol. 47, No.3, 2010. pp.221—254.

12. Gupta, Sobhanlal. "Understanding Gramsci: Some Exploratory Observations". Economical and Political Weekly, Vol.23, No.32(Aug.6, 1988), pp.1620—1622.

13. Haug, Wolfgang. "Rethinking Gramsci's Philosophy of Praxis from One Century to the Next". Boundary 2, Vol. 26, No.2(Summer, 1999), pp.101—117.

14. Hawley, James. "Antonio Gramsci's Marxism: Class, State and Work". Social Problems, Vol.27, No.5, Sociology of Political Knowledge Issue: Theoretical Inquiries, Critiques and Explications(Jun., 1980), pp.584—600.

15. Juan, San. "Antonio Gramsci on Surrealism and the Avantgarde". Journal of Aesthetic Education, Vol. 37, No. 2 (Summer, 2003), pp.31—45.

16. Morera, Esteve. "Gramsci and Democracy". Canadian Journal of Political Science/Revue canadienne de science politique, Vol.23, No.1(Mar.,1990), pp.23—37.

17. Morton, Adam. "Historizing Gramsci: Situating Ideas and beyond Their Context". Review of International Political Economy, Vol.10, No.1(Feb., 2003), pp.118—146.

18. Patnaik, Arun. "Gramsci's Concept of Common Sense:

Towards a Theory of Subaltern Consciousness in Hegemony Processes". Economic and Political Weekly, Vol. 23, No. 5 (Jan. 30, 1988), pp. PE2—PE5＋PE7—PE10.

19. Saldanha, Denzil. "Antonio Gramsci and the Analysis of Class Consciousness: Some Methodological Considerations". Economic and Political Weekly, Vol. 23, No. 5 (Jan. 30, 1988), pp. PE11—PE18.

20. Salamini, Leonardo. "Gramsci and Marxist Sociology of Knowledge: An Analysis of Hegemony-Ideology-Knowledge". The Sociological Quarterly, Vol. 15, No. 3 (Summer, 1974), pp. 359—380.

—— "The Specificity of Marxist Sociology in Gramsci's Theory", The Sociological Quarterly, Vol. 16, No. 1 (Winter, 1975), pp. 65—86.

21. Woolcock, Joseph. "Ideology and Hegemony in Gramsci's Theory". Social and Economic Studies, Vol. 34, No. 3 (Septempter 1985), pp. 199—210.

后　记

本书是我的博士论文。

在本书出版之际,我要感谢我的导师朱志荣先生。我读硕以及在职读博,都是跟随朱老师。朱老师所教给我的早已经超越了学术的领域,而是受益终身的人生智慧。这篇论文,从选题到定稿,每一个细节无不凝聚着他的心血。如果没有他的时时鞭策、督促与鼓励,我的论文至今可能还无法完稿。他的严谨、敏锐、睿智和率真使我获益匪浅。这几年来,他奔波于上海、苏州两地,即使身在国外,也时刻不忘关心论文的进展,对于这一切,学生的感激之情难以言表。

感谢文艺学教研室的鲁枢元老师、刘锋杰老师、侯敏老师、李勇老师、王耘老师。他们精彩的讲课使我深受启发,他们的学术成就与人格风范令我钦佩不已。他们在论文的开题报告和预答辩中都为我的论文提出了不少宝贵的建议,在此致以诚挚的谢意!

感谢同窗好友郑笠、董惠芳、武克勤、孙喜燕诸位同学的深情厚谊,勤勉的她们是我学习的榜样。华东师范大学的王怀义和李三达同学也对本书的修改提供了帮助,他们的真诚与热情让我十分感动。

感谢我的领导与同事对我的理解与支持。作为一名在职博士生,我同时还要兼顾繁重的教学工作,在这期间他们给予了我很多关照。

最后,感谢我的家人。没有他们的支持和奉献,我无法完成学业。在我读博期间,他们默默承担了家务和哺育孩子的重任,付出了无法想象的辛劳。家人无条件的爱是我人生最坚强的后盾,也是我前行的永久的动力。

图书在版编目(CIP)数据

于黑暗中投下的石子:葛兰西文学思想研究/陈朗
著. —上海:上海人民出版社,2018
ISBN 978 - 7 - 208 - 15521 - 3

Ⅰ. ①于… Ⅱ. ①陈… Ⅲ. ①葛兰西(Gramsci,
Antonio 1891-1937)-文学思想-研究 Ⅳ. ①I546.065

中国版本图书馆 CIP 数据核字(2018)第 241965 号

责任编辑 马瑞瑞
封扉设计 人马艺术设计·储平

于黑暗中投下的石子
——葛兰西文学思想研究
陈 朗 著

出	版	上海人&大版社
		(200001 上海福建中路 193 号)
发	行	上海人民出版社发行中心
印	刷	启东市人民印刷有限公司
开	本	890×1240 1/32
印	张	9
插	页	2
字	数	182,000
版	次	2018 年 11 月第 1 版
印	次	2018 年 11 月第 1 次印刷

ISBN 978 - 7 - 208 - 15521 - 3/I · 1779
定 价 38.00 元